O PINTOR DAS SOMBRAS

JANE URQUHART

O PINTOR DAS SOMBRAS

Tradução
Sonia Coutinho

BERTRAND BRASIL

Título original: *The Underpainter*

Capa: Raul Fernandes

Editoração: DFL

2003
Impresso no Brasil
Printed in Brazil

Cip-Brasil. Catalogação-na-fonte
Sindicato Nacional dos Editores de Livros. RJ

U77p Urquhart, Jane
O pintor das sombras / Jane Urquhart: tradução Sonia Coutinho. – Rio de Janeiro: Bertrand Brasil, 2003
308p.

Tradução de: The Underpainter
ISBN 85-286-0928-6

1. Literatura canadense. I. Coutinho, Sonia. 1939-. II. Título.

CDD – 813
02-2185 CDU – 821.111(73)-3

Todos os direitos reservados pela:
EDITORA BERTRAND BRASIL LTDA.
Rua Argentina, 171 — 1º andar — São Cristóvão
20921-380 — Rio de Janeiro — RJ
Tel.: (0xx21) 2585-2070 — Fax: (0xx21) 2585-2087

Para Tony Urquhart,
cujo espírito é visível na arte, na vida

Para Amy Quinn,
que descobriu as cartas, e soube

Para Ellen Seligman,
com afeto e gratidão

"Embora no maior número de casos seja preferível uma luz uniforme, vinda do norte, a luz clara do sol é algumas vezes útil para examinar os pretos e outras cores muito escuras."

— RALPH MAYER,
Manual de materiais e técnicas do artista

A mulher está junto à janela, na sala térrea da frente de uma casa de madeira, na margem norte do lago Superior.

Estamos no inverno de 1937.

Ela usa uma saia cinzenta de *tweed* e um casaco de lã quadriculado. O cabelo, louro-escuro, está puxado para trás e penteado numa trança que vai quase até a cintura. Embora conserve as chamas a noite inteira — tanto no aquecedor Quebec desta sala quanto no fogão, na cozinha —, está tão frio que ela pode ver a própria respiração. Segura um envelope fechado, onde estão impressas as palavras *Telegrama Nacional Canadense*. A cabeça está curvada e os ombros levemente caídos, enquanto olha fixamente para o pedaço de papel dobrado e colado.

À esquerda e à direita da casa onde ela se encontra há uma série de outras habitações semelhantes, construídas para os mineiros que chegaram a este lugar na década de 1860. Desde o penúltimo fechamento da mina de prata, em 1884, todas essas residências, com exceção de umas poucas, são abandonadas no inverno. Nas últimas décadas, são usadas como moradas de verão apenas por certas famílias aventureiras de duas pequenas cidades gêmeas, Port Arthur e Fort William, que ficam 32 quilômetros a oeste, mas não podem ser vistas daqui porque um braço da imensa península rochosa com forma humana, conhecida como O Gigante Adormecido, as esconde.

Essa figura inconsciente de granito é famosa. No verão, turistas seguindo de automóvel pela bela margem norte do lago Superior param seus carros e olham seu corpo reclinado, do outro lado de Thunder Bay. Os passageiros do trem Trans-Canada são capazes de visualizar seu físico muito tempo após desaparecerem de suas memórias as montanhas e pradarias. Tem 40 quilômetros de comprimento, esse ser formado pela paisagem do norte, e em 1937 nenhuma estrada havia ainda marcado sua pele. Segundo os Ojibway, que habitaram esta região durante centenas de anos, foi transformado em pedra como punição por revelar a localização secreta da prata a homens brancos suficientemente cobiçosos para exigirem a informação. Jazerá ali para sempre, empedernido, inflexível, estendido de um lado a outro da baía.

O pequeno povoado chamado Silver Islet Landing, onde mora a mulher, ocupa um local da anatomia dele algumas vezes chamado de "o dedo do pé do gigante".

Durante o curto verão, fogueiras florescem todas as noites nas pequenas ilhas que a mulher pode ver de suas janelas da frente. Nadadores mergulham do cais vizinho perto do grande prédio revestido de tábuas, que funciona como hotel e loja. Vapores, o único meio de transporte até aquele lugar, vêm e vão regularmente de Port Arthur até lá; a trilha estreita, perto da costa, fica repleta de crianças correndo. De vez em quando, acontecem jogos e brincadeiras na praia perto do fim da alameda. Com freqüência, há risadas e, às vezes, cantorias

Em meados de setembro, restabelecem-se a quietude e o silêncio, pois a população de verão já voltou para as escolas e os afazeres do cotidiano. Um velho funcionário do Governo, responsável pela manutenção dos dois faróis e pelas entregas postais esporádicas do inverno, permanece em sua casa junto ao cais. E a mulher fica em sua cabana, na praia, um pouco mais adiante. Quando o mundo começa a se congelar e, depois, a endurecer, até a lembrança da atividade de verão parece irreal, como se fosse apenas uma representação e ela uma testemunha — nem mesmo um membro da platéia, mas uma estranha, nos bastidores.

Quando essas casas foram construídas, quase 80 anos antes, a necessidade de abrigo era tão grande que a companhia de mineração foi obrigada a usar madeira verde, e esta empenou em direções desencontradas, durante o primeiro ano. Nas gélidas manhãs de janeiro, os mineiros, suas mulheres e filhos despertavam diante de rios de neve no chão e espaços abertos, irregulares, entre os toros. Os buracos eram rapidamente tapados com qualquer coisa à mão — meias, chapéus tricotados, roupa de mesa de linho trazida da mãe-pátria e guardada como um tesouro. Finalmente, as casas desistiram da luta, acalmaram-se e se estabilizaram. Só então as paredes do andar de cima foram rebocadas e caiadas. No andar térreo, tanto na sala de visitas quanto na cozinha, os toros permaneceram expostos — e ainda permanecem.

Uma vez, quando a mulher cravava um prego entre as vigas, para pendurar uma foto que eu lhe dera — uma foto de si mesma, em seu jardim, no verão —, um naco da calafetagem se desprendeu, e caiu da parede, como se fosse uma mensagem, um lenço bordado, com beirada de renda.

Ela está em pé junto à janela, ao lado de uma tosca parede de madeira. Em sua mão, o telegrama fechado parece já ter escurecido com o tempo, escurecido em comparação com a branca neve em torno de sua casa, com a luminosidade do sol que entra na sala.

Ela empurra um cacho de cabelo para trás da orelha, uma mecha que escapou da trança. Essa mecha contém alguns fios grisalhos. Olha atentamente para o envelope e, a seguir, ergue a cabeça para observar a partida do trenó do correio, com seu condutor e o grupo de barulhentos cães, para observá-lo deslizar sobre o gelo coberto de neve e desaparecer atrás de Burnt Island. Durante vários minutos, ela deseja recusar a mensagem que ainda não leu. O mundo ao seu redor está silencioso e fixo, gelado e belo. Não quer que a cena seja perturbada. Mesmo os rastros do trenó a irritam; marcaram a superfície branca, enlamearam o dia.

Os invernos da mulher são longos, claros e silenciosos. Pouco antes do anoitecer, a paisagem floresce em vários tons de azul.

Poucos acontecimentos interrompem a tranqüilidade; uma tempestade, talvez, ou a entrega de provisões, ou suas próprias infreqüentes jornadas sobre o gelo, em torno de Thunder Cape, até Port Arthur. Acabou por confiar na previsibilidade da estação, em sua duração, em seu frio. Duvida que fosse capaz de entender uma vida sem isso.

Atravessa a sala e ergue a tampa do aquecedor Quebec, que segura pela ponta da alavanca durante algum tempo, como se não tivesse muita certeza quanto ao motivo desse movimento. Por alguns instantes, parece que vai jogar o telegrama no fogo sem lê-lo. Mas não é isso que deseja. Quando recoloca a tampa, vem o som de ferro forjado batendo em ferro forjado, um som tão familiar para ela que mal o escuta.

Sentada na cadeira mais próxima do calor do fogão, abre cuidadosamente o envelope. Ele cai em seu colo. Ela lê o que está escrito.

Quase imediatamente, decide partir. No quarto do pai, há muito abandonado, no andar de cima, tira do armário as antigas roupas de mineração dele, sacode a poeira do macacão e despe o casaco e a saia. Cobre os pés com várias camadas de meias e calça as botas do pai, veste o macacão, em seguida a grande *parka* acolchoada. Este é o traje que ela ocasionalmente usa, quando está ao ar livre no inverno, embora saiba que fica algo ridículo no corpo de uma mulher entrando na meia-idade. Junto à porta, do lado de fora, pega os esquis encostados na parede externa de toros, coloca-os lado a lado sobre a neve sequíssima, ajusta as correias de couro por cima das botas do pai e parte.

Pouco antes de passar entre o continente e Burnt Island, como fizera uma hora atrás o trenó do correio, vira-se para olhar a praia, a casa que está deixando para trás. Não há diferença, nesta estação, entre água e terra. Um delicado fiapo de fumaça escapa de sua chaminé, embora esta manhã ela não tenha acrescentado madeira alguma a seu fogo.

São 13 quilômetros até Thunder Cape, uma grande ponta de terra com uns 400 metros de altura e bastante visível do outro lado da baía gelada. Passará a noite com o casal que toma conta do farol ali existente. No dia seguinte, esquiará 32 quilômetros através de Thunder Bay, até chegar à modesta cidade de Port Arthur, à margem do lago.

Tudo isso faz muito tempo, agora, no mínimo 40 anos. Muito tempo, e é puramente hipotético da minha parte. Não a vi deixar sua casa, esquiar em direção a Thunder Cape, virar-se para observar a fina cauda de fumaça emergir de sua chaminé. Não a vi sacudir a poeira das roupas subterrâneas do pai nem amarrar os esquis às grandes botas dele.

O telegrama que leva no bolso, ou deixou em cima da mesa da cozinha, ou jogou no lixo, o telegrama que nunca vi, mas sei com certeza que ela recebeu e leu, dizia-lhe que eu, Austin Fraser, espero-a em Port Arthur, num quarto de hotel no quinto andar, a algumas horas de distância.

1

O Efeito Lago

Toda tarde, agora, quando termino meu trabalho, a memória me acena da rua, insiste que eu caminhe com ela pela neve. Eis o que deseja ver: a nuvem de minha respiração quente obscurecendo meu rosto, meus passos incertos, os pequenos ferimentos redondos que minha bengala de ponta de aço provoca, ao empalar o perigoso gelo. Ela deseja que eu me movimente vagarosa e debilmente, rodeando repetidas vezes o mesmo quarteirão residencial da cidade, que se tornou meu reduzido universo. Ela deseja ver-me dando voltas através do frio, sem ir a parte alguma.

Embora não haja nada em mim que queira cortejar o passado, ele enche minha cabeça, entra na minha pintura. O toque-toque de minha bengala batendo no gelo é como o ruído que fazem as contas ao se chocarem num colar. É o som da memória que trabalha, criando um colar de narrativa.

Na verdade, não há nada de extraordinário na paixão, a não ser a sensação de que devemos abrir o nosso eu para ela. De muitas maneiras, a paixão pode ser tão fria quanto qualquer outra coisa. Anos atrás, em Silver Islet, eu deixava a pintura em que trabalhava na sala do andar de cima da casa de Sara, de frente para a janela, com a esperança de que, durante a noite, algo do Grande Lago

Superior passasse para dentro dela, ou alguns dos sonhos de Sara, embora ela dormisse no quarto dos fundos e sua janela desse para o rochedo, o penhasco. Talvez algo do que restava da mina costeira pudesse fazer-se sentir na tela. Na ocasião, eu fazia minha experiência contando com um máximo de aceitação. Não sendo ainda conhecido para mim mesmo nem para os outros, continuava interessado na figura e na paisagem. Eu me fascinara, sabem, pela realidade do norte; suas pedras, as árvores e a água. E me interessara por Sara, a mulher que lá vivia. Foi durante o verão, que seria meu último em Silver Islet Landing, que uma mudança estilística dominou minha mente, afastando-me do realismo e me conduzindo no sentido do conceito de ambigüidade formal. Isto me libertou ou, pelo menos, assim pensei, porque um conceito, ao contrário de uma figura ou de uma paisagem, pode ser transportado para qualquer lugar. Então, juntei o embrião dessa idéia com minhas roupas, pincéis e telas, levei tudo primeiro para Nova York e, depois, alguns anos mais tarde, trouxe para cá, para esta imensa casa moderna em Rochester, a cidade onde nasci.

Depois, nunca mais tornei a ver Sara — a não ser de uma distância muito grande — e isto pode explicar por que uma parte de mim ainda acha possível que ela queira insinuar-se novamente em minha vida, em minha pintura. Mas que velho maluco eu sou, para levar a sério um pensamento tão tolo. A mulher que me vem à cabeça usa aquele vestido caseiro de mangas curtas, com botões na frente até embaixo e bolsos acima dos quadris. Até no auge do inverno vejo-a com as pernas nuas e o cabelo louro escuro pendendo às costas numa espessa trança. E — ainda mais impossível — ela tem apenas 35 anos, enquanto Sara estaria na casa dos 70. E os estilos de penteado, as roupas, a moda, tudo mudou tão completamente.

Eu próprio há muito tempo não me deixo prender pelos caprichos da moda, embora admita que, no passado, ela teve alguma influência sobre mim. Moda política, moda estética, moda espiritual e até, suspeito, moda emocional; esse senso de que devemos deixar-nos conquistar por qualquer nova onda.

Por exemplo, o arquiteto modernista da moda que construiu a ampla casa onde moro acreditava que absolutamente nada deveria ser acrescentado aos espaços internos, nada mesmo, a não ser luz. Queria que todo o resto fosse excluído: móveis, cor, quadros, tecidos — e até sua amada luz só tinha permissão para entrar após passar através de vidro. Como ele detestaria minhas prateleiras de porcelana pintada, insistindo em que todo esse aglomerado adulterava a "idéia" do seu trabalho! Foi um grande defensor de idéias. Moro na mais oriental de suas casas compridas, frugais, ao estilo campestre. Combina muito bem comigo.

Recebi a notícia do Canadá na semana passada. Entrega rápida. O carteiro — não há nenhuma campainha — deve ter batido, não recebeu nenhuma resposta, enfiou a carta pela fenda. Ouço muito pouco, atualmente, e tenho raras visitas. Então, não estou muito atento à possibilidade de chegadas à minha porta. Por quanto tempo terá o envelope creme permanecido no chão do meu vestíbulo, antes que minha empregada, a sempre presente e irrepreensível Sra. Boyle, emergisse da lavanderia no porão e o pegasse? Entregou-me mais cedo, aquele dia, a correspondência comum, e eu fizera com ela o habitual, destinando-a na maior parte ao lixo, após separar as contas, que sempre envio ao contador. A Sra. Boyle jogou o envelope em questão em cima da escrivaninha, que ocupa um canto do meu ateliê.

— Entrega rápida — disse.

Atravessei a sala. Abri a carta, que me informou da morte de Sara e me deu a espantosa notícia de que ela havia deixado a casa para mim.

Essa pequena casa de madeira devia ser o único bem de Sara. Parecia impossível que qualquer outra pessoa, até eu — não, particularmente eu —, pudesse tomar posse dela. Eu não queria nada com a casa.

A Sra. Boyle ficou por perto, fingindo espanar, mas ansiosa, sem dúvida, por informações que eu não tinha nenhuma intenção de lhe dar.

— O senhor ficou muito pálido — disse. — Qual é o problema, pelo amor de Deus?

Garanti-lhe que não havia nada, eu apenas ficara surpreso com uma questão legal referente a uma propriedade qualquer, perto de Port Arthur, pequena cidade na margem norte do Grande Lago Superior.

— Não tenho absolutamente nada a ver com isso agora — retruquei. — Há mais de 40 anos nem chego perto do lugar.

Levantei-me da escrivaninha, saí do ateliê e atravessei a casa em direção ao vestíbulo. Do armário que há ali tirei meu chapéu, o casaco, o cachecol e a bengala. Depois, sentei-me no banco perto da porta e lutei com minhas galochas — tenho 83 anos e curvar-me em qualquer direção tornou-se um problema.

Enquanto abria a tranca da pesada porta da frente, ouvi a Sra. Boyle gritar comigo da cozinha. Era alguma coisa referente ao frio e ao vento. Fingi não ouvir e saí.

A primeira vez que vi Sara ela segurava uma grande vassoura e varria, com o corpo a se retorcer em torno do objeto, como se dançasse com ele. Mais tarde, desenhei a vassoura com grande cuidado, grande precisão, até a última cerda. Desenhei até a rosa irrelevante do rótulo pregado em torno da base do cabo. As costas de Sara estavam viradas para mim — eu ainda não vira seu rosto — e a curva de sua espinha dorsal era perceptível através do seu uniforme de algodão. Ela varria a varanda do hotel que outrora acolhera homens de negócios e especuladores de cidades americanas, mas que agora atendia a turistas desejosos de contemplar a vista da margem norte do lago Superior. Ela trabalhava no hotel na alta temporada e morava o ano inteiro na pequena casa de madeira que o pai lhe deixara.

A casa que ela agora deixara para mim.

Se ela não trabalhasse no hotel, talvez eu nunca chegasse a vê-la, mas possivelmente passaríamos um pelo outro na trilha que chamavam, e é provável que ainda chamem, de A Avenida, isto quando o lago, o vasto mar interior, estivesse tomando toda minha atenção. Ou ela poderia caminhar atrás de mim, enquanto eu perambulasse em direção ao fim do povoado — uma lua crescente formada por casas de mineiros, na maior parte desabitadas, em torno de uma baía misteriosa — e então deslizaria para dentro de sua porta e desapareceria antes que eu me virasse.

O que aconteceu, de fato, foi que eu estava sentado numa das cadeiras de balanço da varanda, desenhando a mina situada na ilha que dava nome ao povoado. Foi em 1920, primeiro e último ano da ligação do meu pai com aquela operação fundamentalmente extinta, pouco antes de levar a si mesmo e ao que restava do seu dinheiro definitivamente de volta para os Estados Unidos. Eu desenhava a mina para meu pai, o último especulador americano residente no hotel, embora preferisse concentrar-me nos rochedos, nas árvores ou até no hotel em si. Mas ele me pedira esse único favor e eu concordara.

Através do tecido de algodão do uniforme dela eu via suas costas fortes e esguias, suas omoplatas deslocando-se enquanto ela movimentava a vassoura. Como sua cabeça era mantida numa posição levemente inclinada, eu podia ver o longo tendão do lado do seu pescoço e uma veia ali pulsando. Ela parecia tentar cobrir cada centímetro quadrado das tábuas do assoalho com as cerdas da vassoura, mas devia haver uma narrativa se desenrolando em alguma parte do fundo de sua mente, uma narrativa que ainda não me envolvera. O que pensaria ela, durante aqueles últimos instantes de trabalho inocente, antes que eu perturbasse sua vida?

Eu via a leve curva dos músculos na parte de cima do seu braço, imaginava a ponta afiada de um lápis de grafite captando o movimento, o gesto. Congelando-o.

Mas, observando-a, com sua graça sem consciência de si mesma, desejei interromper a tarefa, acrescentar minha própria presença à imagem. Desejei ouvir sua voz e desejei ouvi-la falando comigo.

— Quer que eu saia? — perguntei, já me levantando da cadeira de balanço. Queria que ela se virasse para me encarar.

Então ela parou de varrer, deu a volta, ajeitou uma mecha de cabelo que lhe caía na testa e me olhou com surpresa, como se não soubesse absolutamente que havia alguém ali. Seus olhos agora me fitavam. Vi seus ossos malares proeminentes, sua boca expressiva.

— Ah, não, senhor — disse ela —, pode ficar aí mesmo onde está por quanto tempo quiser.

Agora, todos os dias, ao voltar para casa depois da minha caminhada, a carta está ali, exatamente como a deixei, bem dobrada em cima da mesa, diante da cadeira, resplandecendo sob um ponto da famosa luz autorizada pelo arquiteto. Não a pego para terminar de lê-la. Recuso-me a conhecer os detalhes de sua morte, quanto tempo demorou para que a encontrassem, se houve dor. Ninguém, a não ser Sara, sabem, devia estar mais morando o ano inteiro em Silver Islet. O antigo funcionário do Governo decerto morrera anos antes, e agora, no fim de cada verão, não haveria mais ninguém ali.

Amanhã começarei a fazer os esboços para meu próximo quadro. Pintarei Sara, a casa herdada, a ponta de Thunder Cape no horizonte, o lago gelado, as mãos dela, o aquecedor Quebec, as chamas a se apagarem vagarosamente. Pintarei a janela com suas pequenas vidraças, as paredes de toros, uma cortina iluminada pelo sol de inverno, a madeixa grisalha que nunca vi no cabelo de Sara. A seguir, cuidadosa e esmeradamente, tirarei o realismo de tudo isso, apagarei as figuras.

Esta tarde, ao sair de casa, a neve estava recente, mas havia poucas marcas de passos na calçada e apenas um conjunto de linhas paralelas, deixadas por um carro que devia ter passado menos de 10 minutos antes. Comecei a caminhar em redor do quarteirão, como sempre faço. Ao completar seis vezes esse percurso, notei que minhas pegadas na neve faziam parecer que muitas pessoas tinham caminhado atrás de mim, seguindo-me em meu passeio. Não deixei de perceber o significado disso.

Percorri esse caminho muitas vezes antes. Quando se chega à minha idade, tudo já se repetiu pelo menos uma vez. Por exemplo, a casa de Silver Islet não era minha primeira herança. E a Superior não era minha primeira praia do norte.

Nasci em 1894, em Rochester, Nova York, uma cidade de desfiladeiros e canais, rios e cachoeiras, inventores e industriais, pregadores e esotéricos; uma cidade tão plena dos choques do torvelinho relacionado com águas violentas e com ciclos climáticos malignos que os deuses se vingaram, tornando-a essencialmente famosa por dar a quase todos a capacidade de criar imagens fixas, a capacidade de parar a ação no meio do caminho. George Eastman já abrira sua fábrica na Rua State, quando eu surgi no mundo e, em 1900, ele distribuía sua câmera Brownie Kodak de costa a costa; um início apropriado para o século atual.

No final do anterior, enquanto eu brincava no chão com meus soldadinhos e tentava evitar passeios com minha mãe, meu futuro professor, Robert Henri, voltava da França para a América. Segundo meu amigo Rockwell Kent, Robert H. irrompeu nos ateliês da cidade de Nova York pregando a idéia da arte visual como resposta à vida e à energia do mundo, a gritar os nomes de Renoir, Cézanne e Pissarro como se fossem verduras que ele tentasse desesperadamente vender na feira.

Minha própria obra artística, na ocasião, concentrava-se numa série de campanhas militares empreendidas por soldados de pau brandindo espadas de pau. A América, creio, estava em guerra com a Espanha; deve ter havido conversas sobre os Rough Riders, o regimento de cavalaria fundado por Teddy Roosevelt. E havia ainda meu avô por parte de pai, nascido na Louisiana, que lutara pela Confederação dos Estados sulistas durante a Guerra Civil e vinha nos visitar uma vez por ano, ficando por cerca de uma semana. Algumas vezes, para grande encanto meu, entre um prato e outro ele soltava o "grito dos rebeldes" à mesa do jantar, naquele nosso lar em outras circunstâncias tão sombrio e solene, fazendo minha mãe pular de seu assento e provocando, da parte do meu pai, que não tinha a menor inclinação pelas explosões espontâneas, palavrões entre dentes.

Enquanto Robert Henri mostrava-se pela primeira vez prepotente com seus estudantes, o que voltaria a fazer, insistindo em que, como seu adorado Cézanne, deviam pintar as paisagens de seu próprio continente e as ruas de suas próprias cidades, eu tentava descobrir uma maneira de evitar o contato com as ruas e paisagens do meu bairro. Minha mãe era uma pessoa incomum; uma talentosa narradora gótica, sem o menor interesse pelos fatos. Mas de uma estrita exatidão, quando se tratava de cenários, e pesquisava bem seu material. Atraída pelos aspectos sublimes da natureza, admirava particularmente os pontos elevados de observação — lugares de olhar para longe, como eu os chamava — e, por causa disso, impressionou-se com o grande número de abismos e desfiladeiros que se estendiam através da cidade onde vivíamos. Seu maior desejo era que eu também me encantasse com essas excentricidades geológicas.

Quando menino, eu estava sempre olhando para dentro da paisagem lá embaixo, jamais de um lado para o outro dela, ou para toda sua extensão. Na igreja, a congregação cantava: "Erguerei meus olhos para os montes, dos quais minha ajuda virá." Eu jamais levantara os olhos para nada, a não ser para a arquitetura, e mesmo esta era misericordiosamente baixa, naquele tempo. Além disso, as profundezas para dentro das quais eu teria de descer, a fim de ver penhascos e vegetação elevarem-se para o céu, estavam repletas de lápides, por um lado, e de cachoeiras mortíferas, por outro. O rio Genesee invadia tumultuadamente o centro da cidade, gerando a energia que impulsionava as indústrias dos nossos prósperos fundadores. Túmulos soturnamente românticos, com colunas e gárgulas, criaram vales da morte na série de desfiladeiros que se tornaram o Cemitério Mount Hope. A comprida ponte para pedestres que cruzava o Genesee e as avenidas serpenteantes que davam voltas em torno do imenso e profundo cemitério eram pontos de visitação favoritos de minha mãe. Eu temia e odiava ambos os lugares. Tinha certeza de que, de uma forma ou de outra, seria arrastado para a morte, lá embaixo, ao me aproximar desses grandiosos locais segurando a mão da minha mãe e trajando primorosamente meu terno de marinheiro, acompanhado de um chapéu de palha ou envolto em várias camadas de tecido acolchoado.

Quando reuni coragem para me queixar, minha mãe me garantiu que era sorte minha ter acesso a um cenário espacialmente tão interessante. Filha de um horticultor de Hilton, povoado situado em terras excepcionalmente planas, a cerca de 20 quilômetros do centro da cidade, ela sustentava que nada poderia dar-lhe maior prazer do que observar, do alto, paisagens tanto selvagens quanto perigosas. Medo das alturas, disse-me, não passa de medo das profundezas. Ela, porém, previsivelmente, temia o tédio de certos horizontes distantes, fixos. A planície, dizia, era como uma história monótona; do tipo de que se pode adivinhar, logo no início, o meio e o fim. Grandes volumes de água eram diferentes, pois não se sabia nunca o que de fato fariam, quando gelados, e só isso já os tornava interessantes. Falávamos sobre essas coisas em nossos passeios, ou melhor, ela falava. Eu falava muito pouco. Era apenas uma criança.

Agora, percebo que ela se parecia muito com um amigo meu, o pintor Rockwell Kent. Devia ter recebido um barco a vela e sido colocada ao sabor da corrente, batendo em sucessivas margens escarpadas e inacessíveis, embora a monotonia das longas viagens, desde a partida até a aproximação da terra, talvez a fizesse desistir desse estilo de aventura. Mesmo assim, eles tinham muito em comum e, se algum dia se conhecessem, Rockwell talvez se apaixonasse por ela. Era um homem obcecado pelas paisagens perigosas, pelas mulheres e pelo norte. Parava de viajar apenas o tempo suficiente para começar a pintar; parava de falar apenas o tempo suficiente para começar a escrever; parava de cometer adultério apenas o tempo suficiente para tentar ajeitar seu casamento em desintegração. Seu cérebro, como sua pintura, era controlado por forças polares. O norte estava sempre com ele, não importava onde pendurasse o chapéu. Quando eu tinha nove anos e partia para a série, que se revelaria a última, de caminhadas com minha mãe, Rockwell já teria sobrevivido às fantasias da gelada escola ao ar livre do excêntrico Abbott Thayer e freqüentado a aula de modelo vivo de Robert Henri por dois ou três anos. Tendo nascido no fim do século, parece que meu destino é entrar já no fecho de todos os dramas com que deparo. Quando conheci Rockwell, quando conheci Robert Henri... mas me antecipo a mim mesmo. Basta dizer que perdi por um ano o Armory Show, o notório início do Modernismo na América do Norte, embora agora não lamente isso nem por um instante.

Toda manhã, pontualmente às 8h15, meu pai saía de nossa casa simples, na Rua Atkinson, para caminhar até a fábrica de George Eastman, na Rua State, onde tinha um emprego de escritório. Quando menino, eu ficava verdadeiramente encantado tanto com a fábrica em si — sete andares de altura! isso era digno de admiração — quanto com os objetos que dela saíam. Câmeras. Fotografias. Imagens estáticas, calmas, confiáveis. Imaginei que meu pai fosse responsável por essas fidedignas fotos, embora houvesse apenas duas em nossa casa: a primeira mostrava meus pais esguios e severos, em seus trajes de casamento; a outra era minha, quando bebê, tolo e com um jeito de menina, com minha roupa de batizado. Tínhamos uma câmera Kodak Brownie — como todo mundo em Rochester —, mas minha mãe proibiu seu uso.

— Elas retêm as coisas — anunciava, sempre que vinha à baila o assunto câmeras. — Interrompem o fluxo normal dos acontecimentos. Além disso, eliminam coisas. Se eu tirar uma fotografia dali — dizia, apontando uma fábrica de cerveja do outro lado do rio Genesee —, apago isso e aquilo.

Mesmo agora, ainda posso ver a maneira como gesticulava ao falar, seus braços movimentando-se amplamente para a frente e para trás, fazendo desaparecer o resto do mundo, o mundo que um fotógrafo poderia eliminar, o mundo do rio turbulento, o mundo que eu temia.

Papai me contou, muito tempo depois, que ela começara com suas caminhadas para o rio e o cemitério enquanto eu ainda estava em meu carrinho de bebê. No início, essas saídas eram esporádicas, pelo que ele podia lembrar, e achava nelas algum sentido, pois os bebês precisam "tomar ar". Quando eu tinha seis anos, porém, o passeio se tornara uma rotina diária. Não importavam o tempo, as tarefas domésticas urgentes, os convites para os chás de senhoras, minhas próprias débeis objeções, lá íamos nós. Se estivesse chovendo, minha mãe levava um grande guarda-chuva preto. Se estivesse nevando, agasalhava-me, e a si mesma, com cachecóis, luvas e casacos acolchoados. Só doença grave, dela ou minha, poderia mantê-la em casa. Eu ficava gravemente doente com a maior freqüência possível, adorando a tranqüilidade do meu quarto, meus livros e brinquedos espalhados em torno de mim, em cima do cobertor azul-claro, *O Reino do Cobertor* tão maravilhosamente descrito pelo Sr. Stevenson em meu poema favorito. De modo particular, minha maior ambição na época era ser uma criança doentia, tão doentia quanto fora o escritor em questão. Mas logo que o termômetro da fábrica de instrumentos do Sr. Taylor indicava que eu estava novamente bem, lá seguíamos outra vez por cima do rio rugidor até as beiradas do vale das sombras. "Sim, embora eu caminhe através do vale das sombras da morte", cantava a congregação, "não temerei nenhum mal... teu bordão e teu cajado me confortam." Eu estava convencido de que o bordão era o termômetro do Sr. Taylor, confortando-me, impedindo que eu fosse para os vales das sombras, fazendo-me amar a palavra *febre*.

Mamãe reivindicava um parentesco nosso com o Sr. Taylor, mas na verdade ela reivindicava nosso parentesco com todos os cidadãos destacados de Rochester.

— Só eu e você — dizia ela, em tom conspiratório — somos parentes em primeiro grau do Sr. Taylor. Seu pai, não, ele não é parente de ninguém.

Eu era criança demais, naquele tempo, para lembrar-lhe de que meu pai era, claro, parente meu, consangüíneo.

Segundo minha mãe, quando ela era criança, seus ilustres parentes a haviam levado, em seus luxuosos cabriolés, para as águas e margens muito mais fascinantes do Grande Lago Ontário, mais próximo do que se imaginaria da planície em torno de Hilton. Foram à margem do lago com todos os tipos de clima e, a partir daí, entrou-lhe na cabeça a idéia de que as saídas eram boas para crianças. Algumas vezes havia gelo, explicou ela, e então se passeava de trenó a vela e se patinava. O gelo era branco perto da margem, em seguida cinzento e, depois, cinza mais escuro. Tornava-se preto pouco antes de desaparecer nas agitadas e negríssimas águas do Grande Lago. Parecia o piso imenso e polido de um salão de bailes e, quando se crescia, dançava-se nele de braços dados com um par. Eu quase nem conseguia imaginar isso. Para mim, o gelo era algo que aparecia da noite para o dia, surpreendente e prateado, sobre os membros nus das árvores próximas de uma cachoeira ou pendendo como presas ferozes e gotejantes por cima do desfiladeiro através do qual rolava o rio Genesee.

Rockwell Kent me diria, anos depois, que adorava gelo, insistindo em que era mais interessante do que o mero solo, pois criava a si mesmo a partir dos materiais disponíveis, algumas vezes invisíveis, e depois tornava a desaparecer; o gelo, segundo ele, tinha uma mente própria.

Ele teria venerado minha mãe.

Não é nenhuma surpresa para mim, agora, diante dos abismos da geografia circundante, que homens famosos por terem inventado coletores de correspondência e elevadores florescessem em minha cidade natal. James B. Cutler e L.S. Graves, respectivamente. Mamãe reivindicava um parentesco nosso com ambos os cavalheiros e também com um certo Jonathan West, que inventara um tipo de medidor de água muito elogiado. As realizações dos grandes homens de nossa cidade, parece que todos eles parentes nossos, figuravam amplamente nas palavras que minha mãe escolhia para descrever as paisagens por onde perambulávamos.

— A pessoa cairia direto lá embaixo — disse ela, certa vez, olhando com atenção, de cima de uma ponte que transpunha o espumoso Genesee. — Cairia como uma carta de amor num coletor de correspondência de Cutler.

De outra vez, quando andávamos pela margem superior do cemitério, ela informou em tom sombrio:

— Esses caminhos se curvam de um lado para outro exatamente como um dos chicotes de Henry Strong, atirados no gramado.

Fiquei imaginando para que seriam usados esses longos chicotes e que tipo de grandes animais estariam eles destinados a domar.

No Cemitério Mount Hope ficávamos sob os arvoredos e nos sentávamos em bancos de pedra. Parávamos por alguns instantes para admirar os majestosos mausoléus de sucessivos parentes supostos. Examinávamos a estatuária de mármore — mármore algumas vezes trazido de longe, da Itália, disse-me minha mãe — que ia desde pequenas urnas a grupos de família representados realisticamente em tamanho natural.

— Sem dúvida, o cachorro do primo Reginald é muito parecido — dizia mamãe, olhando com carinho para um animal de mármore que se enroscava aos pés de um barbado empresário de mármore, confortavelmente instalado numa poltrona, em seu próprio túmulo. — Seu nome era Mergatroyd.

Não creio que eu tivesse jamais me envolvido intimamente com uma mulher tão jovem quanto era minha mãe naquele tempo. Casara-se com meu pai aos 16 anos e, desde então — a não ser por nossas saídas à tarde —, ficara mais ou menos presa à casa. Pelo que eu sabia, não tinha nenhuma amizade. Mesmo seus próprios pais, meus avós, eram pessoas obscuras, vagas, que jamais apareciam em nossa casa e cuja pequena casa de madeira, em Hilton, raramente visitávamos. Se desaprovavam o casamento ou se eles próprios eram desaprovados por meu pai, eu nunca cheguei a saber. Já a família dele estava muito distante, num lugar chamado Baton Rouge. Eu conhecera apenas meu avô confederado, que vinha visitar-nos uma vez por ano.

Era um mundo claustrofóbico que, mais do que a infância monótona e prosaica de minha mãe, poderia explicar sua necessidade de parentes imaginários e de um cenário dramático. Lembro-me da escuridão da casa durante o dia, das lâmpadas mortiças, à noite, dos jantares silenciosos e das pontuais idas para a cama. Minha mãe e eu tínhamos pouco em comum com meu pai; como ela dissera, ele não era, pelo menos num sentido metafórico, aparentado com ninguém. Ela e eu, porém, éramos aparentados com os mundos alternativos ligados à infância. Bonita e frágil, entediada e inclinada à fantasia, ela era, suponho, apenas uma menina. Tornei-me seu companheiro de brincadeiras; seu nem sempre disposto companheiro de brincadeiras. Aos nove anos, eu a adorava e ela me deixava perplexo; ansiava por sua companhia, que algumas vezes também me sufocava.

Pelo que sei, a maioria das pessoas lembra-se apenas de fragmentos de qualquer dia particular de sua infância. Só de certas imagens estáticas, muito parecidas com as fotografias tão desaprovadas por minha mãe, tiradas de uma atmosfera que se guarda na memória, de se ter seis, nove ou cinco anos. Não tenho tanta sorte assim, como já salientei. Robert Henri sustentava que os olhos maravilhados de uma criança vêem tudo, mas, quando a infância passa, grande parte do que viram se perde. Carreguei tudo que vi certo dia de 1904 até a vida adulta, fosse por causa do que aconteceu depois ou, talvez, apesar do que aconteceu depois. Mas essa intensidade visual é apenas uma questão de ótica. Posso ver a maneira como a neve se movimentava através do bairro, a cor que o frio colocava no rosto de minha mãe, os fios gelados e reluzentes balançando-se ao vento, a neve a escorrer contra as paredes externas dos mausoléus, mas não posso ver a mim mesmo, ao menino que eu era então; pelo menos, não posso ver seu rosto. E não há fotos. Minha mãe jamais permitiria fotos.

Era o fim de janeiro. Eu tinha nove anos e freqüentava a escola, mas isto não impedia minha mãe de insistir nas caminhadas; de modo assíduo, estava à espera no portão, quando eu cruzava a porta da escola. Mas aquele era um sábado, um feriado dessa humilhação particular, um dia que eu preferiria passar desenhando meus soldados, agora inteiramente realistas, travando seus combates também inteiramente realistas. E colorindo-os. A pintura de cartazes entrara em minha vida.

A noite anterior, uma tempestade de neve cobrira tudo de prata e acordamos de manhã num mundo cheio de lantejoulas.

Ao sairmos de casa, minha mãe soltou exclamações admirativas, diante de tanta beleza.

— É o que acontece — disse — quando se vive no norte. Tudo pode mudar da maneira mais majestosa, completamente, da noite para o dia. — Caminhávamos devagar, por causa do gelo sob nossos pés. — Vivemos tão ao norte quanto possível — declarou ela. — Você não fica satisfeito com isso?

Ou ela se esquecera do Canadá, ou preferia ignorá-lo.

— Somos nortistas — disse, com orgulho. — Gostamos do frio.

Agasalhando-me em meu casaco de lã, para me proteger do vento cada vez mais frio, eu não tinha muita certeza se concordava com ela, mas não ousei manifestar minha opinião.

— Nosso rio corre para o norte — anunciou, enquanto seguíamos lentamente, centímetro a centímetro, pela ponte escorregadia. Eu tentava não pensar no rio, na longa e profunda distância entre mim e sua correnteza veloz. — O espiritismo nasceu no norte — continuou alegremente minha mãe. — O norte é onde vive o espiritualismo. — Fez uma pausa, admirou a vista da extremidade da ponte, depois acrescentou: — Graças às minhas tias-avós, suas tias-bisavós, as famosas irmãs Fox.

Obsequiou-me com uma descrição completa das Pancadas de Rochester, batidas e estrondos do Além que, segundo minha mãe, visitavam essas senhoras a qualquer hora do dia ou da noite. Pessoas enlutadas faziam filas de quarteirões para consultas marcadas com as famosas irmãs Fox, porque elas podiam colocar quem quer que fosse em contato com o espírito de qualquer outra pessoa, desde que a outra pessoa a ser contatada estivesse completamente morta. Imaginei brancos fantasmas com martelos, deitados sob pisos de madeira, a exigir furiosamente a atenção dos vivos. Mas minha mãe corrigiu-me, quando lhe falei a respeito. As pessoas enlutadas, disse, apreciavam essas batidas e golpes, esses pedidos de atenção. E os fantasmas só batiam e golpeavam se uma ou mais de suas tias-avós estivessem presentes na sala. Os fantasmas, garantiu-me, gostavam muito delas, que agora também estavam mortas havia algum tempo.

— Eles *batem*? — perguntei. — Todo mundo bate?

Minha mãe então riu, abraçou-me e me puxou para bem pertinho dela.

— Nunca pensei nisso — disse.

Eu a amava. Lembro-me de que a amava. Acho que sim. Não, tenho certeza. Quando menino, ela era tudo para mim.

Quando minha mãe e eu chegamos ao cemitério, começava a nevar pela segunda vez: flocos macios, suaves, grandes o bastante para serem examinados na luva.

— Nenhum é igual ao outro — disse minha mãe. — Mas também nenhum de nós é igual ao outro, mesmo sendo parentes.

Mais tarde, Rockwell desenvolveria o mesmo tema. Ele acreditava profundamente na inexorabilidade do caráter, da originalidade. Mesmo desejando, a pessoa não pode livrar-se disso, disse-me ele uma vez.

Há momentos em que desejei.

Enquanto avançávamos pelo cemitério, minha mãe me lembrou que, na abertura do Cemitério Mount Hope, em 1830, seu tio-avô, o Reverendo Pharcellus Church, fizera o discurso inagural, elogiando suas majestosas vistas, suas "terras profundas" e "abruptos declives". Nos últimos anos da vida dele, o cemitério era seu local favorito para uma caminhada, e agora, 70 anos depois, era o nosso.

— Foi um homem admirável — disse-me. — Deve orgulhar-se de ser seu parente. Quando você nasceu, eu queria que seu nome fosse Pharcellus, mas seu pai não quis nem ouvir falar disso. Desejava algo mais sulista. Então, concordamos que fosse Austin.

Mesmo aos nove anos, fiquei satisfeito com isso.

Observamos por muito tempo as terras baixas e os abruptos declives cheios de neve, tempo bastante para vermos cobrirem-se de branco os telhados de ardósia e pedra das coberturas dos túmulos, nos vales, enquanto subíamos com dificuldade por gelados caminhos. Então, exatamente ao chegarmos ao centro desse temível lugar, os velhos carvalhos começaram a gemer e ranger, enquanto o vento mudava, ganhando velocidade e provocando a mais cegante tempestade de neve que eu já vira em toda minha curta vida.

— Acho que teremos de esperar esta passar — gritou minha mãe, em meio ao ruído da tempestade. — Acho que teremos de procurar abrigo em algum lugar.

Estávamos junto a um mausoléu que parecia uma catedral em miniatura. Minha mãe semicerrou os olhos para ler a inscrição acima da porta e disse:

— Tenho certeza de que primo Slattery não se importará. — Com sua bota, raspou a neve do umbral, empurrou a resistente porta de entrada, de ferro batido, e me fez sinal para entrar.

Há muito tempo ninguém visitava primo Slattery, concluí, quando meus olhos se acostumaram com a escuridão. O chão de mármore quadriculado não fora varrido nem lavado, todas as flores tinham secado e Jesus, que caíra da cruz, jazia espatifado no altar. Um vitral pontiagudo, na parte de trás da sala, estava quebrado e faltavam dois pedaços de vidro. Isso é bom, pensei, porque permitia a entrada de um pouco de luz e de ar na estrutura.

— Parece — disse minha mãe, de modo desaprovador, olhando em torno — que primo Slattery era papista.

Nós éramos episcopais, seita cujo nome nunca fui capaz de pronunciar. Eu não tinha a menor idéia do que era papista e, quando perguntei, a descrição subseqüente de santos e mártires feita por minha mãe levou-me a acreditar que as famosas irmãs Fox também deviam ser papistas. Estávamos sentados em bancos de oração com estofamentos em *petit point* há muito deteriorados, e nosso peso arrancava deles pedacinhos de palha seca. Nessa posição, meus joelhos chegavam ao meu peito e os de minha mãe quase ao seu queixo. Lá fora, a borrasca envolvia nossa pequena habitação e eu a imaginei arrojando-se por declives que não podíamos mais ver.

Não sei quanto tempo ficamos na capela do primo Slattery, porém o mais provável é que tenha sido por pouco mais de uma hora, embora parecesse uma eternidade. Tempestades como a que desabou aquele dia no Cemitério Mount Hope alcançam grande intensidade e depois se evaporam, em conseqüência do que é agora chamado, nessa região, de "o efeito lago". Lembro-me, porém, de que a certa altura fiquei com frio e comecei a me queixar. Lembro-me, também, de que minha mãe tirou seu casaco e me agasalhou com ele e de que o calor do seu corpo estava impregnado no tecido; mesmo através do acolchoado do meu próprio casaco, pude sentir esse calor e ele me confortou.

Foi pouco depois desse dia que minha mãe morreu de escarlatina, doença com um lindo nome. Estranhamente, nunca houve na caixa de tintas do artista uma tonalidade com essa designação pelo menos até a década de 40, quando foi chamada de escarlate quinacridona, com a segunda palavra, pesadona, destruindo a luminosidade e a delicadeza da primeira. Mesmo assim, quase todas as vezes em que eu usava vermelho numa pintura pensava em minha mãe, ao destampar o tubo. Vermelho de cádmio, vermelhão, vermelho veneziano, rubro, carmim, tudo isso me fazia lembrar nossas caminhadas pelo Cemitério Mount Hope, embora ela não esteja enterrada lá, mas repouse, em vez disso, no pequeno cemitério de Hilton.

Entristece-me pensar nela em Hilton, com os campos planos estendendo-se por todos os lados, sem estatuária de mármore nem geografia dramática para homenagear sua curta vida, enfeitar-lhe a morte. Mas o Lago Ontário fica próximo, e era desse lago gelado que ela falava, jazendo em seu delírio de agonizante. Acreditava esquiar bem no meio da baía; acreditava que havia alguém na praia, chamando-a de volta.

— Não posso voltar — disse, repetidas vezes. — Vim longe demais e o gelo está ficando preto.

Cheia de energia até o instante da morte, suas mãos apalpavam por entre os lençóis, como se procurasse algo na escuridão, algo que reconheceria pelo toque. Eu, recuperando-me também da escarlatina, fui proibido de me aproximar do seu leito de morte, mas, olhando através do buraco da fechadura e escutando à porta, percebi que ela tentava encontrar-me, que eu próprio estava na praia para onde ela não podia voltar. Chamei-a várias vezes, silenciosamente, claro, embora algumas vezes sussurrasse seu nome.

É o carmim alizarina que agora associo com minha mãe, com sua vida, doença, morte. Uma cor tão pouco confiável que poderia, praticamente, ser chamada de efêmera, pois desaparece em menos de 30 anos. Nenhuma quantidade de verniz pode protegê-la. Mesmo que a afastemos da luz, ela ainda desbota, com uma determinação quase atlética. No entanto, é o mais belo dos vermelhos; escuro, romântico e frágil, uma explosão de alegria entre as outras cores da paleta, embora tudo indique que o artista, ainda no curso de sua vida, verá como se enfraquece, deteriora e, finalmente, some. É impossível conservá-lo.

Em minha imaginação infantil, a cor da doença era uma faixa vermelha no gelo de que minha mãe falava, e eu podia vê-la, nitidamente vê-la, movimentando-se por essa faixa até chegar ao lugar onde o gelo passava de cinzento a negro, até que eu a via entrar nas negras águas do Grande Lago.

Ela se juntara a todos os seus parentes. Tinha ido tão longe quanto achou possível na direção norte. Jamais voltaria.

Outra vez, não é grande a distância entre minha casa e o Cemitério Mount Hope, não é grande a distância até os desfiladeiros e túmulos que tanto fascinavam minha mãe e, suponho, não demorará muito para eu me juntar a todos os outros moradores desta cidade que fizeram crescer a população dos cumes e profundezas do cemitério. A volta a Rochester poderia ser encarada como a etapa inicial de uma viagem para os portões do campo-santo: os primeiros laboriosos passos de um velho elefante que vai para casa morrer. Mas, de fato, foi a disponibilidade de uma propriedade que me trouxe de volta à minha cidade natal. Dez anos antes, eu comprara a casa construída pelo famoso arquiteto modernista, a casa onde agora moro. Comprida e baixa, ampla e angulosa, ela está completamente deslocada neste bairro onde predominam um falso *revival* Tudor e grandes e enfeitadas mansões do século XIX. Como acontecia com esse arquiteto, descubro que me deprimem os móveis estofados e as engenhocas inúteis, as coisas guardadas que decoram a maioria das casas. Preciso de espaço em torno de mim e de luz. Ar. Como ele, quero um grande vazio entre mim e qualquer objeto numa sala.

Sou, por natureza, um homem civilizado. Apesar da realidade de que, em minha idade, o puro divertimento parece exigir mais forças do que tenho, aprecio meus bens materiais. Uma cama macia, um banho quente numa banheira espaçosa; janelas despojadas, grandes, retangulares, paredes brancas sem uma só mancha. Por este motivo contratei a Sra. Boyle, com quem falo o mínimo possível, embora isto infelizmente não a impeça de falar comigo. Quando vai embora, no início da noite, leva consigo o barulho do mundo e fico sozinho com uma das caçarolas dela, na cozinha, fumando e xingando, com o desejo de estar naquela outra cozinha, com o Grande Lago rugindo do lado de fora e eu limpando meus pincéis junto da pia. A cozinha que, como acabei de saber, agora é minha. Mas me recuso, agora, a tomar do mundo o que quer que seja. Continuarei a viver numa obra de arte modernista, com uma empregada e com fantasmas; desconfortáveis fantasmas, que não ligam para arquitetura branca e calma nem para tranqüilas ruas residenciais. Fantasmas cujo único motivo de estarem aqui é me perseguir.

Décadas atrás, entre as idades de 20 e 40, eu estava no período de coleta em minha vida, enchendo-me até a borda de assuntos, até ser forçado a extravasar em cima da superfície do quadro, em cima das telas para as quais Sara tantas vezes posava. Eu era um acumulador, um açambarcador. Invadia tudo e roubava constantemente. Acreditava que seria sempre mais jovem que os outros em torno de mim; que estava ligado à história daquilo com que me relacionava, jamais com sua concepção. Fui aluno de Robert Henri num período em que sua celebrada carreira — mesmo como professor — chegava ao fim, um tempo em que seus primeiros alunos ou, pelo menos, os que pertenciam à muito admirada Escola da Lata de Lixo já se haviam tornado mais famosos do que ele e, por sua vez, estavam sendo submersos pelo avanço do Cubismo, após o Armory Show. Conheci Rockwell Kent quando ele já vivera as vidas de 10 homens, era pai de filhos, tivera casos, vivera e trabalhara no extremo-norte. Mesmo o que eu chegaria a saber da história de Sara tendia em direção ao passado, não ao presente: a mina desintegrando-se debaixo do lago e cada objeto na casa do pai dela guardado e adorado como relíquia. Segundo minha maneira de ver a questão, naquele momento, cada vida em que eu tocava havia encontrado seu centro e prosseguia, então, numa espécie de etapa posterior. Estou pensando em meu amigo George Kearns, quando bati com os olhos nele pela primeira vez. Quase não passava de um garoto, mas a descontração com que perambulava por sua loja, seu querido Salão da Louça, dava a impressão de que ela era, há muitíssimo tempo, o centro do seu mundo. Minha situação era contrastante; meu relacionamento com qualquer lugar, qualquer ambiente, era sempre desajeitado e constrangido. Sim, e ali estava eu, rejeitando relacionamentos de forma tão casual.

Esta grande e famosa casa branca onde moro — esta casa que me convém tanto — não foi construída por mim nem para mim. Agora, em seus espaços abertos, por trás de suas vidraças gigantes, sou assombrado por histórias roubadas, bens surripiados. Todo dia, no ateliê, brinco com cores, crio texturas, experimento com o branco, distorço disfarçadamente o tema, enquanto os fantasmas pressionam seus rostos, suas vidas, contra portas e janelas, tentando fazer-me parar.

Perdi o Armory Show por um ano.

Não participei de nenhuma das duas guerras.

Nunca viajei para mais longe, ao norte, do que a margem oposta do lago Superior.

Fugi do amor.

No fim, todo o conjunto da minha obra, mesmo o que agora está em coleções particulares, irá para instituições, onde será destinado a paredes ou banido para porões. Importa pouco, para mim, que localização escolherá a posteridade. O que importa é a coleção de porcelana; os objetos cintilantes que enchem aos poucos as prateleiras de vidro na parede sul dessa sala, sob outros aspectos, quase vazia. Quem a desejará? Quem a guardará como um tesouro? Quem a colocará sob a luz correta? Levou tanto tempo para reunir mesmo parte dela, custou tanto esforço meticuloso. Uma tarefa que não se torna de forma alguma mais fácil com a Sra. Boyle resmungando sobre a probabilidade de meus olhos ficarem arruinados por um excesso de trabalho atento e de leitura. Tenho uma pequena biblioteca, na verdade apenas algumas poucas prateleiras de livros, livros contendo informações sobre fabricantes, marcas, certos ceramistas e *designers* famosos. Algumas vezes, tiro um volume da prateleira, sem nenhum motivo particular, deixo que se abra no meu colo, ao acaso, e examino atentamente uma foto de uma peça do século XVIII, uma peça tão rara que George Kearns não poderia jamais imaginar possuir. Algumas vezes, em minha mente, vejo-me dando-a a ele. Um presente. Nunca, durante todo o tempo em que o conheci, dei um presente a George.

Talvez pudesse ser um presente de casamento para ele e Augusta. Fantasmas e um casamento fantasmagórico. E eu, como o convidado de casamento que matou o albatroz.*

Mas não aceito convites de nenhum tipo e só o passado me visita. E George e Augusta nunca foram marido e mulher.

— O senhor devia sair mais com as pessoas — diz a Sra. Boyle, que tem uma mente voltada para a sociabilidade. — Pare de remexer em todas essas tintas venenosas. De qualquer modo, o senhor só faz recomeçar tudo mais uma vez. Se encontrasse pessoas, de vez em quando, talvez não cometesse tantos erros. Talvez conseguisse terminar um desses quadros.

Quadros. Erros.

Como eu disse, não tiro nada do mundo, agora.

* Referência ao poema *The Ballad of the Ancient Mariner*, de Coleridge, em que um marinheiro mata um albatroz e é punido. (*N. T.*)

Toda a água desta cidade corre urgentemente em direção ao norte, apressa-se a seguir para o Grande Lago com o nome de uma província canadense. Mas a cidade em si olha para leste e oeste, de çada um dos lados do rio Genesee, como se seus cidadãos tivessem decidido, certo dia, voltar-se para dentro, em vez de admitir a existência de outra terra, uma margem oposta, com seus próprios rios, fazendas e cidades.

Na imaginação coletiva daqui, o país do outro lado do lago nunca chega verdadeiramente a tomar forma. Fria, longínqua, separada por tanta água que a curvatura da terra a torna invisível, a margem distante desaparece depressa da memória — apesar das excursões feitas por lá, ou até de completas férias de verão passadas no local —, tão depressa quanto desapareceria uma ida a um parque de diversões, no reinício da vida diária. A impressão restante é tão vaga e fugidia quanto as várias intensidades da luz sobre o lago, que mudam antes de serem completamente registradas por nossa mente, ou antes de alguém com aquarela e pincel ser capaz de captá-las no papel que tem na mão.

Eu tinha 17 anos em 1912, quando meu pai ganhou, com ações das minas canadenses, dinheiro suficiente para começar a pensar mais seriamente no país que o lago ocultava. Um conhecido, um gerente de departamento da fábrica Eastman, convenceu-o a investir numa propriedade ao norte do lago Superior e, por mais improvável que possa parecer, seu dinheiro dobrou e, depois, triplicou. Meu silencioso e sóbrio pai, para grande espanto seu, revelou-se um talento financeiro. Não se casara novamente. Durante algum tempo, após a morte de minha mãe, não teve qualquer vida social significativa e podia, portanto, passar as noites estudando cuidadosamente seus cálculos e cotações das ações da bolsa — sua partida especial de paciência. Muitas vezes, à noite, eu adormecia ouvindo-o fazer contas em voz alta, enquanto separava papéis cheios de números, papéis que, por si, faziam um ruído confortador quando ele os movimentava, como um vento leve num bosquete de bordos.

Nossa vida era arrumada, ordenada e não desprovida de felicidade. O interior da casa parecia fisicamente mudado com a ausência de minha mãe, tendo desaparecido com ela aquela cálida e algumas vezes claustrofóbica qualidade que eu associava com minha primeira infância, embora não fosse mudada nem tirada, após sua morte, uma única peça sequer do mobiliário, uma cortina ou um paninho de mesa. Meu pai e eu nos movimentávamos em nossas órbitas separadas, previsíveis, e confiávamos na regularidade dos hábitos um do outro. Ele não me examinava todo dia, como minha mãe fazia, antes da ida para a escola, e raramente comentava meu comportamento ou minhas realizações. Dava uma olhada bastante descuidada em meus boletins escolares e nem ficava agradavelmente surpreso com minha primeira colocação na turma nem muito aborrecido, quando minhas notas começavam a cair. Não insistia no relacionamento. A emoção estava quase inteiramente ausente do contato que tínhamos um com o outro, o que não quer dizer que ele me tratasse mal ou que não tivéssemos afeto mútuo. Eu, por minha vez, sentia-me à vontade com a ausência de intromissão por parte dele. Tinha a impressão de que os cômodos onde vivíamos se haviam tornado espaçosos, que luz e vento entravam facilmente pelas janelas. Vez por outra, sons de fora chegavam até nós, vindos do mundo real. Lembro-me de que meu pai gostava de pássaros e ficava feliz quando algum deles, de espécie incomum, aparecia em nosso quintal. Um papa-figo, por exemplo. Algumas vezes, conversávamos sobre coisas assim.

Logo após a morte de minha mãe, meu pai saiu do quarto que haviam partilhado, preferindo dormir num quarto pequeno, parecendo uma cela, na extremidade mais afastada do corredor. De qualquer modo, eu sempre acreditara que o quarto grande era o lugar da minha mãe — sua penteadeira, seu guarda-roupa cheio de trajes compridos e escuros — e, então, a mudança de local de dormir do meu pai teve pouco efeito sobre mim. Durante algum tempo, quando eu ainda era muito pequeno e tinha certeza de que meu pai não estava por perto, entrava silenciosamente no quarto abandonado, aproximava-me da penteadeira e brincava com a caixa de música da minha mãe. Girava a chave de metal no fundo do pequeno instrumento e ficava ouvindo o Minueto em Sol até a música se tornar lenta, depois começar a falhar e, finalmente, cessar por completo, com uma triste e tangida nota única final. Uma vez, exatamente quando eu fechava com cuidado a tampa presa à caixa por dobradiças, senti dois grandes braços me abraçarem. Meu pai ergueu-me da penteadeira e caiu na cama, comigo no colo. Olhei para o espelho, o mesmo espelho que tantas vezes trazia a imagem da minha mãe, e observei, com uma espécie de horror, meu pai, em geral contido, chorar desajeitadamente em meu pescoço. Não teria coragem de tentar escapulir do seu abraço, naquele momento, mas tudo em mim desejava fazer isso, enquanto eu sentia as lágrimas arderem em meus próprios olhos.

Afinal, meu pai me soltou, levantou-se e, sem nada dizer, saiu rapidamente do quarto. Nunca falamos do incidente.

Anos depois, aconteceu outra coisa extraordinária e desconcertante. Ao voltar certo dia da escola, encontrei meu pai caminhando de um lado para outro, como um cão enjaulado, em nosso pequeno vestíbulo. Eram quatro da tarde e ele jamais chegava do escritório antes das seis; a rotina, claro, era a máquina que movimentava nossas vidas. Mas sua presença no vestíbulo àquela hora destruiu tudo isso; estava completamente deslocada. Minha surpresa foi igual ao que seria se o encontrasse nu no gramado.

Quando lhe perguntei por que já não estava mais no trabalho, olhou-me meio espantado, como se estivesse surpreso com o meu aparecimento ou como se não reconhecesse minha voz, meu rosto. Abriu uma das mãos com a palma para cima, encolheu os ombros e disse:

— Não vou trabalhar mais, eu... nós estamos ridiculamente ricos. Não precisarei trabalhar nunca mais.

Ficamos ali olhando um para o outro, no espaço pequeno, quadrado, inútil, os dois mais próximos fisicamente do que havíamos ficado desde aquela tarde, no quarto da minha mãe, e nos olhando nos olhos, como nunca fizéramos. Lembro-me de que ele segurava o chapéu, como se não tivesse muita certeza se chegava ou saía.

A palavra "rico" era tão estranha para mim que mal entendi suas implicações.

— Tem certeza? — gaguejei.

Ele assentiu com a cabeça, vagarosamente. Notei que sua boca tremia, sua pele estava lívida. O padrão de sua vida, percebi mesmo então, fora destruído. Ele tinha o aspecto de um homem no meio de uma grande emergência. Minha impressão foi a de que ele chamaria uma ambulância ou a polícia.

— Prata — disse. Ainda olhava diretamente nos meus olhos, com uma expressão quase zangada. — Um lugar remoto qualquer, no Canadá, chamado Cobalt.

— Cobalt — repeti. Só conseguia visualizar certo tom de azul.

Se eu estivesse, na época, interessado em retratos, desejaria fazer o do meu pai, com o aspecto que tinha naquele momento. Muito mais tarde, Robert Henri me ensinaria que os traços de um rosto inclinam-se para a expressão única "que manifesta a condição do modelo". Havia mais do que isso, porém, no rosto do meu pai. Instintivamente, percebi que o via no limite entre tudo que ele fora e tudo o que se tornaria. Tudo isso estava ali conosco, no modesto vestíbulo, equilibrado entre nós por um instante, num final de tarde de outono.

O silêncio era total. Meu pai passava o chapéu de uma das mãos para a outra e, uma ou duas vezes, abriu a boca e pigarreou, como se houvesse mais alguma coisa que desejasse dizer-me. Depois, o ângulo de sua visão alterou-se ligeiramente, de forma quase imperceptível, e percebi que ele se retirava, olhando por cima do meu ombro para sua nova vida.

— Tenho deveres da escola para fazer — murmurei.

Veio-me uma terrível consciência de que não tinha idéia do que nos diríamos entre as quatro e as seis horas, horas estas em que, até então, eu ocupara a casa sozinho.

— Claro — ele respondeu. Pôs o chapéu em cima da mesa do vestíbulo e, depois, arrastou os pés para o lado, a fim de me deixar passar. Separamo-nos e fomos para outros cômodos da casa. Enquanto subia a escada, ouvi os passos dele na cozinha. Tive a impressão, naquele momento, de que meu pai tomara a decisão de não parar de caminhar, afastando-se sempre do seu antigo eu.

Há várias maneiras de perder as pessoas que compõem o tecido da nossa vida. Algumas vezes, a alteração é lenta, interna, quase invisível, de modo que deixamos de notar durante anos que o outro foi embora há meia década. Outras vezes, a pessoa a quem nos ligamos muda de modo tão radical que é como se ele ou ela tivesse morrido e fosse substituído por uma pessoa inteiramente nova. Nos poucos meses seguintes, a personalidade de meu pai se alterou radical e permanentemente, à medida que ele penetrava num mundo que eu jamais entenderia. Ele passava seus dias nos escritórios de corretores e patrocinadores; a serenidade de nossas noites desapareceu, enquanto suas horas de folga se enchiam de atividades em torno de hospitais e museus. Mulheres entravam em sua vida, atraíam-no para demorados jantares no bairro onde agora moro. Ele começou a comprar roupas caras.

Por um curto período, no início de tudo isso, ele começou inexplicavelmente a falar. Como se o dinheiro fosse a chave de que precisava para destrancar a linguagem, confessou detalhes que antes deixara de revelar. Subia a escada, tarde da noite, sacudia-me para me acordar e falava do passado: sua infância, sua viagem do sul para o norte, a primeira vez que dera uma olhada em mamãe, o casamento deles, a crescente estranheza dela, depois que montaram casa. Lembrava-se das coisas mais estranhas: de como a madeira retorcida do tronco de uma figueira-brava, em frente à casa onde ele morava, na infância, entrelaçava-se de modo semelhante a margens enfeitadas de um manuscrito medieval com iluminuras; recordou um cabineiro de vagão-dormitório com quem conversara, num trem chamado *The Orange Blossom Special*; a tonalidade malva do bico de gás, no nevoeiro do lado de fora do Rochester Temperance Hall, onde ele e mamãe se conheceram. Ela trabalhava há menos de um ano, disse, numa fábrica de roupas perto do rio, e ele se orgulhava de tê-la resgatado de tudo aquilo. Eu estava sedento das informações que ele me dava e, muitas vezes, após ele voltar para seu próprio quarto, uma parte de tudo aquilo penetrava em meus sonhos, em que o rígido jovem casal da foto de casamento dos meus pais relaxava, ria e se abraçava.

Depois, tão abruptamente como começara, o interlúdio terminou e, embora meu pai continuasse a falar, era apenas do presente. Acabei entendendo que, contando-me o passado, ele o afastava; que eu fora uma espécie de receptáculo dentro do qual ele jogara seu antigo eu, a fim de abrir espaço para a nova pessoa que se tornava. Um espaço bem varrido, limpo e vazio para o presente, para os jantares, encontros e salas de diretoria, o novo mundo ao qual eu não tinha acesso algum.

Detestei isso. Queria a rotina familiar, queria que meu pai saísse pontualmente de casa às 8h15 e voltasse, também pontualmente, às 5h45. Queria a quietude dele, seus murmúrios solitários, queria o confortante sussurro dos seus papéis ou das suas palavras sobre o passado nos momentos em que eu deslizava para o sono. Quando ele começou a rodopiar de modo ruidoso, afastando-se de mim, passei aos poucos a desconfiar completamente da motivação que havia por trás da enunciação de palavras. Parei de conversar, de responder, mergulhei cada vez mais fundo em mim mesmo, no universo dos meus desenhos, até ficar fora de casa durante o maior tempo possível, registrando cachoeiras e desfiladeiros em pálidas folhas de papel, exatamente como acreditava que minha mãe esperava de mim.

Meu pai, no meio de sua vida, foi transformado de tímido funcionário de escritório em empresário jovial, turbulento e, no final, confiante em excesso, quase temerário. Ele, que nunca se relacionava com ninguém, repentinamente passou a se dar com todo mundo. Menos comigo. Eu só me dava com o papel, com o lápis que estava em minha mão, com o emaranhado de linhas que captavam uma amostra de água cheia de energia sob meus dedos, o contorno das bordas do rochedo.

No início do verão de 1913, meu pai me disse que íamos para o norte passar o verão do outro lado do lago e, pela primeira vez em nossas vidas, embarcamos na balsa que percorria regularmente, quando o tempo permitia, a distância de 80 quilômetros de uma margem a outra. Ele comprara sem ver uma pequena propriedade de verão à margem do lago, na cidade canadense de Davenport. O ar, garantira-lhe o corretor, era muito mais puro ali, a água mais limpa e mais apropriada para o banho. Além disso, a vida social de verão, as festas dadas por americanos ricos, nas grandes casas de praia à beira do lago, seriam, segundo acreditava meu pai, meu bilhete de ingresso para aquele mundo. Eu completara meu primeiro ano de aulas no Rochester Art Institute e fazia algumas amizades casuais entre os pintores, músicos e atores que eram membros da limitada elite cultural da minha cidade. Em vez do Canadá, preferiria Nova York, Chicago ou uma viagem para a Europa. Ou, na impossibilidade disso, ficar em Rochester. Mas, ainda assim, entrei na embarcação com o máximo de boa vontade de que pude me armar e, depois que zarpamos, caminhava com ar melancólico pelo convés, de uma forma que julgava própria para alguém com temperamento artístico.

Dez anos depois, Rockwell Kent e eu discutiríamos o encanto de uma praia do norte, como tudo se abre e clareia ali, o céu, os vários ventos, a água; a permanência da luz, no verão, por muito mais tempo do que o habitual, como se tentasse anunciar algo vital que foi esquecido ou recusado. Mas nada disso veio à minha cabeça de 18 anos, enquanto tentava fazer uma aquarela mostrando a pastoral e luxuriante linha costeira de Ontário. O que me intrigou, em vez disso, foi como uma paisagem podia ter um aspecto bem-tratado e desabitado ao mesmo tempo. Havia algo em mim naquele tempo, certo amor tanto pela solidão quanto pela ordem, que respondeu imediatamente ao que eu via. Mas, ao nos aproximarmos mais de Davenport, meu entusiasmo começou a diminuir. Pomposa e pequena, a cidade parecia não ter muitas potencialidades. Marginando a praia havia grandes casas de verão americanas, perfeitos exemplos do tipo de exibição imodesta de dinheiro que eu, estudante de arte com inclinações socialistas, achava que devia ser desaprovado. Decidi, imediatamente, que não teria nada a ver com a afetada sociedade que, decerto, enchia as salas de visitas e campos de croquê daqueles lugares. Ficaria sozinho, suportaria o verão.

Havia algo mais. Até aquele momento, ir para o norte significava, para mim, lago, céu, vazio, mas agora tinha a impressão de que tudo estava torto — a praia, o sol, os montes, todas essas coisas pareciam voltadas para a direção errada e, em minha cabeça, eu não parava de desejar que as árvores subindo pelas encostas atrás da cidade fossem submersas e as ondas rolassem no sentido oposto ao da praia. Em anos posteriores, como já disse, minha atração seria pela margem norte de qualquer extensão de água; mas, aos 18 anos, eu ainda era inocente quanto ao tipo de obsessão que a atração exige. Passei meus primeiros dias em Davenport todo amuado, sem sair da varanda de nossa casa de verão, a olhar por cima do lago na direção da minha cidade abandonada, ressentido com as repetidas e malsucedidas tentativas de meu pai, de me fazer participar de partidas de *badminton* e outras tolices do gênero. Algumas vezes, caminhava pela praia, mas a areia enchia meus sapatos e meias e me sentia constrangido demais para tirá-los. Então arrastava-me de volta para casa e me trancava em meu quarto que, comparado com a luz dourada sobre a vasta extensão de água, parecia escuro e pequeno. Finalmente, cansei-me desse comportamento — tinha apenas 18 anos — e, quando meu pai me deixou em paz e foi jogar suas absurdas partidas de *badminton*, saí pela porta dos fundos e comecei a explorar a cidade.

Como descrever o mundo colonial que florescia nas ruas que terminavam bem longe dos bem-cuidados gramados americanos? Bandeiras do Reino Unido ondulavam ao vento que soprava do lago, as ruas Queen e King cruzavam-se no centro da cidade, e as Victoria Hall e Albert celebravam o cruzamento. O British Hotel tinha um aspecto imponente e próspero. O primeiro banco que vi chamava-se The United Empire e o cinema tinha o nome de The King George. Muitas vezes havia um concerto acontecendo na concha acústica do parque municipal, realizado, como soube mais tarde, pela Banda da Artilharia da Guarnição de Davenport. Os uniformes dos músicos pareciam uma mistura entre os usados por soldados durante a Guerra dos Bôeres e fotos que eu vira de policiais ingleses.

Vivi durante anos em duas grandes cidades americanas. Passei férias de inverno em vilas francesas e italianas e 15 verões na margem norte do lago Superior, mas poucos desses lugares gravaram-se em minha memória visual na medida em que o fez Davenport — um lugar onde passei apenas dois verões, um lugar para onde voltei menos de uma dúzia de vezes, nos anos subseqüentes. Se fechar os olhos, posso ver até os detalhes mais irrelevantes da cidade estival: as urtigas na horta que meu pai e eu negligenciávamos. Lugares no parque — perto da concha acústica ou no pavilhão de dança — onde a grama estava quase inteiramente gasta. Um toldo listrado sombreando a entrada de uma loja. Janelas acesas vistas da praia, à noite. Mas minha mãe tinha razão quanto ao perigo das imagens fixas. Não desejo nada disso. Um seixo da linha costeira do Grande Lago, uma moeda tendo de cada lado uma folha e um rei gravados em relevo, um caco de porcelana — a menor coisa é capaz de nos enlouquecer, quando não conseguimos esquecê-la. Sou como um velho museu cheio de relíquias que ninguém mais é capaz de identificar. Mas ali está ele. George Kearns é um fantasma particularmente tenaz e Davenport era a cidade natal de George.

Retornei a Davenport alguns anos atrás, esgueirando-me para dentro da cidade como um ladrão. Não ia lá desde uma curta e, no final, brutal visita, no inverno de 1937, e no entanto era a lembrança do sereno verão de 1937 que me afligia: uma olhada reflexiva, retrospectiva, no tempo em que eu tinha 18 anos e George 20, e ambos éramos inocentes.

Pouca coisa havia mudado na cidade. Não, para ser fiel à realidade, devo dizer que tudo havia mudado. O terminal da balsa estava abandonado. Nem o *The Maple Leaf* nem o *Northern Star* faziam mais o percurso de ida e volta a Rochester: parece que o país onde eu vivia buscava seus *playgrounds* em outra parte. O local onde ficava o Salão da Louça, de Kearns, também estava desocupado e, quando olhei através da antiga vitrina de George, vi rolos de corda, caixas de pregos, latas de tinta. Mas não fazia a menor diferença. Amaldiçoado pelas lembranças, eu era capaz de trazer à minha mente todas as reluzentes peças de preciosa porcelana de fosfato de cal e de ossos calcinados que George amorosamente colocara nas prateleiras do Salão da Louça, no curso daquele verão distante. Isto e o aspecto do meu rosto e do meu corpo naquela ocasião refletiam-se na vitrina dele.

O andar térreo da casa do meu pai, na praia, era agora usado como escritório e sala de jantar do pouco atraente motel moderno que encheu todo o espaço onde ficava o jardim. Cadeiras de plástico alaranjadas foram colocadas em frente às portas deslizantes de vidro. Aborrecido ao ver isso, caminhei em direção ao lago, virei as costas para a água e fiquei na areia alguns instantes, olhando para a varanda miraculosamente inalterada, lembrando o jovem que ali remoía seus pensamentos. A seguir, deixei aquele lugar e atravessei o parque.

O pavilhão de dança fora derrubado anos antes e, de início, fiquei quase aliviado ao descobrir que não conseguia lembrar onde era. Mas um grande gramado, no qual não havia nenhuma árvore crescida, revelou seu lugar e, enquanto caminhava em sua direção, lembrei-me do lago noturno que via das janelas e sacadas, da música do conjunto The Baltimore Rhythmaires, dos jovens casais deslizando sobre um piso de madeira de lei. A irrecuperável paz de antes da guerra.

Acreditamos que o planeta inteiro gira de uma só vez; mas, na verdade, acho que cada entidade nele existente gira em torno de seu eixo particular, independentemente dos amanheceres e crepúsculos mais amplos. Pensei sobre o desaparecido prédio. Como e quando tinha começado a se distanciar do avanço da história social. Imaginei que melodia teriam escolhido os velhos músicos tristes para a última dança, quando seria, e imaginei também se saberiam que tanto eles quanto o salão de dança e os esparsos dançarinos se haviam tornado irrelevantes.

Como eu me tornei irrelevante.

A seguir, voltei para meu carro, entrei e dirigi para o leste, até a Estrada Número Dois, na direção do final do lago, na direção da ponte que me levaria de volta ao meu país. Ao meu estado.

Não foi muito tempo depois que acrescentei uma tela à minha série chamada mais tarde pelos críticos de *Apagamentos*. Era a terceira pintura que eu tentava, em meu novo estilo, as duas primeiras com os títulos, respectivamente, de *Animais ocultos* e *A serraria*. Quando a terminei, havia nela apenas levíssimos vestígios de um prédio. Um ano depois, notei que a forma do telhado e o azul-escuro do lago estavam atravessando as camadas de branco, mas solucionei esse problema raspando e repintando. Sempre espero pelo menos dois anos antes de liberar uma pintura, colocando-a diante dos olhos do público, de modo que posso corrigir impurezas químicas como a que acabei de descrever; é mais ou menos como esperar que o cimento endureça ou que uma casa recém-construída se acomode.

O verão de 1913 em Davenport, Ontário, Canadá. O vermelhão gredoso das paredes de tijolos pelas quais eu passava caminhando, as bolhas no vidro limpo e brilhante das janelas de pequenas vidraças, e todos os jardins, menos o nosso, capinados, limpos com ancinho, perfeitos. Como eu disse, comecei a explorar a cidade e encontrei George Kearns.

Era uma tarde quente, o parque e a praia estavam cheios de crianças barulhentas, com suas mães e tias; a rua principal estava praticamente deserta. Eu caminhava no sentido oeste da Rua King, a artéria central da cidade, quando vi um rapaz com um comprido avental branco recostado no vão da porta de uma loja do outro lado da rua. O primeiro motivo para eu notar sua presença foi o fato de ser mais ou menos da minha idade e, depois, sua beleza extraordinária, o cabelo louro brilhando ao sol como uma lâmpada, a curva descontraída do seu corpo contra a moldura da porta. A seguir, notei que em uma das mãos ele segurava um caderno de desenho e na outra um lápis.

Mesmo uma pessoa inteiramente desinteressada por arte se aproximará de outra que desenha, como se essa estranha atividade de tentar reproduzir o mundo percebido seja de um gênero que requer supervisão, monitoramento. Ou talvez seja a intensidade da concentração do desenhista que atrai para seu lado pessoas completamente estranhas; algum tipo de desejo primitivo de impedir um relacionamento tão íntimo entre o tema e quem o expressa artisticamente. Embora já tivesse experimentado esse tipo de interferência e sentisse o desenho dissolver-se sob meu toque, à aproximação do observador, mesmo assim atravessei a rua e, com toda descontração, quebrei a concentração do rapaz. Sorrindo, confuso, ele me olhou. Nunca conseguiu alcançar a habilidade do distanciamento, que desenvolvi bem cedo na vida; não conseguia jamais manter o mundo afastado. Que juventude e frescor havia em seu rosto! Talvez o meu também fosse assim.

Tinha desenhado o Victoria Hall, disse-me, porque queria pintá-lo num vaso de porcelana. Diante dele estava a vitrina da qual falei, a vitrina do Salão da Louça. Explicou-me que usava avental porque, algumas vezes, era chamado para ajudar temporariamente na mercearia do seu pai, contígua, onde podia entrar passando por uma porta que havia na parede leste de sua própria loja de porcelana. Senti que aquele avental branco o separava de mim por completo; como, sem dúvida, o fato de que pintava porcelana, passatempo que eu, estudante sério de arte, desaprovava. Recostei-me do outro lado da moldura de sua porta e começamos a conversar. Acho que foi uma escolha de verão entre George e seu mundo, e o mundo superficial para o qual meu pai tentava atrair-me, que determinou nossa amizade. Mas, naquele dia, falamos apenas sobre o calor, sobre lápis de desenho e papel de aquarela, sobre pincéis de marta e de pêlo de camelo. No curso da semana seguinte, sempre que fazia uma caminhada eu parava no Salão da Louça para ver George.

Pouco tempo depois, talvez imediatamente, pude perceber que George me achava fascinante, embora eu fosse alguns anos mais jovem do que ele. E eu, claro, era atraído por seu interesse, nunca tendo sido tão admirado. Ele tinha o encantamento do amador pelas artes e uma forte crença, que não afastei e provavelmente encorajei, de que estava na presença de um verdadeiro profissional. Zombei das intenções referentes aos próximos carregamentos de louça, fiz-lhe impudentes preleções sobre a verdadeira arte, enquanto ele sorria, de modo bem-humorado, do outro lado do balcão. Apenas uma vez, lembro-me, ele chegou a me interromper. Estava de costas para mim, estendendo o braço para alcançar algo colocado numa prateleira alta, de modo que não pude ver seu rosto.

— É a única coisa que posso fazer — disse ele — neste lugar.

Aos domingos, tomávamos emprestado o velho cavalo e a carroça de entregas do pai de George e seguíamos vagarosamente para os montes que formavam um arco no horizonte, ao norte, e podiam ser vistos do centro da cidade. Quando chegávamos a algum lugar onde houvesse sombra para o cavalo e uma vista para nós, George tirava do veículo duas velhas cadeiras de madeira, instalava-se numa delas e começava a desenhar flores silvestres e cenas pastorais, enquanto eu ia e vinha pela vereda, buscando sem sucesso sinais de abismos e água caindo. Não me sentia à vontade com a atmosfera dócil dos pastos no verão. Por isso, algumas vezes desenhava George ou o cavalo e a carroça. Passava a maior parte do tempo comentando os desenhos de George, que eram competentes, embora algo sentimentais demais para meu gosto. Eu estava contente e lisonjeado com o que considerava minha habilidade para instruí-lo e com sua prontidão em aceitar minhas instruções.

Porém, por mais que tentasse, jamais conseguia afastá-lo de sua pintura em porcelana. Sempre levava uma folha de cartolina, a fim de comprimir dentro certas plantas e flores que lhe interessavam e que usaria como referências para seus desenhos. Esta era uma prática da qual eu zombava, tanto por me parecer coisa de menina quanto por sua inadequação para a feitura do que eu acreditava, então, ser "arte verdadeira".

Disse-lhe isso, disse-lhe que ninguém escaparia impune, na escola de arte, de uma tolice daquelas, e depois perguntei-lhe, diretamente, por que ele não ia para a escola de arte, se estava tão interessado em desenhar.

— Não consigo imaginar isso — disse ele. — Uma escola onde só ensinem arte.

— Será que essas escolas não existem aqui? — perguntei. — Não há nenhuma escola de arte no Canadá?

— Para mim, não — disse George.

Achei que dera essa resposta para que se protegesse, que usava uma evasiva. Simplesmente, jamais entrou em minha cabeça que uma família que dependia, para obter renda, de uma mercearia e de uma loja de louça talvez não tivesse dinheiro suficiente para mandar um filho para a cidade brincar com tintas e lápis. Na família dele, só podia ser paga a educação de um filho. Seu irmão mais velho, como eu soube depois, fora para a escola de Direito.

— Além disso — continuou ele —, gosto de porcelana. Gosto do negócio. Ele me dá tempo para pensar e algo para olhar, enquanto penso. Posso ler na loja. Posso encomendar coisas da Inglaterra e da França. — Olhou enviesado para o álamo que desenhava. — Na verdade, não é tão mau.

Dei uma olhada em seu rosto perfeito — um rosto de traços mais finos e com aspecto até mais jovem do que o meu —, seu cabelo e bigode louros, sua pele bonita. Tentei imaginar uma vida cheia de pires e chaleiras, livros de contabilidade e caixas registradoras, e senti-me profundamente incapaz.

Mas podia imaginar sobre o que George pensaria sob a luz amarela do início da tarde, a hora lenta e tranqüila da loja, sobre o que pensaria ele ao desempacotar carregamentos procedentes da Inglaterra e França e arrumar seus frágeis arranjos de vitrina. O primeiro verão já estava na metade. Sim, eu saberia sobre o que pensava porque ele já me levara ao pavilhão. Eu já vira a maneira como reagia a Vivian.

Cerca de 20 anos atrás, antes de começar minha atual série de pinturas e quando ainda morava em Nova York, trabalhei em 10 pequenas telas abstratas, chamadas *Objetos num Salão de Louças.* Naquele tempo eu começava a fazer a coleção, depois de uma demora de oito anos decidindo se a iniciaria. Cada vez que acrescentava uma nova peça às prateleiras montadas com esse objetivo, eu a desenhava e depois pintava numa tela de 30 centímetros quadrados. Caminhava pelo ateliê durante horas de cada vez, com uma xícara de chá de porcelana Sèvres a poucos centímetros dos meus olhos, depois tentava captar na tela o que vira. Era uma experiência de intimidade visual, e eu deslocava o objeto para cada vez mais perto, até a proximidade eliminar o significado, como sempre suspeitei que aconteceria; os desenhos — flores, pássaros, grinaldas, festões ou fossem lá o que fossem — explodiam e se tornavam indistintos na superfície das telas. A série pretendia ser em memória de George, do cosmo delicado e quebrável que o cercava.

Mas, no fim, as pinturas — um ermo de cor — não funcionaram. Eu não conseguia determinar o formato correto para elas. Não eram apropriados os quadrados e, quando experimentei telas de formas diferentes, então na moda, elas brigavam com as curvas dos pires e tigelas, em vez de espelhá-las.

Porém guardei tudo no estoque. Há um amplo depósito em meu porão modernista.

— Diga o que tem a dizer — aconselhou-me certa vez Robert Henri, na verdade, a todos nós, que ouvíamos, hipnotizados, cada palavra que ele pronunciava. — Vocês são um novo indício, vigoroso e jovem.

Ora, agora sou um velho indício. Não há testamento que não seja ocultado pela idade.

Reinados inteiros de objetos, parece, sumiram do planeta, mas não da minha memória visual, minha maldição eidética.

Pensem em todo o equipamento associado com um veículo puxado por cavalos, o trenó de inverno; em todas as correias, bridões, sinetas, as rédeas, ferraduras e antolhos. Pensem em invólucros para lâminas de barbear enfeitados com homens barbados, num recipiente de estanho para querosene, em rolos de papel para pianolas, polainas, xícaras com proteção para bigode, numa caixa quadrada exibindo uma grande flor vermelha da qual jorra música. Este século esteve particularmente relacionado com desaparecimento, supressão. O que será que aconteceu, por exemplo, com os ingressos amarelo-claros do pavilhão, no verão de 1913? Cinco centavos por dança.

Eu saía caminhando da nossa casa diante da praia, no início da noite, e me encontrava com George na frente de sua loja trancada. Mesmo a um quarteirão de distância, podia ver seu rosto contraído, captar sua preocupação. Vivian Lacey devia estar no centro de sua imaginação durante a maior parte da tarde, e a possibilidade de que ela aparecesse aquela noite teria tocado como uma sineta inexorável em sua cabeça, até ele se tornar incapaz de ouvir ou de enxergar qualquer outra coisa.

À medida que atravessávamos o parque, ele se tornava cada vez mais silencioso e, afinal, não dizia mais nada, a não ser em resposta a casuais pedidos de informação meus — sobre fatos que eu julgava apropriados para preencher o vazio que eu sentia desenvolver-se entre nós. Ele jamais me olhava, ao responder, e agora sei que falar significava atravessar a escura e dolorosa música que levava consigo para a dança, para Vivian. Na ocasião, eu simplesmente notava com surpresa e leve ansiedade a estranha espécie de ausência que a simples idéia de uma mulher pode criar num homem como George; como se o vento da noite o erguesse e o deixasse flutuando em alguma parte, bem acima do lago.

Logo que entrávamos no pavilhão, seu estado de espírito se transformava; ele se tornava loquaz, quase vulgar, esmurrando os ombros dos rapazes que conhecia, referindo-se a mim como seu "camarada ianque", como se tudo isso fosse uma margem de irada energia em torno do lago profundo do inexplicável sofrimento que, mesmo então, estava relacionado com Vivian. Declarando que as mulheres gostavam mais dos americanos, ele insistia para que eu dançasse com todas as moças com quem ele falava, embora muitas delas fossem vários anos mais velhas do que eu e todas corassem, constrangidas. Algumas vezes, quando eu lamentavelmente errava passos de dança, que apenas começava a aprender, via George olhar em direção à porta, com o rosto tenso, como se desejasse escapar daquele interior artificial de luzes coloridas, música alta e cenário de papel, como se desejasse estar fora, na campina, ou de volta ao seu entulhado Salão da Louça, com o luar brilhando sobre as travessas.

Então Vivian aparecia — o cabelo escuro escovado para cima, os dentes perfeitos e brilhantes. Aproximava-se de George, que estava forçando-se a analisar a parede em frente, e agarrava seu braço, puxando-o para o centro do salão. A dança que se seguia era uma das mais estranhas que já testemunhei; todos os presentes se viravam para espiar. Era Vivian quem guiava os passos de George, colocava na posição seus braços moles, um em cima do ombro dela, o outro no quadril, e movimentava, depois, sua própria mão direita, ritmicamente, indo das costas até a nuca de George, ou erguendo-a, ocasionalmente, para acariciar-lhe o cabelo ou tocar de leve os seus lábios e faces. Ela era como uma luz piscando perto dele, um pincel pintando seus traços. O tempo inteiro em que dançavam, ela ria, tagarelava. Ele permanecia rígido, impassível; movendo-se ou sendo movido, passava de uma pose estática para outra. A expressão de George era soturna.

Primeiro, pensei que ele a detestava.

No fim da dança, ela o soltava, como um pássaro de estimação com o qual se cansara de brincar, e ia de par em par, tratando cada um com a mesma atenção vivaz, mas estranhamente distanciada. Sua beleza me causava pasmo — não havia nenhuma outra como ela —, mas o pasmo era ainda maior com o fato de ela escolher seus pares e, às vezes, até pagar, ela própria, os ingressos para a dança, ao passo que outras meninas se encolhiam timidamente nos cantos, esperando ser escolhidas.

Vivian nunca esperava por nada. Sempre controlava tudo.

Só no fim do verão consegui convencer George a falar a respeito dela. Àquela altura, porém, eu já recolhera informações de alguns outros jovens de minha idade que acabara conhecendo na cidade. Vivian era nova em Davenport, disseram-me, tinha chegado no outono anterior com sua mãe, que era mestre de coro da Igreja Presbiteriana. Lá, Vivian tocava órgão e cantava. Na verdade, ficara famosa em toda a província como musicista amadora. Mas isto não era tudo. Ela e sua mãe alugavam-se para divertimento (As Garotas Lacey) e murmurava-se que tinham tocado nas cidades mineiras do norte — em salões de dança e também de concerto. Havia em torno delas certo escândalo, amenizado pela ligação das duas com a igreja. O pai, dizia-se, permanecia em Toronto, onde dirigia uma pensão. Segundo parecia, a mãe tinha grandes ambições para sua filha, mantendo-a em casa na maioria das noites, quando não estavam tocando, para que praticasse escalas. Ela só tinha permissão para sair raras noites. Pensei que isto explicava a desesperada alegria de Vivian, sua necessidade de atrelar todos os pares no salão.

George e eu pintávamos com aquarela, numa tarde de domingo, após uma noite de sábado na qual o aparecimento de Vivian tinha reduzido a maioria dos rapazes no salão a uma coleção de servis pretendentes e causara em George uma ira melancólica, mas de tal intensidade a ponto de ser palpável, e tão demorada que mudou a forma da tarde inteira.

— Qual é o problema daquela mulher, Vivian? — perguntei, rompendo um tabu que sabia perfeitamente existir. Ela me escolhera para dançar uma ou duas vezes, durante a noite anterior, e fingi que queria saber mais sobre ela, mas, na verdade, queria saber mais sobre George.

— O que quer dizer? — perguntou ele, rudemente. — Que quer dizer com problema?

— Por que ela deixa você tão zangado?

— Ela não me deixa zangado. — George fechou com estrépito sua pequena caixa de pintura, de estanho. — Qual seria o motivo para essa zanga?

— É o que lhe pergunto.

George levantou-se, pegou sua cadeira e atirou-a na parte traseira da carroça. Caminhou em torno do veículo e encostou-se do lado do velho cavalo, acariciando durante vários minutos a parte macia do focinho do animal. A seguir, virou-se, passou por mim e caiu no chão, sentado, perto da beirada do morro. Eu podia perceber, pelo movimento de suas costas curvadas, que ele respirava pesadamente, quase como se arquejasse em busca de ar.

Eu começara a caminhar em sua direção quando ele estendeu o braço para um lado, a fim de me desencorajar a me aproximar mais.

— A verdade é que estou morrendo de medo dela.

De onde eu estava, a voz dele era quase inaudível.

— Não significo nada para ela — sussurrou ele. — Me torno invisível, sempre que ela entra numa sala.

Caminhei até a frente dele para poder ver seu rosto.

George não disse nada, mas deixou o braço estendido cair do lado do seu corpo, num gesto de rendição. Mesmo assim, não olhou para mim por mais de uma fração de segundo, mantendo seu olhar fixo no horizonte do distante lago.

— George — comecei a dizer —, ela é apenas uma mulher. Não há nada nela...

Ele me interrompeu.

— O destino — disse —, o destino. Estou ligado a ela de alguma forma, mas ela não está ligada a mim... de maneira nenhuma.

— Ah, deixe disso — falei, rindo, incapaz de imaginar o destino ou a sorte desempenhando qualquer tipo de papel na vida de um homem com um avental branco, um homem que dirigia um empório de louça.

Inclinei-me para pegar o desenho que George distraidamente levara até a beirada da encosta e que, agora, estava prestes a ser carregado pelo vento. Ainda sorri, mas parei quando George me olhou de uma forma estranha e percebi que havia lágrimas em seus olhos.

Naquele tempo, eu não sabia nada sobre paixão. Duas décadas teriam de se passar antes que eu fosse capaz de reconhecê-la quando estivesse em sua companhia e, mesmo agora, não tenho certeza de tê-la deixado alguma vez insinuar-se por baixo da minha pele. Mesmo assim, após olhar o rosto de George, naquela tarde de agosto, algo alterou-se rapidamente em mim, e fui capaz de me virar e ver a paisagem estival de forma inteiramente diferente. Era quase noite, os campos que se estendiam diante de nós estavam ricamente iluminados, como se o sol que se despejara na terra o dia inteiro, a estação inteira, agora fosse liberado através das cascas das árvores e da folhagem. Campos de trigo, olmos, sumagreiras, bosquetes de pinheiros tornaram-se fontes de luz, mais do que simples refletores, e as formas macias dos arvoredos de madeiras de lei pareciam tão cheias de céu quanto os montões de cúmulos flutuando sobre eles. Mesmo as cercas com corrimãos e cepos, além dos montes de grandes pedras arredondadas, reunidas um século antes, estavam carregadas, radiantes. Seu desajeitamento se tornara um reluzente memorial ao trabalho dos homens que os haviam construído. Aquela era a primeira vez que me comovia a tranqüilidade e não a violência da natureza, a primeira vez em que senti a perfeita harmonia do cenário diante de mim. Jamais suspeitara que a paisagem — aquela impressão — pudesse servir de compensação para a infelicidade, para a perda.

O lago estava de um azul luminoso, cintilando abaixo de nós. Duas ou três velas brancas eram visíveis perto do porto. Do outro lado ficava meu país, minha cidade. Olhei outra vez para George, que permanecera sentado, com as costas curvadas, os braços sobre os joelhos, o rosto sombrio e cheio de emoção.

— Logo estarei de volta — disse eu, entregando-lhe seu desenho incompleto.

Ele olhou para o pedaço de papel por um instante, depois o amassou na mão e o atirou em direção à vista. Levantou-se e sorriu.

— Sempre há um próximo verão — disse.

Alguns anos depois, quando Robert Henri e também Rockwell Kent me transmitiram suas filosofias, o primeiro foi inteiramente impreciso e o segundo absolutamente nítido sobre o tema paixão. Robert H. admiraria minha visão tranqüila, acenaria de forma aprovadora com a cabeça quando eu a descrevesse. Ao contrário, Rockwell me instruiria para virar as costas ao cenário, agarrar a cauda do vento noroeste, viajar para dentro da tempestade e do caos, com a certeza de que, depois, viriam o brilho e a claridade. Ele era um homem que ansiava pela catástrofe da experiência.

— A impossibilidade de apenas uma vida — enraivecia-se, sacudindo o punho cerrado na direção do céu sobre a Rua MacDougal — em contraste com o esplendor, as possibilidades de tudo o que está vivo nela!

Entusiasmava-se com quase tudo: mulheres, ilhas, política, clima, seu próprio coração trovejante. Certa vez, disse-me, muito a sério:

— Embriague-se, Austin, tenha um caso amoroso. Seria uma tragédia morrer e descobrir que não usou completamente seu corpo.

Robert H., por outro lado, falava de estados do ser, das longas horas que se devia passar com materiais e instrumentos disponíveis e encomendados, da mão pronta para captar a imagem. Para sua cabeça, não havia experiência mais importante do que a arte produzida por ela.

Robert Henri era meu professor; Rockwell Kent, meu amigo. Ambos se despediram de mim, de uma forma ou de outra. Não, preciso ser honesto quanto a isso. Sou eu quem passa longas horas no ateliê tentando despedir-me deles.

Em nossa última caminhada para o pavilhão, aquele verão, George ofereceu-me um gole do cantil que carregava no bolso, em seu quadril. Aceitei, mas fingi beber mais do que as poucas gotas que permiti que entrassem em minha boca. Não tinha muita experiência com álcool.

Ele estava incomumente loquaz, para uma noite de sábado, com o aparecimento iminente de Vivian e fazia muitas perguntas sobre The Art Students League, de Nova York, pois eu decidira passar meu ano acadêmico nessa cidade. Recordo que, a certa altura, ele me disse, meio em tom de galhofa, que eu um dia seria um grande artista e me pediu que, quando o fosse, se lembrasse dele.

— Eu ainda estarei pintando em porcelana — disse, com um tom impassível, difícil de interpretar.

— Porque quer — declarei.

— Sim — disse ele —, é o que quero fazer.

A lua de outono começava a se erguer sobre o lago, com sua forma alaranjada distorcida, como se estivesse grávida. Os Baltimore Rhythmaires tocavam uma melodia animada, enquanto caminhávamos em direção ao pavilhão octogonal. Àquela altura, eu conhecia tantos amigos de George que eles nos chamavam e acenavam para nós, quando nos aproximávamos. Eu parara de me lamentar havia semanas. Agora estava consciente de minha tristeza com o fim do verão.

Pouco antes de entrarmos no prédio, George me puxou para um lado e me ofereceu um cigarro. Quando recusei, ele acendeu outro para si mesmo, tragou, jogou a cabeça para trás e soprou a fumaça em direção ao céu, que estava escurecendo. A seguir, olhou cautelosamente em torno de si, antes de falar.

— Esta noite não vou dançar com ela, de jeito nenhum — disse. — Esta noite, dançarei com todas as outras. Com ela não danço sequer uma vez.

— Ela o convidará — disse eu. — Sabe que você sempre convida.

— Vou recusar o convite. — Ele apagou o cigarro com o pé, na poeira do chão. — Vou recusar o convite — disse, novamente. — Não vou dançar com ela. — George olhou para o pavilhão. — Ela fala... e não diz nada.

— Se fala, deve dizer alguma coisa.

— Não... nada, ela só diz uma porção de tolices. Eu poderia ser qualquer um. Qualquer um, mesmo.

— Mas você só pensa nela, quando vem aqui.

Eu começava a entender que ele estava bêbado. O uísque, a emoção. Ocorreu-me que ele não se parecia de forma alguma com o rapaz tranqüilo e bem-disposto que ficava atrás do balcão no Salão da Louça, como se, ao tirar o avental às seis da tarde, ele tivesse removido também uma camada de sua própria pele, o que o deixara tosco, irritável, vulnerável.

— Só penso nisso — disse —, mas não quero vê-la, ouvir as bobagens que ela fala, dançar com ela.

— Vou entrar — eu disse. — Você vem também?

— Daqui a um minuto — disse ele, e acendeu outro cigarro. — A propósito, sempre fiquei imaginando... Como é que seu pai ganhou todo esse dinheiro?

Fiquei um pouco confuso.

— Algo relativo a ações de companhias de mineração. Prata.

— Então, você poderá ser artista por quanto tempo quiser.

— Não acredito que meu pai goste muito disso. Mas o mais provável é que não ligue a mínima.

— Ela gosta de seu pai ter dinheiro. Me disse isso.

— Espere um minuto — pedi. — Ela nunca teve nada a ver comigo. Não dá uma olhada sequer em minha direção.

Mas eu estava interpretando mal as palavras de George.

— Não, ouça — disse ele. — É assim que ela é, fala dessas coisas. Pensa constantemente em *status* — está louca para ir embora daqui. Quer estar em outro lugar mais importante. — Tirou o cantil do bolso. — Vá em frente. Ainda não posso ir aí.

Quando saí dançando pelo salão com uma menina cujo nome agora esqueci, avistei Vivian girando nos braços de um dos amigos de George. Usava sapatos altos e um vestido de linho azul que chegava aos tornozelos, mas expunha seu maravilhoso pescoço. Ela sorriu e fez um sinal para mim com a cabeça, depois disse algo a seu par, que se sacudiu de tanto rir. Senti meu rosto se avermelhar. Sempre se desejava a aprovação de Vivian.

George atravessou a porta alguns minutos depois e ficou em pé junto à parede, com as mãos nos bolsos, olhando atentamente na direção dela. A seguir, balançou a cabeça, como um animal espancado, e começou a caminhar diretamente através da pista de dança, com os olhos fixos no lado oposto da sala. Roçou em Vivian, seu quadril e o ombro fizeram rápido contato com o corpo dela, mas continuou deliberadamente a caminhar na direção do lado do prédio que dava para o lago. Após sua passagem, a porta de tela fechou-se novamente com uma pancada.

Vivian perdeu ligeiramente o equilíbrio. Tropeçou, parou de dançar e olhou para a porta durante quatro ou cinco segundos, com um leve ar de curiosidade passando-lhe pelo rosto. A seguir, virou-se novamente, rindo, em direção ao rapaz que escolhera mais cedo, aquela noite.

Esta manhã acordei com o ruído da água gorgolejando nas calhas e pingando, como uma chuva lenta, das centenas de pingentes de gelo do beiral. Mas o céu está claro, o sol ofuscante.

Foi a neve, derretendo-se, que formou essas poças na rua, em frente à minha janela, obscurecida, a cada passagem de um carro, por uma brilhante cascata. O degelo de janeiro é sempre uma surpresa, uma espécie de invasão. De curta duração, será esquecido numa semana, eclipsado, tendo a cena roubada por uma das nossas nevascas.

Mas, enquanto permanece, ele me perturba. Películas de umidade, cobrindo o gelo escondido, tornam minhas caminhadas lentas e difíceis. Se eu caísse, agora, me espatifaria como porcelana, e então haveria hospitais, médicos — outro tipo de invasão — e depois, sem dúvida, haveria a morte.

Hoje de manhã, bem cedo, sonhei com os ossos dos pulsos de Sara, seus ossos do pulso e as costas de sua mão... Os ligamentos ali, as juntas. A mão estava pousada numa estreita faixa de sol, descansando numa mesa perto de uma janela. Por causa do sol, eu podia ver os finos pêlos louros em sua pele e os intrincados veios da madeira. Podia ver também os vincos das juntas, ali onde sua mão, no curso dos anos, curvara-se para a frente e para trás. Mas era a saliência na parte externa do seu pulso que no sonho chamava-me a atenção e pensei, de repente, que todos os outros ossos do seu corpo deviam estar pendurados naquele lugar, como pingentes de gelo. Agora que estou acordado, sei que era a parte inferior do osso chamado cúbito que me intrigava, a parte externa da dobradiça que é o pulso. Claro que o sol devia entrar pela janela do quarto do seu pai, e a mesa sobre a qual incidia sua luz seria aquela que sempre estivera ali. Caso eu fosse até lá, agora, o que faria naquele quarto, como usaria aquela mesa? Mas não tenho necessidade de ir até lá. A exatidão com que sou capaz de lembrar a anatomia de Sara, a anatomia daquele quarto, já é bastante assustadora.

Será que George poderia reconstruir Augusta Moffat osso por osso, tendão por tendão, veia por veia? Será que a desenhou, algum dia? Nunca sequer perguntei, acreditando-me indiferente a toda sua arte, fosse em louça ou papel. E, por muito tempo, não cheguei a entender bem qual era o relacionamento entre ele e essa mulher que entrou em sua vida após a Grande Guerra. Será que eu também era indiferente a isso? Quando Augusta passou a fazer parte da vida de George, eu estava sem rumo na minha, prestando pouca atenção às cartas dele, um quase estranho durante minhas então infreqüentes visitas. Augusta era uma sombra na parede do início da meia-idade de George ou, pelo menos, foi como eu a vi até mais tarde, até quando a sombra ganhou substância e definiu nossas vidas.

Enquanto eu olhava para os ossos do pulso, no sonho, podia ouvir o som do lago Superior através de uma janela entreaberta. Podia ouvir o relógio de parede de Sara tiquetaqueando sem cessar na cozinha, embaixo. Mas o que eu de fato ouvia eram exatamente esses pingentes de gelo que vejo agora diante de mim, diminuindo devagar, pingando no gramado.

No verão seguinte, meu pai voltou para a casa avarandada do outro lado do lago Ontário, e voltei com ele, já menos relutante, mas ainda incerto quanto ao que me ofereceria um verão longe daquilo que eu, então, considerava um estímulo intelectual. Mas meu pai ficou apenas uns poucos dias em Davenport, antes de seguir mais para o norte, a fim de examinar propriedades de mineração nas quais investira, confiando, e corretamente, como se verificou, que a ameaça de guerra na Europa provocaria uma alta de suas ações. Fui deixado sozinho na casa de verão, após um ano na cidade de Nova York, um ano de aulas de arte com Robert Henri.

Para mim, tudo na cidade estava carregado de significado. Cada gato de rua, cada lata de lixo, a roupa lavada balançando-se em cordas penduradas entre as fuliginosas paredes dos cortiços. Eu amava o incessante silvo da respiração da metrópole, a textura do pavimento, a calçada sob meus pés. Durante os primeiros meses, tive dificuldade para dormir, preocupado com a possibilidade de perder algum aspecto importante da vida que continuava a se agitar em torno, a noite inteira. Muitas vezes, surpreendia-me à janela, às duas ou três da madrugada, fascinado por um intercâmbio que ocorria lá embaixo, na rua: uma discussão explosiva entre amantes, uma briga a socos entre dois bêbados cambaleantes. A cidade se revelava de maneira que eu jamais imaginara possível; os nervos estavam à flor da pele. Embora eu passasse horas a fio observando esses atos flagrantes de exposição, era incapaz de participar, de entrar na desordem da experiência.

Eu era um turista, naquele tempo. Sinto que permaneci turista. Pelo que lembro, quando não estava em meu quarto, em Greenwich Village, ou nos ateliês de Robert Henri, em The Art Students' League, estava em pleno ar ou me movimentando debaixo da terra. Fascinavam-me os esqueletos de ferro cruzados das pontes sobre o Hudson, o Harlem e o East River e as labirínticas passagens dos novos túneis do metrô. Durante as décadas imediatamente precedentes à minha chegada a Nova York, exércitos de trabalhadores haviam costurado com fios de aço a cidade inteira — trilhos, vigas mestras e cabos — e eu podia passar por cima e por baixo de rios, caminhar na ponte do Brooklyn acima dos alcatroados telhados das fábricas e, depois, deslizar para baixo da superfície das ruas, como uma agulha anônima e reluzente.

E havia meu professor, Robert Henri. Homem alto, com um rosto surpreendentemente pequeno, estava cheio do tipo de certezas que reforçavam minha própria reticência. Antes de sair da cidade, nas férias de verão, falara-me sobre o valor da solidão, advertira-me de que não me deixasse desaparecer dentro de outras pessoas, permitindo que suas vozes ecoassem e poluíssem o pensamento original e claro. Instruíra-me para conter minhas reações, não manifestar meus sentimentos a ninguém, exceto no papel ou na tela.

— Cada sensação é preciosa — ensinava. — Proteja-a, trate-a com carinho, guarde-a. Nunca a revele. Deve desenvolver esse equilíbrio que permite a chegada do mundo inteiro até você, mas só deixando sair outra vez para o mundo aquilo que você expressa em sua arte. Será mais fácil alcançar isso sozinho, sem a distração da comunidade e do afeto.

Meu professor não tinha como saber que nem a comunidade nem o afeto desempenhavam um papel significativo em minha vida. Suas palavras apenas me davam permissão para permanecer distanciado. Esse orgulhoso promotor da arte americana, com um afetado sobrenome francês, sancionou o voyeurismo que já se tornara parte tão vital de minha personalidade.

Eu ficava sozinho todos os dias na casa de verão durante oito horas rituais, desenhando naturezas-mortas com madeira flutuante lançada à costa, garrafas e maçãs, que eu arrumava na mesa da cozinha, ou então traçando esboços com aquarela do céu mutável e da água ondulante, como sabia que Constable fizera. Eu era capaz, naquele tempo, de ficar extremamente triste sem qualquer motivo, ou de experimentar um surto de prazer tão grande que precisava correr na praia durante uma hora, a fim de voltar a um estado de calma. Tinha certeza de que estava aprendendo meu próprio coração, meus próprios sentidos, e talvez fosse verdade. As paredes da casa eram revestidas de cedro. Havia seu perfume e também a sensação das tábuas polidas de pinheiro sob meus pés nus. Uma trilha de areia da praia me seguia por toda parte, como se eu me desprendesse de células exaustas e as substituísse por novas, elétrico de sensibilidade. Nas manhãs, um vento do lago e um retângulo de sol entravam pela janela e cruzavam o quarto em direção à minha cama para me acordar. A primeira coisa que eu ouvia era a longa exalação das ondas tocando os bancos de areia, em mar alto, e depois se arrastando até a praia.

Lembro-me com toda nitidez de que punha o papel e os cadernos de esboços em cima da mesa de um quarto que dava para o lago, de que juntava meus lápis e pincéis na mão fechada, como se fossem buquês, e os colocava em jarros cobrindo todos os parapeitos das janelas. O ruído do lago estava sempre presente nas salas que eu atravessava, e havia o sol e as sombras trêmulas das folhas de álamo. Ainda existia em mim uma criança, que só aparecia quando eu estava sozinho, e eu me descobria, muitas vezes, brincando com a areia que havia debaixo dos degraus da varanda ou reunindo seixos interessantes, perto de uma prateleira de calcário, na extremidade leste de nossa propriedade à beira do lago.

Eu era quase feliz.

Devo ter passado algum tempo examinando meu corpo em espelhos, porque posso lembrar nitidamente os compridos e estreitos braços e pernas, a pele macia e bronzeada, a massa escura de cabelos em minha cabeça e na virilha.

É a lembrança desse corpo de antigamente, mais jovem, que causa o impacto que sinto agora, todas as noites, quando me dispo para dormir.

Apesar do meu compromisso com o isolamento, visitei certo dia o Salão da Louça, pouco depois da nossa chegada. Estava ansioso para ver George, ansioso para contar meu período em Nova York a alguém que eu sabia que seria uma platéia receptiva. Foi no início da noite; a loja tinha acabado de encerrar o expediente daquele dia.

Fiquei diante da grande vitrina e, por um momento, olhei através do vidro. Como parecia exagerada a expressão *Salão da Louça*, agora que eu olhava para seu interior. Não era muito mais ampla do que a tabacaria situada pouco adiante e tinha a metade do seu comprimento. As prateleiras que cobriam as paredes do chão ao teto estavam entulhadas com todo tipo de louça importada e doméstica: aparelhos de chá, aparelhos de jantar, urinóis, lava-pés, jarros, escarradeiras, figuras ornamentais, bacias, vasos, floreiros e tigelas. Aqui e ali, em meio à porcelana pintada, notei o brilho baço de uma bandeja ou castiçal folheado a prata, pois George decidira vender também essas peças. O efeito, em conjunto, era aproximadamente o de uma pintura impressionista mais movimentada que o habitual, mas executada com matizes mais variados e vívidos do que os costumeiros tons pastel. Em retrospecto, eu diria que as cores vinho e malva de Vuillard poderiam captar com exatidão a atmosfera do lugar. Posso imaginar esse pintor francês em particular acrescentando a figura de um vendedor de louça à sua representação do interior e, além disso, o conjunto de sombras que se reuniam nos fundos, no lugar atrás do balcão onde George, freqüentemente, sentava-se à sua mesa giratória, com uma pequena lâmpada a iluminar uma peça de porcelana que enfeitava.

Observei meu amigo de verão por alguns instantes, antes de bater na porta para chamar-lhe a atenção. Estava sentado num banco alto, ninando no colo uma grande peça de porcelana — uma compoteira ou outra espécie qualquer de terrina. Sobre o balcão, diante dele, eu podia ver potinhos de esmalte e três ou quadro delicados pincéis. Alternadamente, ele passava as mãos sobre a forma da compoteira e depois estendia uma das mãos, num gesto incerto, em busca de um pincel, que então segurava entre os dedos por alguns instantes, antes de recolocá-lo em cima do balcão. Um livro e uma revista estavam abertos à esquerda dos pincéis. Atrás dele, numa prateleira, havia várias peças grandes de porcelana branca — urnas, travessas, jarros —, aparentemente com pinturas iniciadas em suas superfícies. A atmosfera em torno dele era de tão intensa absorção que parecia anular a revolução de cor do montão de porcelana na loja inteira.

Quando dei uma pancadinha no vidro da porta, George teve um sobressalto, ergueu-se com um pulo e a peça em que trabalhava escorregou do seu colo e espatifou-se no chão. Minhas desculpas, quando ele me deixou entrar, tomaram o lugar das saudações que eu planejava fazer.

Então ele riu e apontou a prateleira perto da qual estivera sentado.

— Não se preocupe — disse. — Tenho uma porção de corpos brancos agora, e alguns já comecei a pintar.

— Corpos brancos? — ergui as sobrancelhas e sorri.

— Louça não decorada — explicou George, com seriedade. Ou deixara de notar, ou preferia ignorar minha expressão brincalhona. Tocou com a ponta dos dedos um ou dois pratos escassamente pintados. — Parece que sempre quero trabalhar em vários ao mesmo tempo.

Quando me ajoelhei para ajudá-lo a juntar os fragmentos a fim de jogá-los no lixo, vi que ele já começara a pintar a compoteira. Havia parte do rosto de uma mulher, num dos cacos; um olho, o esboço de uma bochecha, a curva de uma boca sensual.

— Você estava pintando uma mulher — disse — e agora estraguei tudo.

— Já estava estragado — admitiu. — Não dava certo.

— Você deveria pintar rostos numa superfície plana — disse-lhe. — E deveria trabalhar com um modelo.

George estava usando uma vassourinha e uma pá de lixo para recolher os cacos menores.

— E onde vou conseguir um modelo? — perguntou.

Olhei para o passante do outro lado da vitrina.

— Qualquer pessoa pode ser modelo — disse. — Qualquer pessoa mesmo. São a linha e a forma que você tenta explorar. Vai aprender tudo isso trabalhando com um modelo.

Àquela altura, meu único conhecimento da forma feminina vinha da aula de modelo vivo de Robert Henri; balconistas de lojas e aspirantes a atrizes que posavam para ganhar um dinheiro extra. Jamais me pareceram inteiramente reais, embora algumas vezes, à noite, entrassem nos meus sonhos da forma mais íntima. Robert H. nos dissera que o importante era a reação do artista ao tema e não o tema em si. Ele raramente falava com as moças, a não ser para lhes dizer quando mudar o gesto que prescrevera. Eu já tinha visto mais de uma jovem mulher começar a tremer e a empalidecer, por causa do esforço de manter por mais de meia hora uma pose contorcida, difícil, quando nosso professor se esquecia de lhes permitir um descanso.

George estava em silêncio, a pá de lixo no ar como uma grande mão na extremidade do seu pulso.

— Pelo menos, com um modelo, você teria alguma coisa para observar e à qual reagir. Assim, o que você fizesse seria mais importante.

Os cacos jorraram, como uma avalancha em miniatura, da pá de lixo para uma lixeira de estanho.

— Como pode saber se isso não é importante? — disse, afinal.

Apesar do barulho, ouvi a frase que ele disse. Mais uma declaração do que uma pergunta, não tenho certeza se de fato pretendia chegar aos meus ouvidos.

Percorremos toda a extensão da loja, abrimos a porta e saímos. O verão inteiro estendia-se diante de nós, como a rua principal onde ficava o Salão da Louça, rua que, em essência, era uma parte vagarosa, moderadamente congestionada, de uma rodovia central conduzindo a alguma outra parte. Observei George erguer o braço acima da cabeça e começar a girar uma manivela de ferro, observei o toldo de lona que cobria a vitrina enrolar-se sobre si mesmo, uma dobra após a outra.

De vez em quando, durante o tempo em que o conheci, George me falava sobre a indústria mais ampla que estava relacionada com a decoração de porcelana, sobre as grandes salas com janelas, repletas de homens e mulheres que pintavam porcelana Minton ou Spode, isto não apenas na Inglaterra e na Europa, mas até no Canadá, em cidades a um dia de viagem de Davenport. Toronto e Montreal tinham ambas grandes ateliês onde a louça recebia um toque particularmente canadense. Eram populares as paisagens típicas de cada uma das províncias, juntamente com representações detalhadas da flora e da fauna específicas. Sorri quando George me falou de uma velha que passara a vida pintando castores em saboneteiras e de outra cuja especialidade eram as crianças divertindo-se na neve, uma série intitulada *Boules de Neige*. George que, àquela altura, jamais saíra de Ontário, podia, em sua imaginação, viajar pelo seu país, de uma paisagem para outra, por causa das ilustrações que mostravam as províncias, tão freqüentemente exibidas em sua loja. Nova Scotia, disse, eram os barcos de pesca; Quebec, as cenas de inverno com trenós; Saskatchewan, os molhos de trigo e elevadores de cereais; a Colúmbia Britânica, os grupos de montanhas, e assim por diante. Prédios dos legislativos das províncias, com aspecto gótico, e as agulhas das torres dos prédios do Parlamento de Ottawa apareciam muitas vezes em xícaras e pires. Toda a coleção me dava a impressão de que o país de George era um brinquedo no qual e com o qual se brincava, mas que devia ser guardado, junto com os bonecos, quando se chegava a uma certa idade.

Mais familiar para mim era o motivo sempre presente do Salgueiro Azul. Naquele tempo, podia-se abrir um armário de cozinha em qualquer parte do mundo ocidental e se estaria diante de pelo menos algumas peças dessa louça azul e branca. Seus pequenos cacos eram levados até as praias dos Grandes Lagos, cães lambiam sua água, a louça comparecia a reuniões de *bridge* e a encontros das várias instituições femininas, bolos eram oferecidos nessa louça em funerais e casamentos. Havia lavandas e cinzeiros, travessas e urinóis, jarros de *biscuit* e saladeiras, saleiros e colheres. Tigelas feitas com ela eram enchidas com água de rosas, pacientes de tuberculose cuspiam sangue em cima dela. Ocupava três prateleiras inteiras no Salão da Louça de George.

Anos depois, numa noite de inverno, eu beberia uísque nessa louça, enquanto Augusta Moffat e eu esperávamos que George chegasse, vindo do frio.

Mas George chamou-me a atenção para ela pela primeira vez naquela noite de inverno de 1914, após fechar a loja. Ficou em pé bem no centro do Salão da Louça, segurando um prato comum, de uso geral, pegando-o com tamanho cuidado que admiti ser uma antiguidade valiosa. Ele não devia ainda ter encontrado Augusta, embora talvez estivessem, fisicamente, a menos de 20 quilômetros de distância. Imagino-a no umbral da cozinha, na fazenda, observando seus irmãos lutarem no gramado, observando-os treinar para a violência que ninguém sabia ainda que enfrentariam. Ou talvez caminhasse para a vila, em meio à luz do entardecer, conversando mentalmente com uma amiga imaginária. Jamais saberei. Tudo o que pude ver, então, foram as mãos pálidas de George e a peça de louça comum de cozinha que seguravam.

— Está tudo aí — disse ele. — Os dois pássaros com as asas abertas. Parece que se preparam para se abraçar. E há o caminho, a ponte...

Eu via apenas um prato.

— Um mundo... um mundo completo.

Na luz oblíqua da noite de junho, vi que George mudara, durante o período do outono e inverno anteriores. Estava com olheiras e havia linhas tênues sobre a parte superior dos seus ossos malares.

— E perda — disse. — A paisagem do motivo Salgueiro transmite uma sensação de ausência.

Àquela altura, eu não pensara muitas vezes na paisagem como código para outra coisa.

— O que está ausente? — perguntei, examinando o prato — Como pode faltar qualquer coisa num cenário tão atravancado?

— Eu estava convencido de que a cena do prato, com seus risíveis pagodes e pontes improváveis, fora criada em oposição direta às leis da composição.

— Os amantes — disse ele. — Os amantes foram embora.

— Mortos, suponho. — Eu era demasiado parecido com minha mãe e tinha uma cabeça excessivamente século XIX para ser capaz de interpretar salgueiros.

— Não — disse George, com tranqüilidade. — Simplesmente foram embora; separaram-se um do outro e de todo o resto.

Como é terrível, pensei de repente, o cotidiano opressivo da vida de George. Como era patético que tivesse de passar seus dias contemplando louça de cozinha. Havia uma espécie de horror naquilo, uma futilidade. Quase que ele me desagradou naquele momento, pois minha certeza era a de que nada lhe aconteceria jamais. A loja parecia menor, mais estreita do que momentos antes. Tive consciência de uma certa rancidez no ar.

Momentos antes, eu observara George deixar cair mecanicamente o tecido listrado que protegia a vitrina de sua loja. Uma dobra após a outra.

Quando será que o toldo começou a se rasgar, imagino, e quem, no final, recebeu instruções para tirá-lo?

Parece que Sara me deixou também o conteúdo da casa, além da estrutura de toros e da terra onde ela se ergue.

"E o conteúdo", dizia o documento, "para ser disposto como desejar o recebedor." Essas palavras — "o conteúdo", "disposto", "desejar o recebedor" — têm matraqueado em minha cabeça o dia inteiro, incomodando-me, indo de encontro às imagens dos objetos aos quais se referem. Imagino leilões, os pertences de Sara exibidos, escolhidos, levados por estranhos. Estou convencido de que essa herança foi um ato deliberado de crueldade da parte dela. Sabia que eu seria incapaz de resolver o assunto, que me afogaria no vasto mar do passado aprisionado naquela casa, o passado de Sara e o do seu pai.

Por um longo tempo não pensei nos objetos da casa dela; não pensei mais, desde que pintei vários deles, alguns anos atrás, nas séries que intitulei *Praia do Norte Um*, *Praia do Norte Dois*, *Praia do Norte Três* e, depois, numa grande pintura isolada, que chamei de *Litorais: O final da terra e Cabo da Cornualha*. Sempre me intrigou o fato de Sara guardar na memória impressões das formações geológicas daquela distante extremidade do país. Embora jamais tivesse saído do Canadá e raramente se aventurasse até mesmo à distância de Port Arthur, era capaz de descrever os caminhos costeiros da

Cornualha como se caminhasse diariamente por ali, como se, ao nascer, tivesse herdado do pai um mapa completo, de memória, juntamente com a forma de suas mãos e a cor de seus olhos. E, quando falava sobre os penhascos irregulares, as casas de máquinas das minas, a igreja na vila de St. Just, eu podia ver cada seixo da trilha, cada dente das rodas das horrendas máquinas, embora ainda não tivesse desenvolvido o que se tornaria um interesse quase lascivo pela carga de experiência do pai dela, pela triste história de um mineiro da Cornualha transplantado.

Havia muito pouco da Cornualha na casa de toros, na margem do lago Superior, mas Sara, mesmo assim, insistia que a linha costeira daquela região permanecera sempre em torno dela, enquanto seu pai vivia, e até mesmo, segundo parecia, depois da morte dele. Embora eu nunca lhe pedisse para fazer isso, ela detalhava as caminhadas diárias do pai até Botallack Mine, sua descida para o mundo subterrâneo no estranho elevador que eles chamavam de máquina humana, vários acidentes horrendos, o campo entulhado de pedras em pé e de chaminés, e perfurado, através dos séculos, por milhares de poços de minas. As pequenas casas cinzentas nas vilas. Os barcos de pesca no meio do mar. Ela falava a respeito de tudo isso, enquanto posava, e eu reproduzia a sombra do peito do seu pé ou seguia a linha do seu pescoço, com meu lápis ou com a ponta de um pedaço de carvão. Naquele tempo, eu mal acreditava no que ouvia, mas aqui está, agora, em minha cabeça, aquele distante país que não cheguei a ver.

A injustiça disso, a injustiça de eu ter de guardar essas imagens, esse rebentar das ondas, esses cemitérios cheios de gente, esses rituais de despedida quando rapazes como o pai dela partiam para o Novo Mundo. Como se fosse uma vingança de minha seletividade ao tomar as coisas, Sara sempre me deu tudo, quando eu queria apenas, na verdade, a cor da sua pele, a forma da sua carne na tela, e qualquer informação extrínseca capaz de tornar mais ressoantes essas formas e tonalidades. E prazer, também. Sim, também queria prazer.

Seu cotidiano não me passava despercebido, mas achava prudente manter-me tão afastado dele quanto possível. Ela se levantava às seis e, após beber café do bule de alumínio que eu encontraria no fogão quando chegasse às oito, saía da casa e caminhava até o hotel, para servir o café da manhã aos turistas. Claro que eu a via lá — servia-me, muitas vezes —, mas não lhe dava maior atenção do que a qualquer outra garçonete. Eu destinara aquela mulher, com seu uniforme amarelo e sapatos brancos, aos alojamentos remotos da minha psique reservados para seu desconhecido (pelo menos, para mim) eu de inverno. Mostrava-me cortês e formal e, após os primeiros encontros, ela também passou a agir assim. Após o café da manhã, ela e as outras garçonetes tiravam e lavavam os pratos, varriam o refeitório e a varanda e começavam a se preparar para o almoço. O nome do cozinheiro era Sammy. Tinha trabalhado em acampamentos madeireiros e de mineração, e seu pai conhecera o pai de Sara. Mas todos se conheciam, naquela parte do norte. Não era nada especial. À hora do almoço, eu nunca estava no salão de refeições, pois levava provisões para um piquenique em casa de Sara ou, algumas vezes, na praia, a fim de fazer esboços. Quando ela acabava de servir o almoço e, em seguida, de lavar os pratos, eram mais ou menos duas horas. Então, ela desamarrava seu avental, pendurava o uniforme e voltava para a casa.

Eu devia espiar pela janela da cozinha, esperando sua chegada, porque ela aparece em meu cinema eidético saindo do hotel e caminhando na direção da fileira de cabanas dos mineiros. Seu cabelo, sua saia e um leve lenço de pescoço de seda que ela amarrou na cintura, tudo é jogado para o lado pelo vento que vem do lago escuro. Há as folhas de álamo tremulando ao sol e reflexos do sol na água. Poeira. Deve ter sido um verão seco. E quente. Seus braços estão nus. Usa sandálias delicadas.

Eu tinha mais ou menos três horas a sós com ela (menos em seus dias de folga, quando tinha o dia inteiro), apenas três horas antes que ela saísse outra vez e caminhasse até o hotel para servir o jantar; para servir o jantar a mim e aos outros clientes pagantes. De vez em quando, mas muito ocasionalmente, os encontros eram à noite, mas isto não parecia fazer muito sentido, porque era raro eu pintar sob luz artificial. Habitualmente, ficava em meu quarto e lia ou escrevia cartas para meus amigos em Nova York. Algumas vezes, mandava um cartão para George, que voltara a Davenport após a guerra e ainda tinha o Salão da Louça. Costumava ir cedo para a cama e dormia bem, exceto durante as noites de ventos fortes e grandes ondas. O lago Superior, um imenso oceano interno, podia chegar, de fato, a uma terrível agitação, uma agitação que entrava em meus sonhos. Uma vez, sonhei que via o corpo de Sara revolvendo-se na espuma, sob penhascos pouco familiares e, acreditando que estava morta, acordei chorando como uma criança e detestando a mim mesmo. Levantei-me, então, na profunda escuridão, deixei o hotel e caminhei junto à água trovejante até a casa de madeira, usei minha chave e fui furtivamente até sua cama. Ela soube que era eu, mesmo dormindo. Não gosto de pensar nisso, agora; meu nome em seus lábios, seu som tão próximo. Foi uma das poucas vezes em que acordamos juntos — no meio da manhã — num dia em que ela não ia trabalhar. Lembro-me de ter dito:

— Dormimos muito tempo, muitíssimo.

Ela riu e rolou em minha direção, abraçando-me com seus braços e pernas. O rugido cessara, e a luz do sol, refletida pela água, tremia no teto da sua casa, nas paredes. Havia algo notavelmente belo e forte nela. As sombras que a definição dos músculos criava em seus braços, na parte interna de suas coxas e ao longo do seu abdome, quando ela se deitava de lado, essas pequenas bacias eram regiões onde eu repousava freqüentemente minha mão, meu queixo. E agora, com a manhã avançada, o sol aguado percorria a geografia do seu corpo como se ela estivesse deitada num rio luminoso e raso. E eu ali nadando, ao seu lado. Não estava inteiramente acordado. Eu me partia como uma casca diante dessa vitalidade, desse brilho, da força esplendorosa dos ossos do seu rosto, maravilhosamente construídos. Mal podia olhá-la. Afinal, o quarto, meu próprio corpo, minha linguagem desapareceram, e só me senti capaz de dizer seu nome.

Fiquei abalado com isso, tão abalado que me vesti logo depois, caminhei para o quarto onde normalmente trabalhava e comecei a juntar meus cadernos de desenho, meus lápis. Alegando que queria trabalhar do lado de fora em desenhos do litoral, deixei Sara sozinha pelo resto do dia. Segundo me dissera Robert Henri, o que se procurava, ao desenhar ou pintar a figura, não eram tanto as características particulares do modelo, mas, em vez disso, quais seriam as sensações visuais do artista ao olhá-lo. Insistiu em que se deve tomar do visual o que atrai o olho verdadeiro e depois o que atrai o olho da mente. Eu me tornava um mestre da seletividade. Era capaz de descartar, ao meu bel-prazer, os estímulos frívolos.

Algumas vezes, descubro que estou zangado com o pobre e velho Robert H., embora ele jamais alcançasse, em toda a sua vida, tanto sucesso quanto eu, e esteja morto há muito tempo. Em certas ocasiões, descubro-me caminhando pelos cômodos iluminados e vazios desta casa a xingá-lo em voz alta, como se ele estivesse à minha frente e eu me preparasse para enfrentá-lo. Ele nunca visitou o Canadá, mas discorria constantemente sobre o norte, como se estivesse vivo dentro dele, como se ele fosse uma autoridade a respeito. Tenho uma série de cadernos cheios das coisas que ele me disse. Que grande orador ele era, como pontificava!

— Arte é resultado! — anunciou, de modo desembaraçado, certa vez. — É o registro deixado por aqueles que viveram verdadeiramente suas vidas. Quem viveu com autenticidade deixa atrás de si o material que é incontestavelmente arte.

Certa vez, ele me disse — ou disse à turma, não consigo lembrar qual das duas coisas — que desconfiava de um excesso de conversa. Embora ele próprio falasse sem cessar, instruiu-nos a manter privados nossos mais íntimos pensamentos, até que pudessem ser expressos visualmente. O silêncio, sustentava, preserva o fluxo mais profundo da personalidade, "e o fluxo mais profundo", acrescentou, "não transporta nenhuma propaganda: o choque das convulsões da superfície não o desvia do seu curso". Se assim era, perguntei-lhe — tenho quase certeza de ter sido eu quem perguntou —, que diferença nossa conversa, nosso próprio tipo de convulsão de superfície, poderia fazer para esses fluxos mais profundos? A resposta foi que ele se referia ao barulho do mundo. Já era o bastante, disse, ter de penetrar no barulho do cotidiano; que não o aumentássemos, pelo amor de Deus. Apontou para a rua.

— Correndo sob esse cotidiano todo — disse —, vocês encontrarão o fluxo mais profundo, mas só se permanecerem em silêncio, imóveis, e esperarem que ele se revele. O mesmo acontece com o fluxo profundo que carregam aqui.

Bateu no peito com um punho fechado, em alguma parte próxima de onde devia ficar seu coração.

Isto deve ter ocorrido em algum momento em 1915 ou 1916, quando George já fora para a guerra. Mas não era uma guerra em que meu país estivesse envolvido, não? E, por mais dois anos, não o estaria, e mesmo então só os aventureiros prefeririam ir para o exterior.

Meu professor ensinou-nos a nos maravilharmos diante do mundo, mas ignorando completamente a reação do mundo a nós; a menos que, claro, essa reação fosse um reconhecimento de nossa superioridade inata, nossa visão especial.

O lago Superior. Que estranho, Sara viver perto de um volume de água, um volume de fluxos profundos, tendo esse nome.

Robert H. nos ensinou, ensinou a mim, que não valia a pena empregar meu tempo em nada que não pudesse ser transformado em arte.

— A arte é uma espécie de mineração — disse. — O artista é uma espécie de garimpeiro, procurando na terra a prata cintilante do significado.

Penso em meu pai e em homens como ele. Homens cujos investimentos bem feitos rasgaram a selva, penetraram a terra, moveram montanhas e, em última instância, foram os responsáveis pela criação das máquinas furiosas que, no final, seriam usadas nas guerras.

Como Robert H. estava certo! Sobre a arte. Sobre o sucesso, a ambição. A cobiça. A exploração em detrimento da natureza e da humanidade. E, no fim, algumas vezes, a beleza.

Era um professor maravilhoso.

Há sempre um momento de inteireza que recordamos quando o mundo está dilacerado, repleto de cortes, espatifado, um momento em que a ordem, a inocência da paisagem — algumas vezes, da sociedade que criou a paisagem — permitem-nos predizer com exatidão a discórdia futura. O impecável verão de 1914 apresentou justamente uma oportunidade assim, para esse tipo de presciência. Mas, em Davenport, o mundo em torno de mim concentrava-se em seu próprio frescor, em sua juventude. Havia em toda parte um maior senso de animação. As pessoas riam e se abraçavam nas esquinas, a praia estava cheia de visitantes, o clima não interferia no crescimento das plantações, nas fazendas em torno. Os negócios, segundo o pai de George, jamais tinham sido tão bons.

Do Dia do Dominion em diante, o teto do pavilhão de danças de Davenport foi coberto com bandeiras — a do Reino Unido, a do Canadá — e a conversa, fosse antes das danças, durante elas ou nos intervalos, era sempre a respeito da guerra. Uma excursão de 80 quilômetros através de um Grande Lago partilhado levara-me para tão perto da Europa e dos seus conflitos que, às vezes, mesmo durante minhas horas de recolhimento, era difícil lembrar que aquele continente particular e sua adjacente ilha imperial ainda ficavam a muitos milhares de quilômetros de distância. George e seus amigos começaram a aparecer de uniforme nas noites de sábado, com um aspecto elegante e cerimonioso, após horas passadas marchando com suas unidades de milicianos. Palavras como Sérvia e Bélgica, lugares de que eu mal me lembrava, dos tempos da geografia da escola primária, vinham-lhes facilmente aos lábios. As moças de olhos cintilantes, cabelos reluzentes e vestidos novos e encrespados estavam tão inquietas quanto os rapazes com quem dançavam, ansiosas por uma declaração de abertas hostilidades no exterior, confiantes de terem opiniões compartilhadas pelo grupo inteiro.

Vivian não estava em parte alguma entre os dançarinos. Eu não a vira desde minha volta.

Quando perguntei por ela, uma sombra tremulou rapidamente sobre o rosto de George, como se um pássaro rápido passasse entre ele e o sol. Depois, sua expressão se tornou absolutamente neutra.

— Foi embora — disse. — Partiu para a Europa com sua mãe. Embarcaram meses atrás.

— Ah, bom — disse, desejando restabelecer um ar de cumplicidade entre nós —, se você for mandado para lá, poderá vê-la. Mas acho que, se as coisas chegarem a esse ponto, a mãe dela, certamente, vai trazê-la de volta.

— Não existe essa possibilidade de que eu a veja — disse ele. — Não quero vê-la.

— E aquela conversa sobre a sina... o destino?

Eu quase o arreliava, mas então vi, embora não a tempo, que seu rosto se entristecia. Eu sentia atração pelo drama menor do relacionamento oblíquo, e estava usando as palavras como se fossem inócuas, não tivessem poder.

O dia estava lindo. George e eu seguíamos pelo caminho diagonal que dividia ao meio o parque de Davenport, à beira do lago, formando dois nítidos triângulos isósceles. O lago cintilava, com uma centena de velas fulgurantes em sua superfície.

— Minha previsão, de qualquer modo, é de que morrerei na guerra — disse George. — Prevejo que isso acontecerá.

Disse essas palavras quase alegremente, como se não desejasse perturbar a claridade do dia, a beleza da manhã.

Tudo em torno de nós estava em perfeito florescimento; tudo fora limpo com ancinho, varrido e cultivado por pessoas dedicadas às sociedades horticultoras e às grandes feiras onde verduras reluzentes e cavalos bem escovados ganhavam fitas azuis. Nada perturbara ainda esse quadro. Ninguém tinha a mais leve compreensão da ironia. Não havia necessidade. Nas décadas imediatamente anteriores ao verão de 1914, a honra e a lealdade traziam recompensas consideráveis. Quando se alimentava o cavalo e se cuidava dele, quando se capinava e molhava o jardim, mais cedo ou mais tarde, com toda probabilidade, viria um prêmio. Recusei-me a levar sério a declaração de George sobre a morte. O único drama que conseguia imaginar para ele seria de natureza romântica, um drama menor; interessante só da maneira mais vaga possível, mas, acima de tudo, bem ordenado.

— Essa guerra talvez nunca aconteça — disse. — E, se acontecer, terminará quase imediatamente. Você voltará num abrir e fechar de olhos.

Estávamos quase na extremidade do parque, na Rua King, quando George se deteve, virou-se para mim e anunciou que fizera seu testamento e eu herdaria sua coleção de porcelana.

Os vasos e urnas meio pintados, na prateleira atrás do balcão onde ele ficava, vieram-me de imediato à cabeça. Ri e lhe agradeci. Havia ironia em minha voz, mas, como disse, aquele era um lugar onde não se entendia a ironia. Ainda.

— Acho que você podia acabar de pintar os vasos — disse ele —, mas seria melhor se visse toda a coleção, para eu poder explicá-la a você.

— Não vai deixar para mim tudo que há na loja, não? — perguntei, nervosamente. Imaginei uma tarde inteira na loja, o entusiasmo de George, um modelo após o outro.

— A loja é do meu pai — lembrou-me ele.

Por todo o curso de King Street, caminhamos à sombra de grandes e velhos bordos canadenses, árvore que agora quase desapareceu das cidades e beiras de estradas, de ambos os lados da fronteira.

— Estou falando de minha própria coleção — você nunca a viu —, eu a guardo em meu quarto. — George então fez uma pausa, creio que esperando algum comentário meu. Quando permaneci em silêncio, sua voz se abrandou, assumiu um tom quase de desculpas. — Acho — disse, numa tentativa, como falaria, talvez, se me pedisse que fizesse um grande sacrifício por ele —, acho que você de fato deveria vê-la.

Seguíamos em direção ao Salão da Louça. Era uma manhã de domingo e todas as vitrinas pelas quais passamos estavam cobertas por venezianas verde-escuras. Acreditei que a sugestão de George nada tinha a ver com a possibilidade da morte, que ele meramente queria mostrar-me seus tesouros, e ainda acho que, em parte, tinha razão. George sobreviveria à guerra, embora fosse ficar distante por um período muito, muito longo. Havia uma ansiedade nele, aquela manhã, que forçava a tudo. Sabia que teria de ver fosse lá o que fosse guardado por ele em seu quarto.

— Está bem — disse eu, finalmente, sentindo que, de uma forma ou de outra, seria obrigado a suportar esse castigo. — Vamos ver sua coleção.

À claridade da luz débil, reveladora, cada prédio pelo qual passávamos parecia polido, esfregado e profundamente deserto. Nada se movimentava, a não ser um gato solitário e nossos próprios reflexos oscilantes nas grandes fachadas de vidro das lojas fechadas. George passara a noite anterior em minha casa em frente à praia, para que pudéssemos acordar às cinco de uma manhã de domingo e pintar o sol nascendo atrás do farol. Tinha sido, e ainda era, uma manhã de calma absoluta, o lago parecia um vaso cheio de luz, sob o céu azul-claro, o horizonte estava apagado. Minha impressão, na praia, era a de nos encontrarmos na beirada do mundo, sem nada diante de nós a não ser um deslumbrante vazio. "A água precisa do vento para defini-la", tinha dito George. E não houve vento.

Como quase todas as outras pessoas em Davenport, os pais de George estavam na igreja. Entramos pela porta da cozinha, nos fundos, seguimos pelo corredor escuro, passamos pela silenciosa sala de visitas e subimos a escada. Era minha primeira visita aos cômodos acima do Salão da Louça. O quarto de casal, quando lhe dei uma olhada, parecia formal — quase fúnebre. Pensei no grande quarto ensombrado dos meus pais, no fato de meu pai ter-se recusado a dormir lá, depois que minha mãe morreu, sua escova, pente e caixa de música ainda expostos em cima da penteadeira. O quarto de George era quase espartano, em contraste com o dos seus pais. Um uniforme da Bateria Pesada de Davenport estava pendurado num cabideiro, como uma efígie na parede.

Ali, atrás de portas de vidro com dobradiças, havia uma pequena variedade de porcelanas. Não muita coisa, na verdade — pratos prosaicos pintados com cenas de *O pescador perfeito*, de Izaak Walton, um par de pratos de sobremesa a que George se referiu como "a louça de Dickens", um vaso com um peregrino de Canterbury caminhando penosamente por uma trilha vazia e cinco broches com orquídeas pintadas.

— Estes são verdadeiros tesouros — disse George, pegando um dos broches e entregando-o a mim.

— Como assim? — Virei a peça de joalheria de um lado para outro, várias vezes, na palma da minha mão.

— Dewsbury talvez seja o maior artista vivo.

— Dewsbury — repeti, estupidamente.

— É um pintor da fábrica Royal Doulton, da Rua Nile. — George olhou para fora de sua janela voltada para o leste, como se pudesse enxergar Londres a partir dali. — Quando tiver mais dinheiro, vou comprar os vasos dele com paisagens.

Examinei a miniatura por alguns momentos ainda, mais por cortesia, depois recoloquei a peça na prateleira. Na minha visão, não havia nada de extraordinário nela.

— Sei que não está muito impressionado — disse George, inclinando-se protetoramente em direção à prateleira e realinhando o broche com os outros —, mas, se dedicasse algum tempo... se chegasse a examinar com cuidado. E, claro, o melhor se foi.

Quem, imaginei, desejaria pegar aquilo?

— Espatifado — continuou ele. — Não foi possível evitar.

Imaginei um acidente no trânsito. Pobre George, pensei, vendo-o mentalmente abrir um pacote vindo da Inglaterra, cheio de pequenos cacos.

Ele se endireitou e sorriu.

— Então, tomará conta disso, se eu morrer?

— Só se você morrer como um valoroso soldado — brinquei.

Por um curto instante, a ironia existiu na Davenport de antes da guerra. George riu.

— Valoroso — disse ele. — Pode ter certeza. E, com minha coleção órfã destinada a um novo lar, em outra praia. — Virou-se em direção à porta. Novamente surgiu nele aquele senso de indefinível ansiedade. Queria voltar para aquele dia maravilhoso. Enquanto descíamos apressadamente a escada, ele se referiu à coleção uma última vez.

— Estará aqui — disse, cheio de animação. — Basta você dar uma passada e pegá-la.

Quando foi declarada guerra entre Grã-Bretanha e Alemanha, em agosto, o batalhão de George ficou pronto para a partida dentro de poucos dias. Como todas as outras pessoas em Davenport, fui até a estação ferroviária para me despedir "dos rapazes". Eu, embora sendo também um rapaz, me senti estranho, excluído; minha nacionalidade americana e minha falta de uniforme faziam-me parecer quase de outro gênero e espécie. A Bateria Pesada de Davenport deveria seguir para Valcartier, em Quebec, a fim de treinar, e dali iria para Salisbury, na Inglaterra. Eu jamais vira a população da cidade lacustre, normalmente contida, em tal estado de agitação celebratória. As festividades do *Dia do Dominion* tinham certa jovialidade, mas nada parecido com aquele êxtase que vinha da idéia de participar de uma guerra distante. Talvez o jovem país ansiasse, de uma forma ou de outra, por engajamento, desejasse aparecer no palco dos acontecimentos mundiais. Isso foi tantas guerras atrás. Como sabíamos pouco, qualquer um de nós, sobre esse palco.

Eu visitara o Salão da Louça na véspera da partida de George e, com autêntica tristeza, vira-o empacotar os poucos vasos que estivera pintando e a pequena mesa giratória onde trabalhava. Até ele voltar, seu pai teria de cuidar das duas lojas, disse-me. Eu tinha dificuldade em imaginar George em paisagens estrangeiras, só me sentia à vontade com a idéia de que ele estava na loja, no pavilhão, ou nas colinas de Northumberland. Apesar da minha falta de respeito pela pintura em porcelana, sabia que ela, de alguma forma, definia George. Ele era o lago, ela era o vento. Lamentei que precisasse abandonar sua atividade.

George pôs seus pincéis cuidadosamente limpos numa caixa de madeira retangular e ficou olhando-os, absorto, antes de fechar a tampa e prender o gancho de latão. Naqueles poucos segundos, foi como se eu não estivesse ali, de forma alguma, como se não tivesse aberto a estrepitosa porta e não me achasse encostado no balcão atrás do qual ele ficava.

Naquele tempo, eu estava cheio do alerta e da energia da juventude. Apesar das fases solitárias prescritas por meu professor, a reflexão não me vinha facilmente; mas, ali, enquanto observava meu amigo separar-se dos instrumentos que amava, percebi que estava testemunhando um ato de grande intimidade. Fiquei confuso, constrangido e surpreendentemente comovido com aquilo.

Aquele dia, antes de sair da loja, comprei um tinteiro, um *souvenir*, pintado por George. Tinha uma vista do Victoria Hall de Davenport, na parte da frente, e do pavilhão, no fundo. Ele completara várias peças desse tipo durante o período do inverno anterior — saleiros, recipientes para pimenta e também para creme, açucareiros — e venderam tão rápido que, para os americanos que tinham ido passar o verão na cidade, aquele tinteiro era a última peça da fornada. No início, ele não quis que eu ficasse com a peça, por ser "puramente comercial" e, segundo ele, não ser um bom exemplo do seu trabalho. E depois, quando insisti em ficar, não queria que eu pagasse. Aceitou afinal o dinheiro quando lhe disse que queria o tinteiro para dar de presente a meu pai. Estava mentindo, claro; jamais pretendi dar nada a meu pai.

Guardei comigo o pequeno tinteiro, durante todos esses anos. Mudou-se junto comigo de uma escrivaninha para outra e estou mergulhando nele minha pena, neste exato momento, enquanto escrevo.

Os rapazes estavam debruçados na janela do trem, quando cheguei à estação. O ar em torno estava cheio de risadas; todas as lágrimas que vi eram de alegria, brilhando em rostos radiantes. Havia, eu me lembro, duas bandas tocando músicas opostas, uma em cada extremidade da plataforma, e um borrão de mãos brancas sacudindo bandeirinhas contra um céu carregado. Alguns anos depois, ao passar pela Union Station, em Toronto, veria ingleses com caixas de coleta da Cruz Vermelha amarradas em seus corpos e jovens com um ar cansado e de doloroso espanto que, não sabendo que eu era americano, ou talvez até não ligando para isso, aproximavam-se de mim com uma acusadora pena branca nas mãos. Mas, agora, havia apenas uma fantasia rapsódica referente à terra natal; o hino de combate de um estrangeiro.

A Estação Ferroviária Nacional Canadense ficava no limite norte da cidade. Do outro lado dos trilhos, nos campos que se estendiam em direção às colinas de Northumberland, havia pequenos grupos de gado calmo, bege, e pilhas de cevada amarela. Bem em frente a essa cena pastoral, exatamente à beira dos trilhos, estavam reunidas três ou quatro casas decrépitas, de idade avançada, sugerindo que ali poderia existir uma vila, antes que a cidade maior crescesse até se encontrar com ela. No segundo andar de uma das casas, na frente de uma água-furtada de forma estranha, havia uma alta janela gótica. Atrás de sua suja vidraça estava uma mulher empurrando para o lado, com uma das mãos, uma cortina fina. Não tenho a menor idéia de que idade teria essa mulher porque, na distância em que me encontrava, ela parecia apenas uma sombra. Não poderia dizer se era bonita ou sem encantos, se estava feliz ou triste. Mas a maneira como ela, vagarosamente, primeiro virou o rosto e depois o corpo inteiro, dando as costas à cena, num gesto de indiferença ou de contrariedade, a maneira como a cortina esfarrapada voltou para o lugar, encheu-me de um sentimento que se aproximava do horror. Nunca esqueci aquela mulher.

Abri caminho aos empurrões em direção ao trem e, afinal, cheguei suficientemente perto de George para que pudesse gritar boa sorte e adeus.

— Lembre-se, se algo acontecer, cuide da minha coleção — gritou. — Especialmente dos meus queridos broches.

— Farei o que puder para não perder outro num acidente.

— Não foi nenhum acidente — bradou ele, em meio ao silvo do trem. — Ela o esmagou com o salto do sapato.

Quando o vapor da locomotiva clareou, pude ver, a distância, as amadas colinas de Northumberland de George. Ele partiu antes de eu poder perguntar quem esmagara o broche.

Saí da estação e caminhei pela Rua Division, em direção ao lago, à casa do meu pai e aos meus exercícios de reclusão. Não seria nada difícil alcançar um estado de solidão. Não havia mulheres em Davenport que me interessassem e, quanto à companhia do meu próprio sexo, eu era o único rapaz que restava na cidade.

A certa altura, durante o mês de agosto de 1935, o último do derradeiro verão que passei em Silver Islet, Sara me explicou como era esperar. Disse que havia dois tipos de espera: a que consome a mente e a que ocorre em alguma parte abaixo da superfície da consciência. Esta última é mais suportável, mas também mais perigosa, porque se manifesta sob forma de início não definível como tal. Contou-me, depois, que afinal percebera, no período do inverno anterior, que tudo que ela fazia ou dizia — todas as suas atividades — era uma variante ou um substituto para a espera e, portanto, não tinha nenhuma importância em si.

Não havia nenhum telefone em Silver Islet — ainda é assim, pelo que sei — e a entrega postal era muito irregular. Os telegramas eram considerados suficientemente importantes para que chegassem até lá, não importava o clima, fosse de barco, no verão ou por parelha de cães sobre o gelo, no inverno, mas eu sempre informava a Sara a data da minha chegada em junho, enviando-lhe um cartão no início do mês. No curso do ano, ocasionalmente eu lhe mandava um bilhete para dizer que estava bem e, de vez em quando, um anúncio de uma das minhas exposições. O inverno era o período em que eu trabalhava intensamente no ateliê, em grandes paisagens, obras figurativas e interiores para os quais, no verão precedente, fizera estudos a óleo, carvão e lápis. Era também um período muito social. Eu comparecia a festas e *vernissages* de amigos. Cumpria deveres relacionados com os vários clubes e organizações aos quais pertencia. Para mim, o inverno era sempre uma estação atarefada que eu apreciava imensamente, sobretudo à medida que minha fama crescia e minhas vendas aumentavam. Ficou provado que os nova-iorquinos prósperos adoravam paisagens selvagens. Queriam, em suas lisas paredes revestidas de reboco, rochedos e água, árvores retorcidas e musgo. E alguns deles queriam a pele clara e o cabelo louro-escuro de Sara; alguns também queriam isso.

Quando eu estava em Nova York, Sara se tornava uma série de formas sobre uma superfície plana; seu corpo, uma composição que se adaptava a um retângulo; sua pele e o cabelo, gradações de cor. Tornava-se meu trabalho e, quando o trabalho estava concluído, eu a perdia completamente de vista, voltado apenas para minha ambição. Vez por outra, mas raramente, mesmo quando estávamos juntos, as coisas se passavam dessa forma — a cama era uma grande tela branca, eu manipulava o espaço positivo, o negativo, e prevalecia sempre, fixo em minha mente, um quadro terminado, vendável. Mas, com maior freqüência, ela não permitia que isso acontecesse, recusando-se a posar ou até a ficar no quarto, quando sentia que vinha à tona esse outro lado meu.

— Há alguém em você — disse, certa vez, pegando seu roupão na cadeira. — Alguém que não quero que me olhe.

Intuiu, sabem, que existia o empresário.

Antes de mais nada, não fora fácil levá-la a posar para mim, aquela garçonete, a filha do mineiro, cujas únicas experiências tinham sido vividas na margem escassamente povoada de um Grande Lago do norte. Só após já sermos amantes há mais de um mês ela concordou em fazê-lo, e mesmo assim me perguntava, antes de cada sessão, se eu tinha certeza de que desejava pintá-la. Não conseguia entender por que estaria eu suficientemente interessado nela para querer colocá-la num quadro. Seu conhecimento dos homens não podia deixar de ser limitado e com isso ela se mostrou, de início, bastante tímida, fisicamente. Tinha havido um rapaz, nos últimos anos de sua adolescência, um rapaz de quem ela gostava, mas ele deixara o povoado para sair à procura de trabalho.

— Meu pai estava doente àquela altura — contou-me ela. — Se não fosse por isso, eu provavelmente iria com ele. Disse que voltaria, mas... Quando seu pai veio para cá e houve uma conversa sobre a reabertura da mina, cheguei a pensar que assim ele talvez voltasse. Vai achar que sou maluca, foi anos depois. Mas ele foi o único, sabe, e eu nunca soube o que lhe aconteceu. — Sorriu. — É provável que estivesse em algum lugar como Timmins, com esposa e quatro filhos.

Como se verificou, não haveria trabalho, de qualquer forma. As especulações de meu pai eram um completo fiasco.

— Mas — disse Sarah, quando salientei isso — seu pai trouxe você para cá. — Olhou-me com uma expressão clara e franca. — A mina fechou — disse —, mas você voltou.

Certa vez, Sara me visitou na cidade, tendo feito a mesma trajetória que eu tantas vezes fazia, quando a deixava — embarque no *The Canadian*, em Port Arthur, despertar na Union Station, em Toronto, depois troca de trens, prosseguindo até Nova York. O que teria ela em mente, naquela viagem, imagino agora, e o que será que a longa agonia da espera, consciente ou inconsciente, provocou nela para levá-la a decidir fazer isso? Port Arthur devia ser tudo que ela sabia sobre cidades; jamais comprara um bilhete de trem. Será que sentiu terror, alegria ou agitação? Terá podido dormir, enquanto o trem sacolejava pela noite adentro? E será que veio para trazer uma mensagem que me recusei a receber?

Ela me surpreendeu e reagi com minha modalidade pessoal e desvairada de pânico. Levei-a a uma série de festas sem sentido e ignorei-a de modo desapiedado, conversei com todas as outras pessoas na sala, especialmente as mulheres, enquanto ela permanecia sentada a um canto, tensa, com a espinha dorsal ereta, as mãos entrelaçadas no colo, o sorriso forçado sumindo aos poucos. Quando ficávamos a sós no ateliê, eu fazia amor com ela repetidas vezes, mas friamente, sugerindo, com minhas ações, que acreditava ser esse motivo que a levara a me procurar e que cumpria meu dever. Não a queria ali e ela sabia; fiz tudo para que soubesse. Ela não tinha espaço, nenhuma importância naquela parte da minha vida. Pertencia a um quarto cheio de luz no norte, um quarto com uma vista de paisagens que eu podia emoldurar e vender, seu corpo congelado em poses que eu também podia emoldurar e vender. A presença dela em minha vida urbana, minha vida de inverno, era inaceitável. Dei a entender que achava vagamente escandaloso ser visto em sua companhia, como se um de nós dois tivesse um companheiro que pudesse objetar.

Ela partiu em silêncio, numa fria manhã do início do inverno, após tatear à procura de suas roupas, na escuridão, enquanto eu fingia dormir. Estava zangado com a sua decisão de viajar para me ver e satisfeito com sua partida. Não voltei a me comunicar com ela durante quatro meses e, então, enviei um bilhete para dizer-lhe a data da minha chegada ao norte.

Mas, no fim, demorou muito mais de quatro meses para que se apagassem, finalmente, as cenas que me ficaram na mente, Sara caminhando desajeitadamente pelas ruas da cidade, lutando para manter o ânimo, ou deitada em minha cama amarfanhada, emocionalmente ferida, enquanto radiadores batiam de modo estrondoso e vozes pelo telefone anunciavam convites para um número cada vez maior de festas. Duas décadas depois, já retirado nesta casa, na cidade onde nasci, completei cinco pinturas intituladas *Viagem noturna a partir do norte*, *Visita de surpresa*, *Cinco festas*, *A cama usada* e *Partida ao amanhecer, ou Manhã de inverno*. As séries me ocuparam durante quase dois anos inteiros.

Mas o que consegui fazer durante aqueles quatro meses de silêncio entre mim e Sara, no fim da década de 20 ou no começo da de 30, foi reconstruir a mulher que eu sabia que me esperava na margem norte do maior dos lagos, separando-a completamente da mulher que, contra minha vontade, fora visitar-me na cidade.

Mas nada pôde verdadeiramente tirar da minha cabeça aquele episódio. De alguma forma, ele machucara minha memória. Sentia-me invadido por ele. Sentado aqui, um velho, posso lembrá-lo nitidamente.

Entre artista e modelo é preciso haver sempre uma distância.

No terceiro ou quarto verão, ela me deu completo controle da casa — acesso total. Havia dias em que eu queria trabalhar de manhã muito cedo para que pudesse observar um dos cômodos do térreo, cheio de uma luz silenciosa e líquida. Com freqüência, eu ficava na cozinha durante as horas do amanhecer, mas, algumas vezes, me dirigia para a sala de estar, na frente, onde havia uma janela voltada para o leste, através da qual eu podia ver o céu rosa e amarelo. Em tempo algum pintei o horizonte, queria apenas captar seu efeito, a maneira como ele mudava a aparência dos objetos nos cômodos. Há algo puro, quase virginal, na luz raramente testemunhada; a luz do norte que aparece quando, em outras estações e latitudes, seria o meio da noite. A luz que não acorda com muita freqüência quem está dormindo. Eu a cobiçava, queria partilhá-la apenas com minha arte.

Entrava com a chave que ela me dera e me sentava silenciosamente na cozinha ou na sala da frente, até que um objeto particular fosse tocado por essa luz. Naquele tempo, eu acreditava que um conhecimento íntimo do interior da casa de Sara enriqueceria minhas pinturas não apenas com seus espaços, mas também com as regiões do corpo dela, e assim fazia desenhos a lápis da sua bolsa em cima de uma cadeira, de seu casaco pendurado num gancho atrás da porta. Era uma lição na arte de retratar que me fora dada por Robert Henri. Na aula, ele muitas vezes nos fazia virar as costas para o modelo que posava e nos dizia para desenharmos, em vez disso, o vestido dela, onde o deixara, no chão, junto da plataforma, mas tendo em mente, o tempo inteiro, o que aprendêramos com os desenhos anteriores feitos com ela. Quando, mais tarde, contei tudo isso a Rockwell, ele se lembrou de que detestava essas atividades e disse que o vestido jogado no chão não tinha mais ressonância do que uma simples *natureza-morta*.

— Deve haver um motivo — disse-me — para esse tipo de trabalho ser chamado assim.

Mas eu estava entusiasmado com a idéia de manter um quadro fixo em meu olho interno, enquanto permitia ao externo centralizar-se em algo relacionado mas fisicamente separado. Parecia um exercício planejado para mim e para minha facilidade eidética.

Eu era perfeitamente feliz naqueles momentos, cedinho, em Silver Islet, e me sentia, sob certos aspectos, mais próximo do modelo — mais próximo de Sara — do que estando ela nua e em minha presença. Até comecei a desenvolver certas teorias de associação. Todos os objetos da casa dela tinham, em minha cabeça, o potencial para serem transformados por seu recente manuseio por parte de Sara, de modo que procurava especificamente os objetos em que ela tocara ou que mudara de posição depois de eu tê-los visto pela última vez.

Então, certa manhã, quando eu estivera desenhando uma coleção de panelas que Sara deixara no escorredor para secar, envolvi-me tanto com suas formas, os ângulos geométricos que os cabos formavam uns com os outros, que deixei o seu rosto escapar da minha mente. A maior parte do tempo, quando minha memória eidética funcionava perfeitamente, essa visão dividida me era fácil de alcançar; nunca queria perder de vista o fato de que era *sua* xícara de café, *sua* agulha de crochê. Insistia em que os esboços deveriam ser exercícios teóricos de intimidade, não de anonimato. Mas, aquela manhã, o anonimato tomou conta de mim antes que eu o reconhecesse. Quando percebi o que acontecera e tentei trazer o rosto de Sara de volta para a minha cabeça, descobri que não conseguia lembrá-lo. Não era que eu tivesse esquecido seus cabelos ou olhos, ou até mesmo sua boca forte e a curvatura dos seus ossos malares, era simplesmente que eu não podia mais enquadrar essas coisas com meu olho interior, e isto me assustou um pouquinho. E, quando conseguia visualizá-las, via apenas a maneira como eu as pintara; a pontinha branca como gelo no meio da pupila, como apenas isto tornava o olho vivo, os vários tons claros de carne, rosado e bege, e a curva amarelo-ocre de seu cabelo.

A primavera tinha sido fria, dissera-me Sara; embora a primavera seja sempre fria naquele país. Levou-me para ver a extensão de neve que persistia na extremidade inferior de um alto penhasco, no final da trilha do povoado, como se essa tenacidade fosse a demonstração de algo que ela tentava exprimir. Estávamos então em meados de junho — eu acabara de chegar — e ainda constrangidos um com o outro, após minha ausência de nove meses. Durante alguns dias, eu pintara as marcas que tanto o frio quanto o constrangimento deixavam em sua pele, em seus ombros resplandecentes. Depois, cruzei afinal o quarto e enfiei minhas mãos no calor do seu cabelo.

Agora, num amanhecer de meados de julho, descobri que não consigo lembrar seu rosto. Comecei a afiar meu lápis com a sua faca de aparar, desejando, como sempre, deixar o instrumento pontiagudo como uma arma. A seguir, larguei tudo em cima da mesa — as aparas de madeira, o lápis, o caderno de desenho, a faca — e subi com cuidado a escada escura e fechada, porque sabia que Sara ainda demoraria mais uma hora para se levantar e não queria acordá-la em seu dia de folga. O quarto do pai dela estava cheio da espécie de luz trêmula que vinha sempre dos reflexos do lago àquela hora. Por volta das nove, uma torrente ondulada, luminosa, escorria pelo corredor até o quarto de Sara, onde atravessava sua cama, subia por sua parede, pulsava em seu teto. Mas agora, assim tão cedo, o quarto ficava escuro, depois repentinamente mais claro, depois outra vez escuro. Ao chegar à sua porta, pude ver que o vento entrava pela janela aberta, erguendo as venezianas que ela abaixara na noite da véspera, e depois, vagarosamente, deixando-a cair, para retomar o processo em seguida. Ela estava deitada de costas, a cabeça levemente virada em direção à janela, de modo que seu rosto apanhava a luz, quando esta entrava, e depois tornava a se escurecer, quando se retirava.

Fiquei ali no umbral e observei o rosto de Sara revelar-se e, depois, voltar à sombra. Não era o rosto de que eu me lembrava. Era mais transparente; um rosto nu. Não tive nenhuma vontade de reproduzi-lo em papel ou em tela. Sua privacidade, percebi instintivamente, era impenetrável.

Agora, penso, se eu tivesse tentado... talvez com algo solto e fluido, como uma aquarela. Mas como penetraria na escuridão que vinha? Esta era a questão.

Havia algo perturbador, pensei, de repente, na maneira como os vivos, na escuridão, abrem mão de suas defesas e se entregam — rendem-se — tão completamente à espantosa vulnerabilidade do sono. Terríveis perigos poderiam chegar a uma criatura nesses períodos de profunda passividade. Como a vida parecia mal equipada para a sobrevivência, quão maiores eram as oportunidades oferecidas à certeza da morte. Eu ouvia a respiração lenta e constante de Sara, que parecia estranhamente relacionada com o clarear e escurecer da atmosfera. Ela dormira neste quarto todas as noites de sua vida, fora criança aqui.

Fiquei constrangido com meu próprio voyeurismo, parei de olhar para seu rosto e comecei a examinar os lençóis nos quais ela dormia. Estavam puxados e torcidos, continham a narrativa inteira dos sonhos de uma noite, uma história de gestos contínuos, inconscientes. Eu desenharia aquela cama, decidi, mas esperaria Sara levantar-se dela.

Lembrei-me do que o meu professor dissera sobre drapejamento, como era composto de ritmos, ecos, continuações. Ele detestava a palavra *pregueado*, quando aplicada a tecidos, mas, estranhamente, não se incomodava quando era usada em relação à pele humana. Como se sentisse muito mais afinidade com as coisas inanimadas do que com as vivas. Certa vez, após ouvi-lo falar de drapejamento, voltei ao meu pequeno ateliê em Greenwich Village e passei uma tarde inteira deixando meu lenço cair no chão e desenhando as formas incomuns que assumia.

No corredor de Sara, passei através da luz fremente que começara a se movimentar em direção ao quarto dela, desci a escada estreita, juntei meus materiais de desenho e escapuli pela porta da frente. Vários corvos deslizavam pelo ar, próximos do lago, a fímbria de suas asas como dedos negros contra o céu. Logo Sara caminharia onde eu caminhava. Estaria vestida com seu uniforme de garçonete, preparada para servir o desjejum a mim e aos outros hóspedes do hotel. Ao despejar café em minha xícara aquela manhã, pela primeira vez fiquei envergonhado, embora não tivesse certeza exata do motivo. Envergonhado e quase tímido.

Nada poderia jamais obrigar-me a dizer a Sara que vira seu rosto nu.

E muitos anos se passariam antes de eu ser capaz de entender que, durante todos aqueles longos invernos em Nova York, invernos em que convencera a mim mesmo de não ter o menor desejo de ver Sara, a verdade devia ser a seguinte: eu não queria que Sara visse o homem que de fato era. Não queria que Sara me visse.

2

Noite no Salão da Louça

Muitas das minhas pinturas mais recentes, pinturas que compõem a série agora universalmente chamada de *Os apagamentos*, baseiam-se em fragmentos vívidos, episódios descosidos de minha própria vida e da vida de outras pessoas. Muitas vezes, fazê-las é doloroso para mim. A pintura de baixo é inadequada porque, embora as cenas sejam poderosas, as informações nelas contidas são escassas. Cortando em fatias as vidas dos outros, só fiquei com pedaços díspares; com cores permanentes e fugidias, ao mesmo tempo, com formas discerníveis e vagas. Mas, simplesmente, não é possível juntar tudo com alguma exatidão, embora eu tenha poderes de lembrança por demais desenvolvidos. Sara sempre tentou dar-me sua autobiografia — completa. Mas eu a rasguei em pedaços, silenciei-a, atirei ao vento, como papel rasgado, as partes de sua narrativa que me pareceram impossíveis de usar. Afinal, eu construía Sara em minhas pinturas. Não queria nenhuma interferência no projeto.

Augusta Moffat era diferente. Embora não houvesse nenhuma ligação entre nós, carrego comigo sua vida inteira para todos os lugares onde vou. Não a recompus. O que cheguei a compreender de sua natureza não permitiria. Ela era sua própria tela inteira — não tivemos nenhum relacionamento. Quase tudo que sei sobre ela descobri no curso de uma longa noite, no inverno de 1937. Ela expôs sua história em minha presença não porque quisesse explicar-se a mim ou porque tentasse de alguma maneira comover-me, mas apenas porque a história tinha de ser contada e eu estava ali. Tenho certeza de que cuspiria suas palavras no ar vazio, se não houvesse ninguém para ouvir. Quando a necessidade de revelação é assim tão intensa, os motivos da pessoa só podem ser puros. A narrativa de Augusta era do tipo que precede um gesto privado, uma espécie de revisão, eu acho, de tudo que a conduzira até aquele momento.

Tinha de ser dito. E tem de ser lembrado. Inteiro.

Aquela noite, enquanto ela falava, eu podia ver nossos corpos escuros refletidos na grande vidraça da frente do Salão da Louça, sentados, cada um, de um lado do balcão. Minha própria silhueta, que eu já conhecia de outras vidraças noturnas; a dela, quase completamente desconhecida, mas ganhando peso, substância, com o passar das horas.

Augusta era a mulher de George. Eles se tratavam com ternura. Numa longa noite de inverno, no Salão da Louça, ela me contou a história de sua vida. Não há nada para modificar, para obscurecer.

Fora criada numa fazenda a nordeste de Davenport, filha mais velha e única menina de uma família composta pelo que parecia ser uma série interminável de bebês do sexo masculino. Os irmãos quebravam suas bonecas, sujavam seus lenços bordados, interrompiam os estudos dela com suas brigas, derramavam seus frascos de água de rosas e comiam todos os bombons que seu pai invariavelmente lhe dava no Natal. Ainda bem pequena, ela tivera de jogar pedras e paus para impedi-los de cercá-la, quando estava a caminho da escola. Mais tarde, jamais ousara levar para casa um pretendente, com medo das censuras, das brincadeiras e zombarias deles.

Pulavam em cima de sua cama, quebrando as molas. Deixaram um porquinho de estimação dentro do seu armário. Lutavam no jardim da frente, esmagando sua primeira tentativa de fazer um canteiro de flores. Faziam até o mais velho e manso dos calmos cavalos de lida sair correndo com ela, se tentasse cavalgar um deles. Certa vez, adolescente, ao chegar em casa mais tarde do que deveria e se esgueirar cuidadosamente através da sala de visitas escura, num esforço para não acordar seu pai, abriu a porta que dava para a escada e foi recebida com uma repentina cacofonia. Panelas e frigideiras amarradas juntas, com um cordão, estando uma extremidade dele enrolada em torno da maçaneta da porta, caíram desordenadamente pela escada em sua direção. Depois disso, seus pais não a deixaram sair após o jantar por um mês, enquanto os meninos com idade bastante para isso atravessavam arrogantemente a cozinha e saíam, noite após noite.

Havia um rio veloz de crianças do sexo masculino correndo entusiasticamente pela casa durante todo o inverno. Os meninos mais novos eram tão dedicados à atividade que tinham de ser amarrados em cadeiras, literalmente, e empurrados em direção à comprida mesa da cozinha, a fim de terminarem seus deveres de casa, enquanto os irmãos mais velhos eram isolados em vários quartos para que não brigassem entre si. Com o aumento da tribo, a copa foi trancada e a chave era mantida no bolso da mãe de Augusta. Do contrário, o armário ficaria vazio. Durante muitos anos, Augusta nunca passou uma noite inteira sem ter seu sono interrompido pelo grito imperioso de um bebê.

Mas seu amor pelos irmãos era intenso, luminoso e puro. Conhecia seus corpos melhor que o dela própria, vira-os serrarem e carregarem feno no calor do verão, nus até a cintura, ou seguirem, encurvados debaixo dos casacos, nas escuras manhãs de inverno, na direção dos celeiros e dos afazeres, antes de irem para a escola. Tinha passado esponja em peles quentes, quando grassava alguma epidemia em suas fileiras, colocado ataduras em joelhos e cotovelos, tirado os piolhos de seus cabelos com um pente. Por causa deles já experimentara, antes mesmo da puberdade, a escala completa das emoções humanas: dor, terror, ódio, lealdade, paixão e ternura. Se morresse antes dos 12 anos, ainda assim seria possível dizer que sua vida fora quase plena.

Embora não conseguisse imaginar-se numa casa de onde o caos estivesse ausente, a estrutura do seu caráter, diante de tudo isso, era construída — o que não é de surpreender — em torno de um desejo de ordem e contenção. A privacidade era um conceito estranho, mas a arrumação não e, assim, ficava feliz com a viabilidade de camisas dobradas e prateleiras espanadas, por mais frustrante que fosse a curta duração dessas coisas. Com freqüência, os resultados de um sábado inteiro de trabalho eram desfeitos em meia hora, antes do pôr-do-sol, e era forçada a observar, infeliz e impotente, ser atirado de novo para longe tudo que reunira.

Ainda assim, aquele grupo de rapazes era, na verdade, a energia que impulsionava e dava existência ao seu eu, arrancando-a do sono de manhã, mantendo-a alerta o dia inteiro, fazendo-a atirar-se na cama, exausta, à noite. Inconscientemente, atribuía toda mudança e cada acontecimento à existência dos irmãos em seu universo, acreditando que, sem eles, as plantações não cresceriam, os animais não paririam e o tempo seria suspenso.

Entre eles, Fred era o único menino quieto. Dois anos mais novo que Augusta, ficava grudado em sua saia, suficientemente ansioso para estar perto dela a ponto de ficar em pé em cima de um banco e, vagarosamente, metodicamente, enxugar os pratos que ela lavava, ou de segurar a pá de lixo quando ela varria as lascas descartadas de cedro no telheiro para lenha. Durante toda sua vida, ela guardou na mente uma imagem dele; em pé ao seu lado, na comprida varanda da frente, que dava para a estrada de cascalho.

— Foi a estrada — disse-me — que nos conduziu, a ambos — a todos nós, de fato — para longe da fazenda, em direção à brutalidade.

No final, ela passou a achar que a estrada em si era uma espécie de arma.

Aos 10 anos, em 1905, as aptidões domésticas de Augusta eram maiores do que as de uma mulher com três vezes sua idade. Eram espantosas, por exemplo, suas habilidades com uma agulha ou com os utensílios da cozinha. Pude imaginar que cada tarefa que ela empreendia era completada com a mesma serenidade séria, seu pequeno rosto calmo ocasionalmente radiante.

De manhã cedo, enquanto os rapazes ouviam gritos e, muitas vezes, eram sacudidos por seu pai para que saíssem da cama, Augusta já estava no andar de baixo com sua mãe, o cabelo escuro penteado e puxado bem para trás, deixando a testa descoberta, e as duas tranças traçando a curva de suas costas, quando ela trabalhava a massa ou se inclinava sobre o forno para tirar um pão. Imagino que adorasse a textura da farinha, que parecia talco, e tornava suas pálidas mãos ainda mais pálidas, prendendo-se às linhas dos seus dedos; e também o brilho e a ponta afiada das agulhas, entrando e saindo dos tecidos.

Algumas vezes, sua mãe, Kaziah Moffat, permitia que Augusta puxasse uma camisa após outra dos perigosos rolos da máquina de espremer roupa, enquanto ela própria virava repetidamente a manivela. A seguir, Augusta levava as roupas úmidas para a plataforma que seu pai construíra ao lado do varal, prendia as roupas na corda com um pregador e as deixava estendidas, secando ao vento. De vez em quando, um ou dois dos seus próprios aventais ou vestidos escuros de morim apareciam entre a roupa lavada, na maioria masculina, e Augusta gostava do aspecto que aquilo adquiria; sua família de fantasmas movimentando-se no ar e, em torno, a paisagem de sua fazenda, a perder de vista.

O pai mal a notava, ela era tão quieta, tão previsível, e ele estava sempre tão ocupado, tentando transformar seu batalhão de rapazes brigões em trabalhadores rurais confiáveis. Vez por outra, parava e a olhava com uma expressão quase de surpresa, como se tivesse esquecido ou não conseguisse de fato acreditar que ajudara a trazer ao mundo algo tão feminino. Então, falava com ela respeitosamente, como falaria com um estranho cuja boa opinião desejasse, perguntando-lhe sobre seus deveres escolares ou sobre trechos da Bíblia, que insistia para que todos os seus filhos decorassem. Algumas vezes a elogiava, mas não em excesso, com receio de encorajar a vaidade;

e, duas ou três vezes por ano, pegava sua mão e pressionava na palma fria, curiosamente pouco infantil, uma moeda de 10 centavos.

Ela o amava, claro, embora jamais tivesse verdadeiramente chegado a conhecê-lo. Quando tinha 12 anos, deu-lhe um bordado em ponto de cruz que fizera para o Natal. Era enfeitado com flores rígidas, uma casa perfeitamente simétrica, o alfabeto, os números de um a 10 e um verso que ela achou que ele aprovaria:

"Perfumada é a rosa, mas com o tempo logo murcha.
A violeta, doce, mas depressa perde o viço.
Brancos lírios baixam a cabeça e se deterioram rapidamente.
E a neve do inverno em instantes se derrete e some.
Assim fenecem nossas primeiras alegrias
Com a veloz destruição do tempo e da doença."

Na manhã do Natal, Edward Moffat segurou o pedaço de tecido não emoldurado em suas grandes mãos calosas e leu todas as palavras do poema, com a boca formando cada sílaba, silenciosamente. A seguir, examinou sua única filha e olhou de soslaio para a mãe dela, grávida pela sétima vez, tornando, em seguida, a examinar atentamente a filha. Augusta enfrentou seu olhar com solene expectativa. Demorara dois anos para completar o quadro e as palavras. Não havia um só fio emaranhado entre os pontos. Seu próprio nome estava embaixo, com sua idade e a data, Natal de 1907, e, em seguida, vinha a mensagem: "Para papai."

Não era um presente incomum, como o ponto de cruz também não era um passatempo incomum para meninas (embora sua popularidade tenha caído um pouco, com o advento do presente século), e milhares desses projetos pendiam, orgulhosamente emoldurados, nas paredes das salas de visitas por toda Ontário. O verso fora tirado de um livrinho intitulado *Dizeres adequados para bordados*, que poderia ser adquirido em qualquer quiosque ou bazar, juntamente com *O livro de cozinha do Instituto das Mulheres*, da Igreja Metodista. Mas, quando o pai de Augusta leu aquilo e tornou a ler, o nevoeiro do hábito e da labuta dissipou-se de sua mente e, em sua desolação, pareceu abrigar um presságio vago, mas nem por isso menos terrível. A vida é algo lamentável para as meninas e para as mulheres, pensou ele, pela primeira vez em sua vida.

A Augusta, para quem ainda olhava fixamente, disse, com brusquidão:

— Obrigado, você trabalhou muito bem. — Depois, pigarreou e anunciou: — Você vai sair duas horas por dia, duas vezes depois da escola e uma vez aos sábados. — Fez uma pausa, e a seguir acrescentou mais duas palavras, embora provavelmente soassem tolas, mesmo aos seus próprios ouvidos. — Para brincar — disse.

— Vou brincar de quê? — perguntou Augusta, gravemente.

— Isso — disse seu pai, olhando com fúria para os meninos que, barulhentamente, exigiam privilégios iguais — você precisa descobrir sozinha.

— Não fiquei absolutamente feliz com essa decisão — disse-me Augusta —, mas meu pai se orgulhava de nunca mudar de idéia e sua palavra era lei. Seria inútil argumentar e, além disso, jamais passaria pela cabeça de qualquer um de nós ser assim tão impertinente.

Ela me contou que seu pai, Edward Moffat, era conhecido como homem taciturno, mas, apesar disso, gostava de contar lendas de família durante a refeição da noite e muitas vezes explicara, enquanto a mesa se mantinha silenciosa (as crianças não tinham permissão para falar, a não ser respondendo a perguntas), que nenhum Moffat de que se tivesse lembrança mudara algum dia de idéia. As crianças sabiam que era aos homens Moffat que ele se referia e que essa declaração incluía seus tios, tios-avós, seu avô e o murcho e idoso bisavô, todos eles vivendo nas fazendas Moffat, liberalmente salpicadas através de todo o município de Northumberland. Como Augusta dissera a sua mãe que não tinha nenhuma vontade de sair para brincar e Kaziah Moffat transmitira esta informação ao seu marido, Edward Moffat sentiu-se compelido a lembrar a seus filhos como eram os homens Moffat.

— Eles nunca mudam de idéia — disse, à mesa do jantar, alguns dias depois do Ano-Novo. — Sua palavra é lei.

— E o tio-avô John? — perguntou Fred, de repente. Ele tinha 10 anos e era mais taciturno ainda do que seu temido pai, mas amava Augusta e queria que ela ficasse dentro de casa em sua companhia. Augusta e os meninos viraram-se espantados para olhá-lo: ele falara sem que lhe tivessem dirigido a palavra. Um terrível silêncio caiu sobre a mesa. — Ele não mudou de idéia, e voltou do Klondike? — continuou a criança debilmente, sua voz mal passando de um sussurro.

— Eu lhe fiz alguma pergunta? — Debaixo das grossas sobrancelhas escuras, encrespadas, o olhar de Edward Moffat perscrutou o menino. — Falei com você?

Fred ficou olhando fixamente para o purê de batatas em seu prato. Augusta estendeu a mão para pegar a dele sob a mesa.

— Fred — disse o pai —, estou falando com você — agora estou lhe fazendo uma pergunta. Pergunto se falei com você.

— Não, senhor. Eu me esqueci.

— Não se esqueça novamente.

— Está bem, meu pai.

Edward Moffat pegou a faca e o garfo, e a sua esposa e família, aliviadas, estenderam a mão para pegar seus próprios talheres. Ele mastigou pensativamente e, depois, recolocou a faca e o garfo na mesa.

Sua esposa grávida e os filhos silenciosos fizeram o mesmo, exceto o bebê, Cecil, que bateu com força a colher em seu caneco, uma ou duas vezes.

— Fred — disse Edward Moffat —, lembra-se do que tio John disse antes de partir para o Klondike?

— Lembro, sim, senhor.

— Bom, o que ele disse?

— Disse: 'Não voltarei nunca.'

Edward Moffat recomeçara a comer, e o mesmo fazia o resto da família. Menos Fred, que ainda estava se recuperando da reprimenda do pai.

— E, Fred — continuou o pai —, lembra-se do que aconteceu com tio John, após mudar de idéia e voltar do Klondike?

— Sim, meu pai — disse ele. — Um cavalo lhe deu um coice na cabeça.

— E aí?

— Ele seguiu pelo campo, devagarinho, cruzou o portão, pegou a estrada do jardim, entrou pela porta dos fundos, atravessou o telheiro da lenha, passou pela cozinha e entrou na sala de visitas, onde se deitou no sofá e morreu.

O pai tinha mais uma pergunta para o irmão favorito de Augusta.

— E o que disse ele antes de morrer, Fred?

— "Eu não divia nunca tê mudado de idéia. Não divia nunca tê saído do Klondike."

Edward Moffat olhou significativamente para os filhos, um de cada vez, incluindo o bebê, Cecil.

— Que isso sirva de lição para vocês — disse.

— E assim — explicou-me Augusta —, quando a escola recomeçou, depois do Natal, duas vezes durante a semana eu era despachada para o lado de fora, nos escuros e frios fins de tarde de inverno. Aos sábados, lembro-me de que olhava com terror para fora, pela janela, enquanto almoçava, sabendo que logo teria de estar lá fora, no meio de toda aquela neve, toda aquela neve e nada para fazer.

No início, simplesmente ficava ali em pé, espantada, muito quieta, dentro dos limites do que sua mãe chamava de "quintal". Não pesava o suficiente para quebrar a crosta em cima da neve e então era capaz de caminhar para a frente e para trás ao longo de estacas que lhe chegavam à cintura no verão, estacas que agora só alcançavam seus tornozelos. O que a atraía para a cerca era o fato de ser ligada à casa em cada extremidade, o que a fazia sentir-se aliviada, pois o território ali compreendido podia ser considerado apenas mais um quarto frio. Augusta passava grande parte do seu tempo comentando consigo mesma que, nas tardes de sábado, sua sombra na neve tinha o dobro de sua altura, que crescia, até comprimentos ridículos depois da escola, por causa do pôr-do-sol e, nos dias escuros, ou ao se aproximar a hora do jantar, alongava-se na direção oposta, pois era iluminada por trás, pelas maravilhosas lâmpadas da casa quente.

Quando escurecia, Augusta podia olhar com nostalgia diretamente para aquele confortável mundo doméstico, do qual fora banida. Algumas vezes, Fred acenava-lhe da janela da cozinha, onde mantinha vigília, não querendo que ela saísse do alcance de sua vista. Os outros meninos faziam caretas do lado de lá da vidraça ou rabiscavam suas iniciais na parte superior, onde se formara geada. Algumas vezes xingavam-na, ao serem forçados a sair para abrir um caminho com a pá através da neve que se acumulava, até a porta dos fundos. Augusta acabou aprendendo que era preciso manter-se em movimento. Do contrário, suas mãos e pés ficariam insuportavelmente frios. Como um animal aprisionado, caminhando de um lado para outro num cercado, ela cumpria uma repetida trajetória circular, acompanhando o perímetro do quintal.

O pai passava por ela nos dias da semana, ao voltar dos hectares da parte de trás da fazenda, onde mantinha, no inverno, um pequeno negócio madeireiro. Caminhava diretamente pela trilha que um dos meninos abrira com a pá e muitas vezes nem notava Augusta, a tal ponto ela se transformava numa sombra com o entardecer. Mas, à medida que as semanas foram passando e os dias se encompridaram, ela se tornou, claro, mais visível e, um dia, ele de fato se deteve e olhou-a atentamente, com aquela estranha combinação de surpresa e ternura que visitava seu rosto sempre que a olhava. Então, lembrando-se do motivo para ela estar do lado de fora, sua expressão mudou e ele lhe perguntou de que estava ela brincando.

Augusta olhou para suas botas marrons na neve branca. Sempre dizia a verdade.

— Não estou brincando de nada, papai.

O pai virou-se para dar ordens a um dos meninos, que deveria levar os dois cavalos de tração para o celeiro. Foram trocadas palavras sobre água, palha e arreios. Vários minutos se passaram, antes que Edward Moffat tornasse a se virar para a filha.

— Diz que não está brincando de nada?

— Sim, papai. — E, depois, esperançosamente: — Preciso brincar, papai? Tenho de ficar aqui fora?

Edward Moffat refletiu por alguns instantes sobre a pergunta de Augusta. Depois disse, com firmeza:

— Sim, não mudei de idéia. Sei o que é bom para você. Deve aprender a criar suas próprias brincadeiras. — Olhou para a trilha circular na neve. — Ora, você nem saiu do quintal — exclamou. — Vá para a margem do bosque, ou para o prado, mais adiante. Deve ir para o outro lado do celeiro, perto do regato, e então a brincadeira será mais natural. Simplesmente virá a você.

Augusta sentiu uma dor no coração.

— Vá para onde sua mãe não possa vê-la de casa — continuou ele, em tom de comando. — E a brincadeira lhe ocorrerá, simplesmente.

Dois dias depois, com grande relutância, Augusta caminhou penosamente por trás do celeiro e, depois, seguiu pela vereda ao longo do regato. Deteve-se pouco antes do bosque, onde o pai sumia tantas vezes, nos dias de inverno, olhou para o caminho branco lá embaixo, que dividia pela metade os dois exércitos escuros de pinheiros, e pensou em brincar.

Outras meninas tinham bonecas; as dela tinham sido danificadas pelos irmãos. Algumas das crianças que ela conhecia na escola falavam de jogos de tabuleiro e dados e até, ocasionalmente, de baralhos. Tudo isso era considerado imoral por seu pai metodista. Havia livros — livros escolares, almanaques, *A grande exposição mundial de civilização* e *O mundo de estranhas maravilhas* —, mas não podiam ser tirados de casa.

A neve do início de março, agora densa e úmida por causa das temperaturas em elevação, começava a ressumar através de suas botas. As meias estavam molhadas.

— Não vou brincar — disse alto, embora ninguém a ouvisse. — Não vou mesmo.

Inclinou-se, pegou um punhado de neve, comeu uma parte dele e atirou o resto no tronco de um cedro, onde ficou grudado, formando um círculo branco na casca marrom.

— Qualquer pessoa que brinca é idiota — murmurou, furiosa.

Acocorou-se, fez outra bola mais sólida de neve, que rolou pelo chão, observando como crescia, enquanto a empurrava à sua frente. Logo estava em pé junto de uma grande esfera branca, quase do seu tamanho.

Fiz alguma coisa, pensou.

Meia hora depois, construíra sete desses globos e os colocara lado a lado, de modo que formassem uma espécie de parede, com triângulos abertos no alto e embaixo. Encheu essas áreas com neve em quantidade cada vez maior, até suas luvas ficarem encharcadas e as mãos ardendo.

Quando ouviu a sineta do jantar, já completara uma segunda parede, em ângulo reto com a primeira, e estava a alguns metros de distância, admirando sua obra sob a luz cinzenta.

Sentia-se imensamente feliz consigo mesma.

Voltarei amanhã, pensou, esquecendo-se completamente de que o dia seguinte era um domingo e estaria proibida tanto de trabalhar quanto de brincar.

— Podíamos fazer uma escultura de neve, esta noite — disse eu a Augusta. Embora as luzes dos postes ainda estivessem acesas, Victoria Hall, que ficava vizinho ao Salão da Louça, estava quase invisível, por causa da tempestade. Uma leve cobertura de neve começava a subir, centímetro por centímetro, pela grande vitrina da frente. — Deus do céu, há bastante neve aí fora.

— Nenhuma como a minha — disse Augusta. — Não poderíamos fazer uma escultura como a minha.

No final, Augusta precisou de quatro sessões e meia para terminar sua casa de neve. Lembrou-se de deixar um espaço para o umbral, e entrou e saiu várias vezes. Só quando completou o telhado — feito com pedaços de tábuas que encontrara atrás do celeiro — percebeu que não tinha janelas. Agachou-se na penumbra do interior, num chão de gelo, e ficou pensando. Se voltasse para o telheiro, a fim de pegar uma pá, os meninos quereriam saber o que estava fazendo, iriam atrás dela até aquele lugar e destruiriam alegremente suas paredes. Aquela casa era dela; ela era a única que sabia de sua existência. Estava escondida por um aglomerado de cedros. Ninguém poderia vê-la da casa da fazenda. Imaginou que era a única pessoa que tinha pensado, algum dia, em fazer uma coisa daquelas. Quis que permanecesse sem testemunhas, para que fosse só sua.

Utilizando um graveto, escavou uma parede, primeiro de fora para dentro, depois de dentro para fora. Este projeto consumiu quase uma hora. Nos últimos dias, a neve se instalara e endurecera, e havia espessos e inexplicáveis pedaços de gelo aqui e ali que dificultavam o andamento.

Quando a luz afinal a atravessou, foi sob a forma de um único raio lançado pelo intenso sol alaranjado. Augusta planejara criar uma janela dando para oeste. Em sua casa, seria sempre a parte da tarde e, assim, a luz ficaria sempre perfeita. Com o graveto, alargou a janela tanto quanto possível e admirou a vista, franzindo os olhos, seu rosto tomando a cor do sol, agora bastante baixo. A seguir, na última meia hora de luz perfeita, fez várias bolas de neve grandes rolarem porta adentro e construiu uma poltrona branca, terminando-a exatamente ao ouvir o som da campainha do jantar, que viajava pelo campo, a fim de levá-la de volta para casa.

Augusta voltou para sua casa de neve dois dias depois, quando saiu da escola. Tinha a firme intenção de fazer uma cama de neve, uma mesa de neve e, na verdade, estava desenhando em sua cabeça essas peças de mobiliário, enquanto seguia pelo caminho atrás do celeiro. Quando a pequena estrutura ficou ao alcance de sua vista, Augusta notou, com prazer, que o telhado de tábuas desaparecera sob cerca de 10 centímetros, ou mais, de neve fresca, e isto tornara a casa inteiramente branca, como se ela tivesse sempre sido assim. Embora estivessem no final de março, experimentavam o que o pai chamava de recaída do frio, e a neve não era tão fácil de lidar quanto nas semanas recentes. Havia um vento constante que provocava na pradaria redemoinhos brancos parecendo ondas e atravessava o casaco de Augusta. Ela baixou a cabeça, para não batê-la no umbral, e entrou na casa de neve.

— Uma menina cinzenta estava lá — disse Augusta, olhando diretamente para mim, a fim de sondar minha reação. — Uma menina cinzenta estava sentada na cadeira branca.

Escondendo minha perplexidade, fiz um sinal afirmativo com a cabeça. Queria que ela continuasse.

A primeira coisa que Augusta pensou foi que ela devia ter sido soprada para dentro através da janela. Estava espantada — como não estaria? —, mas não tão espantada quanto deveria estar, o que a intrigou. Augusta acocorou-se perto da janela e examinou aquela menina cinzenta. Era muito linda e mais velha, mais crescida do que Augusta. O cabelo era tão claro a ponto de ser quase branco, a pele de suas mãos e do rosto um pouco mais escura. Estreitos depósitos de neve se haviam instalado nas dobras de sua saia azul-acinzentada, como se ela tivesse ficado sentada na cadeira de neve o dia inteiro, muito quieta. Tinha seios, debaixo de seu corpete cinza-azulado, Augusta teve certeza disso.

A menina cinzenta não parecia absolutamente surpresa de ver Augusta, nem constrangida com a maneira como Augusta a examinava. Apenas ficou ali sentada, inteiramente quieta, na cadeira branca. Era um dia ensolarado, mas, por causa do vento, cortinas de neve entravam pela janela. Vez por outra, o rosto da menina cinzenta se escurecia, mas sempre ficava nítido outra vez, quando o vento amainava.

— Estou bem confortável aqui — disse finalmente a menina cinzenta. — E você também.

Sim, pensou Augusta, estou.

— Gosto de casas — anunciou ela, depois ficou imaginando por que tinha dito isso.

— Sim, você gosta — disse a menina cinzenta. — Moro nesta casa — continuou ela —, mas você pode me visitar quantas vezes quiser.

— Não — disse Augusta —, só aos sábados à tarde e nas terças e quintas, depois da escola. Meu pai nunca muda de idéia.

— Não muda mesmo — concordou a menina cinzenta.

Augusta não conseguiu pensar em mais nada para dizer. Decidira que a menina talvez tivesse 18 anos ou até mais. Não tinha luvinhas nas mãos e apenas uma capa curta nos ombros, mas não parecia estar com frio.

— Estive esperando — disse a menina cinzenta — por muito, muito tempo.

— O dia inteiro — disse Augusta.

— Mais tempo do que isso.

— Por dois dias inteiros?

— Mais tempo do que isso — disse a menina cinzenta. — Esperei 12 anos. Talvez tenha de esperar mais 10.

Augusta não disse nada. A voz da menina cinzenta parecia repreendê-la, de alguma forma. Mas, quando olhou para dentro de seus olhos, mais azuis do que cinzentos, viu que estavam cheios de bondade, de felicidade.

Na semana seguinte, a neve amoleceu e Augusta pôde construir mais alguns móveis para sua casa. A mesa, a cama, uma segunda cadeira em frente à primeira, o que permitia a conversa, e uma mesa lateral, em cima da qual colocou um sólido vaso branco. Algumas vezes, a menina cinzenta estava ali; outras, não. Com freqüência, só aparecia quando Augusta cessava de trabalhar e caía em sua própria cadeira.

— Eu estava aqui o tempo inteiro — dizia a menina cinzenta, ao se tornar nítida diante dos olhos de Augusta.

Um dia, quando a neve estava suficientemente macia para que Augusta pudesse fazer várias tigelas, e até uma espécie de chaleira para a menina cinzenta, um tordo empoleirou-se do lado de fora no parapeito da janela e olhou para dentro, inquisitivamente. E então, no sábado seguinte, ao se aproximar da casa de neve, Augusta teve de admitir para si mesma que ela começava a perder sua forma.

— Não se preocupe — disse a menina cinzenta, quando Augusta encontrou o interior cheio de uma espécie de chuva lenta. — Uma de nós duas voltará. Talvez ambas.

Na semana seguinte, a casa de neve desabou. Duas semanas depois, não restava nenhum vestígio dela.

Augusta fez 13 anos apenas algumas semanas após, em maio daquele ano. Em seu aniversário, o pai lhe deu um medalhão de ouro, tendo gravada a inicial A. Depois que ela abriu o presente, agradeceu e deu-lhe um beijo formal, ele lhe ordenou que, dali em diante, ficasse em casa para ajudar sua mãe e para se concentrar em seus deveres de escola, trabalhos domésticos e bordados.

— Se pensa que mudei de idéia — disse Edward Moffat à sua filha —, está inteiramente enganada. Você agora é uma moça, e as moças não brincam. Se ainda fosse uma criança, sairia às terças, quintas e sábados.

Por apenas um instante, Augusta pensou em seu esguio reflexo no lago circular, que fora abandonado durante vários dias, após a casa de neve derreter. As nuvens ali espelhadas haviam algumas vezes tomado a forma da menina cinzenta, mas a imagem se desfazia, quando a olhava.

— Não acho que mudou — disse, depois fez uma pausa. Ia acrescentar à frase as palavras "de idéia", mas acabou omitindo-as. — Não acho que tenha mudado, absolutamente — declarou Augusta, ao seu sorridente pai.

— Você tornou a ver a menina cinzenta? — perguntei a Augusta. Mal conseguia acreditar que tivesse feito a pergunta sem ironia, mas assim foi.

Ela se deslocara para a parte da frente do Salão da Louça, enquanto falava, e agora examinava a rua escura e vazia à procura, pensei, de algum sinal de George.

— Tornei, sim — disse ela —, mas não antes da guerra.

— Era um fantasma, uma assombração que procurava você?

— Sim, não... Era alguém que ia me assombrar. Mas, durante algum tempo, foi muito real.

Àquela altura, eu estava verdadeiramente pasmo.

— Ela ia assombrar você?

— Veja — disse Augusta, tornando a caminhar em minha direção e segurando algo perto de sua garganta. — Aqui está o medalhão. Eu o uso todos os dias, desde que meu pai me deu. Há uma foto do meu pai dentro. Não quer vê-la? — Enfiou a unha do polegar na fenda que havia na beirada do minúsculo coração de ouro.

Ele não tinha, absolutamente, o aspecto que eu imaginara, a partir da história de Augusta. O rosto era estreito. Era mais magro do que eu esperava, e parecia menos seguro de si.

— Estava mais magro e menos seguro — disse Augusta, quando fiz esse comentário. — A foto foi tirada depois da guerra.

Não deixo a Sra. Boyle chegar perto da coleção. Ela foi proibida de pôr os pés na extremidade da sala onde está guardada, desde o dia em que a descobri mexendo em tudo, com um grande saco plástico de lixo à mão, a desaprovação estampada em seu rosto.

— O senhor é um homem adulto, pelo amor de Deus — disse-me. — Não dá para entender que brinque com vasos de porcelana, como se fosse uma criança.

Disse-lhe que não era da sua conta, de forma alguma, a maneira como eu passava meu tempo.

— Não é da minha conta, hein? — replicou ela. — Mas sou eu quem põe sua vida para funcionar, a cada dia. O senhor é tão estranho que podia até perder a capacidade de falar, se eu não entrasse aqui todas as manhãs. E se não rezasse pelo senhor. Sim, não me olhe desse jeito. O senhor é justamente o tipo de pessoa por quem sinto vontade de rezar.

Disse que preferia que ela não fizesse uma coisa dessas.

— Se existe um Deus — disse-lhe —, coisa de que duvido seriamente, então acharia melhor não chamarem sua atenção para minha pessoa. E, quanto à porcelana, quero que a deixe inteiramente em paz.

— Sou eu — disse ela — quem limpa a sala.

— E sou eu — respondi — quem paga seu salário. De agora em diante, a senhora vai limpar apenas a parte da sala onde não está a porcelana.

Então, ela fez um ar de ofendida, fungou e saiu. Mas, desde esse momento, manteve-se afastada das prateleiras.

Todo dia, tento passar cerca de uma hora trabalhando na coleção, embora sua cor e sua desordem algumas vezes me perturbem tanto que nem saberia explicar como. Também me ressinto imensamente de ter de perder tempo nas lojas à procura do tipo certo de dispositivo de arame para pendurar coisas na parede, ou então aqueles cavaletes de pinho usados para exposição em prateleiras. Para encontrar essas peças, tenho de visitar as patéticas seções de louça das grandes lojas de departamentos, porque os Salões da Louça do passado, como tantas outras coisas, praticamente desapareceram da face da Terra. Enquanto abro caminho através da mercadoria, as vendedoras me olham com suspeita e só muito ocasionalmente são capazes de fornecer o objeto requerido. Robert Henri desejaria que eu pintasse essas moças, a fim de levar para a tela suas expressões de tédio diante do materialismo. Mas meu próprio tédio não permitirá que seus rostos sejam focalizados e, para mim, já estão esquecidos antes mesmo que eu alcance a escada rolante que conduz ao térreo e à rua.

Esta tarde, coloquei na prateleira um prato da Torre do Salgueiro Azul — que só superficialmente se parece com o Salgueiro Azul comum, que George me mostrou tantos anos atrás. Ao olhar para a torre, em sua improvável paisagem azul-celeste, soube que os amantes não tinham fugido daqueles montes e rio mas, em vez disso, nunca estiveram ali. Apenas a torre — em ruínas, decrépita, desabitada — tem um papel a desempenhar nessa cena. Assim tão parada, durante as horas do dia, ou com as janelas tristemente apagadas, noite após noite, ela nem protege o território em torno nem envia mensagens para quaisquer outros territórios. Não tendo história, ela é um comentário sobre a estagnação. Nada aconteceu jamais com essa torre, a não ser sua lenta e triste decadência; isto, e o progressivo avanço da hera.

Mesmo assim, é uma linda peça, um valioso acréscimo a qualquer coleção. Josiah Spode aperfeiçoou esse tipo de pintura azul sob o esmalte quando se reduziram as importações, na Inglaterra, da Companhia das Índias Orientais. Foi o que George me contou, acrescentando que, no curso dos séculos, milhares de navios transportaram porcelana pelo mundo inteiro e muitos deles acabaram no fundo do oceano. Alguns, declarou, foram afundados pelas tempestades dos nossos próprios Grandes Lagos. Quanto ao Salgueiro Azul, George podia desenhar de memória o motivo de cada uma de suas variações: Plantas Chinesas, o motivo da Lira, o motivo das Ruínas, Velho Pavão, Girassol, o motivo da Caça Indígena e assim por diante. Disse-me que, durante a guerra, no museu da porcelana, em Sèvres, vira um violino de porcelana azul sobre o qual o diretor do museu escrevera um romance completo, e George tentara conseguir que alguém, qualquer pessoa, traduzisse esse romance para ele.

A música nunca me emocionou muito.

Morros e rios. Céus, lagos e distâncias. Cada verão eu me retirava das cidades e viajava para o norte em busca de paisagens. Embora adorasse o aspecto do vago nevoeiro produzido por longas vistas e pelo uso da perspectiva aérea, pintava o horizonte de maneira firme e possessiva, como se sentisse, tendo escolhido representá-lo, que devia trazê-lo para perto, a fim de ser examinado. Aquilo que não entrava nem uma só vez em meu campo visual não me interessava, pelo simples motivo de que eu não olhava para tal coisa. Minha vida era muito compartimentada.

Admitirei, agora, que é impossível dominar habilidades profundamente estranhas à personalidade da pessoa.

Durante anos George e eu fizemos freqüentes viagens de um dia, ao longo da costa, deixando para trás a areia que se estendia em frente a Davenport e chegando a outras praias, feitas de pedras redondas. Era ali que ele achava os melhores fragmentos de louça, cujas pontas afiadas tinham sido desgastadas não apenas pela água, mas também por terem rolado através dos seixos. Ele sempre declarava, ao me levar para esses lugares, que queria pintar, de uma nova perspectiva, paisagens marítimas ou a vista do farol de Davenport. E, quando nos instalávamos em cima de um tronco ou de uma pedra grande, ele começava, meio a contragosto, a fazer alguns esboços. Sem demora, porém, tirava os sapatos e as meias e começava a caminhar vagarosamente ao longo da beira d'água, procurando fragmentos de porcelana alisados pelo lago. Certa vez, tentei procurar também, encarando tudo como um jogo, mas vi apenas pedras.

Certa tarde, no início do verão, George pôs um caco oval na palma da minha mão. Estava bem gasto; conservava apenas um pouquinho do lustre e, sob ele, havia duas pequenas figuras.

— Os amantes — disse ele. — Desceram até o fundo do lago.

Agora que éramos adultos, sentia-me constrangido quando George falava de coisas de natureza romântica, e seu jeito se tornava sério. Muitas vezes, eu tentava tornar a atmosfera mais leve, com algum comentário inteligente, habitualmente cínico. Mas, aquela tarde, devolvi-lhe o fragmento de louça sem qualquer observação e ele o deixou cair num dos seus bolsos cheios, juntamente com o resto de suas descobertas. Começamos a caminhar pela praia, no sentido leste, passando por cima de árvores caídas e encharcadas, avançando ruidosamente por barrancos de pedras. Isto foi depois da guerra — eu devia estar a caminho de Silver Islet —, depois da guerra sobre a qual George tão raramente falava. Tenho certeza de que foi no mesmo dia em que George encontrou o botão de um casaco de oficial entre algumas algas marinhas, perto de um grupo de pedras grandes.

— O coitado do filho-da-puta provavelmente se afogou — disse ele, rindo. Depois, jogou nas ondas o círculo de metal brilhante, como se fosse uma moeda.

— Ou, quem sabe, ele jogou o uniforme no lago, logo que voltou — sugeri.

— Se é que tinha algum braço sobrando, para jogar qualquer coisa. Ou alguma perna sobrando, para caminhar até a praia. — Depois, fez uma pausa. — Mas ele era um oficial, provavelmente se afogou. De culpa. — Sorriu.

— A coisa é assim tão séria? São mesmo uns filhos-da-puta?

— Não — disse George —, não é bem assim. Pelo menos, estavam lá com a gente. E muitos deles, agora, servem de adubo para as papoulas. Meu professor de inglês do segundo grau, por exemplo. Tinha terminado a universidade há apenas cinco anos e então foi para a França. Morreu em duas semanas.

— Ele devia ter ficado com seus livros — eu disse. Tinha acabado de encontrar um fóssil, um caracol de pedra. Enfiei-o em meu bolso.

— Ele não teve escolha — disse George. — Não era casado. Teria mesmo de ir.

Cada peça de porcelana que coloco na prateleira parece levar-me de volta à pintura. Comecei a trabalhar numa tela às sete desta noite e continuei durante quatro horas sem parar, até me sentar para escrever isto. Transcorrerão semanas, enquanto eu estiver pintando as pedras, a água, o céu, as peças gastas de porcelana quebrada, cujos delicados desenhos estão, eles próprios, sendo apagados pelo lago — o mundo inteiro de uma tarde de verão.

E então, quando estiver tudo lá, tão iluminado, claro e nítido quanto eu puder fazer, levarei mais duas semanas para acrescentar a pátina, os vernizes, as camadas semitransparentes.

Quanto mais a admiração nos é negada, mais a desejamos. E, quando vem o aplauso pleno, incondicional, viramos-lhe as costas, repugnados, sabendo que, em última análise, o aplauso é a última coisa que merecemos. Ah, a busca fatal da aprovação por parte das autoridades do momento!

Na verdade, éramos apenas crianças, nós que começamos a carreira das artes visuais, na adolescência do século, sob a tutela de Robert Henri. Éramos uns diabretes soltos nas ruas, para correr com seus lápis através de bares, becos e cortiços, como se a cidade de Nova York fosse um único e imenso *playground*. E Robert H., o pai de todos nós, dava aulas de teoria, acertava nossas exposições, encorajava nossa tendência natural para a rebeldia (desde que ele fosse o líder e controlador das rebeliões). Não havia um jovem pintor ao norte da linha Mason-Dixon que não desejasse estar associado com esse homem de alguma maneira. Todos queríamos o toque de sua mão em nossos ombros, queríamos nos elevar pelos ares, como borboletas, para sermos colhidos na rede dos seus elogios. Kent, Luks, Bellows, Sloan, Hopper, todos esses nos haviam precedido como seus alunos — éramos a segunda geração —, e queríamos a fama dos nossos predecessores. A mesma atenção ou até a condenação da imprensa que eles recebiam.

O patriarca, o profeta Robert Henri, pairava sobre todos nós. Teorizando, explicando — manipulando-nos a todos. Mais do que sabíamos. Ou mais do que queríamos admitir saber.

Havia ocasiões em que era interrompida a tensão criada pelo esforço de tentar agradar a esse mestre tão respeitado. Por exemplo, quando ele saía do ateliê por alguns instantes, explodia com freqüência entre nós uma espécie de insurreição, como se fôssemos crianças de escola primária, que desejassem desesperadamente, durante a manhã inteira, entrar em contato umas com as outras e, agora que o olhar do professor se desviara, aproveitavam ao máximo o interlúdio. Então, valsávamos com o modelo ou uns com os outros. Alguém tirava do armário o esqueleto usado para as lições de anatomia e o colocava no colo, fingindo um abraço apaixonado. Entre nós havia um ou dois que sabiam sapatear, e o faziam. Apenas as poucas mulheres da turma continuavam a trabalhar, após Robert H. sair da sala, fazendo apenas pausas ocasionais para nos lançarem olhares que mesclavam reprovação e divertimento.

Eu era um dos mais ativos nesses momentos, e atraía a atenção dos outros jovens artistas do ateliê, agindo como um bufão e assim fazendo amizades que, de outro modo, exigiriam o tipo de conversa íntima que sempre me constrangeu. Eu era muito ágil, e descobri que podia dar cambalhotas e saltos-mortais num espaço limitado sem interferir no aglomerado de cavaletes. Por esse desempenho, recebia sempre uma salva de palmas.

Enquanto me empenhava na bufonaria, usando o ateliê como ginásio particular, George devia patinhar em sangue, lama e carne em putrefação que lhe chegavam à cintura. Mas a guerra, na qual os americanos, de qualquer modo, ainda não entrariam por mais um ano, simplesmente não me entrava na cabeça. Nunca falei de George com meus companheiros de escola de arte. Na verdade, raramente pensava nele. Estava absorto demais na pintura ou em momices na sala de aulas, dando saltos-mortais através de espaços cheios de papéis com desenhos. Não, raramente pensava em George, mesmo quando o mestre voltava para a sala e começava a preencher o repentino silêncio com declarações sobre a importância da emoção, a importância da vida.

Certa tarde, eu fazia flexões numa moldura de porta, no ateliê, divertindo-me com as risadas dos meus amigos, quando um homem de cerca de 35 anos apareceu no vão da porta do lado oposto da sala e, com um salto, pendurou-se no lintel, à minha frente.

— Sou Rockwell Kent — disse, à guisa de apresentação, erguendo o queixo até os punhos. — Quem cair primeiro, paga uma cerveja para o outro.

— Mas já estou fazendo isso há pelo menos cinco minutos — arquejei. As risadas haviam cessado na sala. A atenção de todos fora desviada.

— Está bem, depois que você parar, farei mais seis minutos.

Eu o detestei imediatamente, aquele exibicionista, aquele gabola, aquele espelho de minha pessoa do outro lado da sala. Cada movimento que ele fazia era uma paródia de minhas próprias tentativas patéticas de ganhar a aprovação do grupo. A seguir, como se fosse para afastar quaisquer possíveis idéias minhas sobre espelhos ou sobre igualdade, ele se soergueu, usando apenas um braço, enquanto fazia uma saudação trocista com o outro.

— Não vou cair — arquejei.

Rockwell sorriu-me, da moldura de porta em frente, depois envesgou os olhos e deixou a língua pender do canto da boca. Toda a minha platéia virara-se para observá-lo.

— Esse sujeito está frito — disse-lhes ele.

— Sou mais novo — consegui resmungar. Isto provocou uma profunda gargalhada do meu opositor, após a qual ele começou a cantar uma canção popular. Alguns dos estudantes batiam palmas, acompanhando seus movimentos.

Até esse momento, eu jamais experimentara o desejo de vitória como uma sensação física. O suor escorria para dentro dos meus olhos, a raiva retinia em meus ouvidos.

— Você vai cair primeiro — disse, entre dentes. Uma ova que eu me deixaria humilhar daquela maneira.

Rockwell enfiou uma das mãos no bolso traseiro, mantendo-se firmemente preso ao lintel com a outra. Tirou um grande lenço e assoou o nariz, ruidosa e agressivamente, sem perder um compasso. Meus colegas deram vivas.

Eu já ouvira falar dele, claro, conhecia sua pintura, sua fama, tudo o que tornava ainda mais irritante aquela competição sem sentido. Estava decidido a não ser derrotado por ele. Sabia que ele podia ler a indignação em meu rosto e percebia que se divertia com isso.

— Buá, buá — disse, levando o lenço aos olhos.

Além do meu professor e dos seus colegas, Rockwell Kent era o único verdadeiro artista que já vira algum dia. Eu achava que *glamour* e dignidade eram parte da fama, mas ali estava a fama escarnecendo de mim, como uma criança num pátio de escola. Fiquei furioso com ele, pelo *insight* que seu comportamento — e o meu próprio — imediatamente me trouxe. Uma energia em excesso estava sendo gasta com o ultraje. Exausto, deixei-me cair no chão.

— Seu idiota — disse eu entre dentes, sem saber ao certo se esse comentário dirigia-se a Rockwell ou a mim mesmo.

— São exatamente meus sentimentos — disse uma voz atrás de mim, seguida por uma risada tonitruante.

Há quanto tempo meu professor observava aquela farsa, eu não tinha idéia. Rockwell ainda se balançava sem cessar, completando sem esforço o tempo extra.

— Convide-o para tomar uma cerveja — sussurrou-me o professor. — Desde o início eu já sabia que você é que perderia.

Minha vontade era brigar com Rockwell Kent, Robert H. e qualquer outra pessoa que, por acaso, estivesse na sala. O suor escorria do meu cabelo, meu coração martelava, meus punhos estavam cerrados.

Rockwell soltou-se da moldura da porta e atravessou jovialmente a sala a largos passos, vindo em minha direção.

— É isso aí, garoto — disse, passando um braço sobre meus ombros. — Vamos encher a cara.

Senti que minha fúria se desmanchava com o calor do seu gesto. Uma hora depois, como todas as pessoas que ele já encontrara, eu estava certo de que lhe seria dedicado pelo resto da minha vida.

Um reprovador, um vociferador, um homem com reações freqüentemente gratuitas e jamais ensaiadas, Rockwell Kent era um tipo de pregador inteiramente diferente do meu professor. Acredito que, muitas vezes, ele surpreendia até a si mesmo com suas reações; a única coisa previsível nele era a intensidade de sua paixão. Aquele dia, avançando pela noite adentro, cambaleamos de um bar para outro — mais tarde de braços dados — cantando canções socialistas. Ele estava tremendamente entusiasmado com a revolução em curso na Rússia.

— Queremos uma exatamente igual! — gritava para mim, batendo o punho na mesa. — Aqui — *pam*, agora — *pam*.

— Mas também podia mostrar-se socialmente reservado e costumava falar com grande simpatia sobre recantos remotos do mundo.

— Vou para o norte — confidenciou-me, ao entrarmos, cambaleantes, num bar que devia ser o quarto. — Não há pessoas ridículas por lá. Na verdade, não há quase ninguém. Eu só preciso de algumas boas mulheres.

Desabamos em cadeiras próximas a uma mesa de canto.

— Mas você é casado — eu disse.

Ele me olhou, pasmo.

— Deus do céu! — exclamou. — Você é *tão* jovem assim?

Ele acabava de ser banido de Newfoundland, por cantar *lieder* alemães na varanda de sua casa alugada, empoleirada num rochedo acima da cidade de Brigus.

— Nos botaram para fora de lá — contou-me. — Mulher, filhos e tudo mais. As autoridades marcharam até a casa e me perguntaram se eu tinha me esquecido da guerra. Não acreditaram em mim, quando disse a eles que, infelizmente, não me esquecera da guerra, mas preferia ignorá-la. Sendo autoridades e, portanto, incapazes de imaginar que alguém pudesse demonstrar falta de interesse pelas mesquinhas diferenças do conflito, concluíram que meu canto era uma tentativa de me comunicar com os submarinos alemães. Então, fomos chutados de lá. Imperialistas filhos-da-puta! É preciso ir mais para o norte, a fim de escapar dos imperialistas filhos-da-puta.

— Na verdade, estive no Canadá — disse eu, com orgulho. — Na margem norte do lago Ontário.

— Há uma porção de imperialistas filhos-da-puta por lá — anunciou ele. — A Real Guarda Montada Imperialista, o Real Correio Imperialista, o Real Parlamento Imperialista, a Real Oposição Imperialista de Sua Majestade. Uma porção de imperialistas e uma porção de oposicionistas. Você precisa ir mais para o norte, para os bosques... Não, para a tundra. Nenhum desses patifes régios consegue enfrentar a tundra. O frio congela os colhões deles.

Eu estava com dificuldades de enunciação.

— Acho que sou um pintor de paisagens — disse, vagarosamente, experimentando, pela primeira vez, a estranha sensação de que cada palavra saía por si mesma da minha boca.

— Você acha que é o quê?

— Um pintor de paisagens — repeti, mas com menos segurança.

— Deus do céu! — reagiu Rockwell. — Tenho de ficar de olho no velho Robert, pra ver se ele não entope vocês, garotos, de merda. Adoro aquele cara e ele também me adora, mas é porque nunca conseguiu me manobrar. De vez em quando, dou uma passada na aula, só pra checar o velho, ver se não está dando carões demais.

Eu estava aturdido com sua irreverência.

— Mas você foi aluno dele — eu disse.

— Claro que sim! — confirmou ele, entusiasticamente, dando socos na mesa. — Mas você nunca vai me pegar pintando nenhuma criança com rostinho de anjo.

Àquela altura, eu perdera completamente a conta do número de copos de cerveja que tínhamos consumido e começava a me sentir enjoado.

— Você vê alguma paisagem por aqui? — perguntava-me Rockwell. — Como é que, em Sam Hill, você pode ser pintor de paisagens, quando passa todo o seu tempo em bares ou nas aulas de Robert ouvindo as loucas teorias dele e aprendendo a fazer o sombreado?

Quis protestar, dizer que, na verdade, passava muito pouco tempo em bares, mas descobri que só podia articular a frase que ensaiara alguns momentos antes.

— Ainda acho que sou um pintor de paisagens — disse, com voz pouco clara.

— Você e seu paizinho — debicou Rockwell.

Era hilariante. Urrei de tanto rir, vendo a sala se afastar de mim, rodopiando.

— Não é, não — arquejei. — Ele não é pintor de paisagens, de modo algum. É um capitalista!

Então, debrucei-me e vomitei no canto, atrás da cadeira.

— Mas que situação terrível — disse Rockwell, depois que fomos expulsos do bar.

— Desculpe — consegui gaguejar. Minha impressão era a de caminhar através de água. Estava espantado de ser ainda capaz de respirar.

— Ah, que diabo, você pode vomitar em cima de mim a hora que quiser. — Ele me puxou, tirando-me do caminho de um táxi que se aproximava. — O terrível é que você está bêbado demais até pra caminhar e eu estou bêbado demais pra voltar pra casa e enfrentar a patroa. Se isso aqui fosse o Extremo Norte, morreríamos gelados.

Lembro-me vagamente de que ele me guiou em direção a um banco de jardim na Washington Square, tateou durante alguns minutos numa lata de lixo, até encontrar jornais suficientes para cobrir nós dois, jogou alguns em cima de mim e, depois, desabou ele próprio num banco vizinho. Quando o sol da manhã me chamou a atenção para minha dor de cabeça, Rockwell já partira. Ao baixar os olhos, vi que ele pregara em meu casaco um cartaz com letras toscas. Estava escrito: "Não me perturbe. Sou um pintor de paisagens e meu pai é um capitalista."

Ao fechar os olhos, agora, posso ver aquele garoto bêbado, espichado como o cadáver de um palhaço num surrado banco de jardim, com as palavras anexas em seu casaco compondo um epitáfio adequado. Posso ver a cena com tanta nitidez como veria se fosse Rockwell e não eu mesmo quem estivesse naquele lugar, naquela manhã de outubro. Mas, de qualquer modo, nada em mim que poderia ter morrido morreu de fato, e continuei, após me recuperar da ressaca, tão imune à experiência do mundo quanto estava antes de conhecer o homem e beber os copos de cerveja que a provocaram. Sim, eu tinha um novo amigo. Estava impressionado e encantado com ele e lisonjeado pelo fato de ele ter passado algum tempo em minha companhia. Mas só era capaz de me permitir viajar com ele por uma curta distância. Afinal, eu era um pedestre e ele era impulsionado pelos motores da emoção e do desejo em direção a destinos que eu, agarrado a espaços seguros, retangulares, mal podia imaginar.

Ora, o que eu queria da vida era apenas uma boa vista, não? Uma vista que se pudesse pintar, uma vista perfeitamente composta e, de vez em quando, uma figura perfeita numa paisagem perfeita. Por décadas sucessivas, passei verões nas praias do norte com seus grandes volumes d'água olhando em direção ao sul, de costas para um país inteiro cheio de florestas. Uma ou duas vezes, permiti que Sara me levasse para a esverdeada escuridão dos bosques atrás de Silver Islet, que se estendiam, imagino, por quase todo o percurso até Hudson's Bay, mas o efeito causado em mim era uma crescente sensação de claustrofobia e um desejo de espaço aberto e luz, enquanto ela mergulhava seu rosto nas folhas dos pinheiros e inalava seu perfume.

O próprio Rockwell avançava pelos bosques de todos os modos concebíveis, viajando cada vez mais para o norte, até emergir, radiante, além do limite das árvores, onde tudo, dizia ele, era branco e claro durante o dia e, à noite, as estrelas rompiam a escuridão como um chuveiro de diamantes.

Quando ele não estava na Groenlânda, no Alasca ou na Terra do Fogo, e eu ainda era estudante, nós nos embriagávamos regularmente duas vezes por mês. Ele aparecia à porta do ateliê, dizia algumas palavras a Robert H. e, enquanto eles conversavam, eu limpava meus pincéis e pegava meu casaco. Antes mesmo de pisarmos a rua, Rockwell já estava em pleno vôo, como se eu, um garoto qualquer, tivesse topado com uma conversa — uma discussão, na verdade — que ele estava tendo consigo mesmo. Havia poucas certezas. Muitas de suas frases começavam pelas palavras "por outro lado", ou "vamos bancar o advogado do diabo", enquanto ele se punha a desmontar uma de suas próprias teorias, intrincadamente construídas. Ele era Jacó. Sua mente era o anjo. A dança que resultava dessa peleja formava seu caráter. Havia apenas três questões sobre as quais seus pontos de vista jamais vacilavam: o horror da guerra, a imoralidade do capitalismo e a superioridade espiritual do norte.

Eu o amava incondicionalmente, mesmo quando ele me ignorava, preferindo a conversa do *barman* ou do operário na mesa vizinha, mesmo quando ele me humilhava, dizendo ao *barman* e ao operário que meu pai era um capitalista. Em várias ocasiões, ele me deixou cedo, a fim de acompanhar uma mulher que lhe chamara a atenção. E, uma vez, ele insistiu, contra meus protestos e pânico crescente, que eu acompanhasse uma mulher a quem ele, sub-repticiamente, entregara uma nota de cinco dólares.

Quando tudo terminou, descobri Rockwell sentado ao pé da escada.

— Já era hora — disse. — Da próxima vez, você mesmo paga. Agora, vamos atacar o Lower East Side.

Mais tarde, aquela noite, ele me deu o único conselho que me daria, algum dia.

— Preste atenção às mulheres — disse.

Eu não podia imaginar que isso seria um problema. Pensava constantemente em sexo e, agora que experimentara a coisa verdadeira, temia não pensar em mais nada além disso.

— Não me refiro a sexo — disse ele. — Quero dizer que você deve estar atento à maneira como se movimentam, ao que elas olham, ao que pensam e dizem. — Acendeu um cigarro e remexeu-se em sua cadeira, fazendo um sinal para o garçom, que agora aparece em minha memória, parecendo um fantasma branco com um avental negro. — Falo com toda seriedade — continuou ele. — *Faites attention*. Elas são muito superiores a nós e, além disso, são lindas.

Quatro anos depois, quando meu pai capitalista me levou a Silver Islet, acreditei estar seguindo as instruções de Rockwell, ao começar a pintar a Sara, uma filha de mineiro, num cenário do norte. Lembro-me de ter pensado como ele gostaria da combinação fortuita de paisagem, classe e gênero.

E, no entanto, foram as pinturas que fiz com Sara que causaram, anos depois, o rompimento definitivo entre mim e Rockwell.

Mas, aquela noite, eu ainda o amava incondicionalmente, amava-o e a todas as suas contradições.

— As mulheres são como florestas — disse ele. — Você não pode simplesmente entrar nelas, deve deixar que também entrem em você. Deve deixar que a fluidez delas forme um terço do seu caráter.

Eu idolatrava aquele homem, mas não pude deixar de suspeitar que me dizia uma tolice sentimental. Não seria a primeira noite em que um de nós dois ficaria piegas.

— Ei — disse ele lendo meus pensamentos. — Este é o único conselho que lhe darei, algum dia. É um presente. Aceite.

Os presentes, de fato, não interessavam ao ladrão que havia em mim. Aquela noite, porém, eu ainda não alcançara o autoconhecimento, era suficientemente jovem e estava bêbado o bastante para me comover com a sinceridade.

— Vou aceitar seu conselho — disse. — Obrigado.

Após o desastre financeiro que foi a tentativa de meu pai de reabrir a mina de Silver Islet, ele perdeu completamente o interesse no Canadá, vendeu a casa de verão em Davenport e voltou suas atenções para a Bolsa de Valores e para a reconstrução de sua fortuna. Eu, porém, tendo descoberto a linda praia da parte norte do lago Superior, voltava ali todos os verões, atraído pela paisagem e por Sara.

Durante a década de 20, em viagem para Silver Islet, eu parava freqüentemente alguns dias em Toronto e, às vezes, George fazia de carro o percurso de 150 quilômetros para leste, na King's Highway Número Dois, e me encontrava lá. Eu o levava para jantar no Hotel Royal York, na Rua Front, e nos perguntávamos cortesmente um ao outro como tinha sido o ano anterior, enquanto comíamos rosbife e *Yorkshire pudding* e bebíamos alguns dos piores vinhos que já provei em minha vida.

Lembro que, durante esses curtos e formais encontros, George sentava-se de costas para a parede e com os olhos pregados na porta — hábito contraído durante anos como lojista. Eu tinha consciência de que ambos nos sentíamos deslocados e desconfortáveis e, afinal, decidi que era melhor que Davenport, o Salão da Louça e a lembrança dos verões de antes da guerra fizessem parte dos nossos encontros, e então passei a tomar o trem que ia de Toronto até a cidade lacustre, ao longo da costa, e ficava hospedado por dois dias em casa do meu amigo. Gostava da atmosfera da loja, George de avental, clientes entrando e saindo. Como sabíamos que a interrupção era sempre uma possibilidade, nossas conversas permaneciam confortavelmente informais, jamais se desenvolvendo além do que eu considerava um nível de intimidade aceitável. Em retrospecto, vejo que o Salão da Louça foi um lar para mim, de uma maneira como nenhum outro lugar chegou a ser. Eu sabia qual dos dois bancos por trás do balcão era o meu e onde o uísque estava escondido. Sempre dormia excepcionalmente bem, no quarto escuro e formal que antes fora da mãe e do pai de George.

Foi no Salão da Louça, durante uma das minhas tradicionais paradas de dois dias em Davenport, que George abordou pela primeira vez o assunto Augusta Moffat, uma jovem enfermeira que ele conhecera no Hospital Canadense Número Um, em Étaples, e que reencontrara ao voltar para o Canadá. Falávamos sobre os pais dele, agora já mortos há algum tempo, tendo sucumbido à influenza de 1917, enquanto George estava na França. Ele disse que, ao ser informado de suas mortes, mal pôde processar a informação. Cercado como estava de cadáveres e fantasmas, e com um cotidiano que jamais conseguira obliterar sua infância, pareceu-lhe inteiramente natural que tivessem morrido.

— Suponho que nunca senti de fato suas mortes — confessou. — Achei quase um alívio a idéia de que morreram sem mutilações, e em lençóis limpos.

Ele notou que eu o olhava de maneira estranha.

— Você não entende — continuou. — Muitas vezes, quando pensávamos em objetos domésticos comuns — um travesseiro, um sofá, ou uma banheira —, eles pareciam o maior dos luxos. Isto foi no começo, quando alguns de nós ainda passavam o tempo conversando sobre o que mais gostaríamos de fazer, na volta — os que ainda acreditavam em voltar. Dizíamos que queríamos pão fresco quente, um edredom — esse tipo de coisa. Mas, afinal, qualquer coisa além do fato básico de continuar vivo, simplesmente, acabou parecendo frívolo, quase deslocado. No último ano da guerra, alguns dos caras nem se davam ao trabalho de desembrulhar os pacotes que chegavam de casa. Começamos a nos ressentir do fato de que seres humanos haviam desperdiçado seu tempo inventando coisas como automóveis e peças de mobília para se refestelarem neles. — Riu. — Até roupa de baixo limpa nos aborrecia, toda a idéia de lavagem de roupa.

Eu não conseguia imaginar que, de alguma forma, algo como lavagem de roupa passasse pela cabeça de soldados, e disse isso.

— Não passava, claro — respondeu George. — A menos que fôssemos mandados para o hospital numa condição que nos permitisse notar. Era o único lugar onde algum de nós chegava a ver algo como roupa limpa. Lembro-me de um homem, um dos feridos que caminhavam, que se recusou completamente a ir para uma cama, de tão limpa que era. Era quase como se tivesse medo dela. Por fim, tiveram de lhe dar uma injeção de alguma coisa para fazer o sujeito se deitar.

A essa altura, um homem que George conhecia entrou na loja e ficou muito surpreso, quando insisti em atendê-lo. Ele queria uma quinquilharia qualquer para dar à sua mãe de presente de aniversário. Como antes dava sempre a ela xícaras de chá, escolhemos um dedal de porcelana. George ficou ao lado e observou os procedimentos com certo divertimento. Após eu colocar o dinheiro em segurança na caixa registradora e o homem partir com seu minúsculo pacote, George recomeçou a conversa no ponto em que tinha parado.

— No meu caso — disse —, meu momento mais memorável no hospital foi quando ouvi pela primeira vez a voz de uma mulher cantando. Não me ocorreria que uma enfermeira fizesse isso. E, depois, mais tarde, quando voltei da guerra, encontrei a própria cantora, essa enfermeira, Augusta Moffat. Fiquei espantado por ela estar aqui, em Davenport. Lembrei-me dela porque cantou para mim, quero dizer, para todos nós, na enfermaria. Alguns até acabaram cantando com ela.

George não tinha ficado gravemente ferido, ele me contou — um ferimento superficial na coxa. Então, passou apenas uns dias no hospital, antes de voltar ao *front*.

— Lembro-me de que ela simplesmente começou a cantar, de forma inesperada. Aquilo, na ocasião, pareceu extraordinário, mágico, embora ela me dissesse, mais tarde, que se esperava que as enfermeiras cantassem para os pacientes. E, quando voltei, lá estava ela. No alto do morro. No asilo. — Ele fez um movimento brusco com o polegar por cima do ombro, em direção ao sul. — Começou, sabe, como um hospital para vítimas de neuroses de guerra.

Ao dizer isso, George pintava um delicado emaranhado de glicínias num vaso, e sua voz estava estranhamente alegre, acompanhando os saltos e as curvas das trepadeiras.

Eu passara várias vezes pelo asilo, nas idas e vindas da estação. Era um grande prédio de estuque branco e, na frente de cada andar, havia varandas com telas, de modo que aquilo parecia um imenso viveiro de coelhos. Algumas vezes, atrás das telas, eu vira sombras escuras caminhando de um lado para o outro. Por trás de uma grade alta, de ferro batido, havia um gramado que sempre conservava uma triste cor amarela, fosse a temporada de estiagem ou de chuva; e, em cima dele, um ou dois cedros esguios balançavam-se ao vento. Não, não gostei do que vi do asilo.

— Então, sua amiga trabalhava ali como enfermeira — disse, encorajando George a me contar mais. Era a primeira vez, desde Vivian, em que eu o ouvia mencionar uma mulher.

Ele fez rodar a mesa giratória em cima da qual estava o vaso, depois a deteve, com um leve toque da mão direita.

— Ela não trabalhava ali como enfermeira — disse, sem me olhar. — Foi paciente, por mais ou menos um mês. Alguns deles ainda estão lá, você sabe, desde a guerra, embora agora aquilo abrigue mais os loucos comuns.

— Mas o que ela... O que fazia ali uma mulher?

O olhar que George me lançou parecia sugerir que essa talvez fosse a mais tola pergunta que já lhe haviam feito em toda sua vida.

— Sofria de neurose de guerra — disse.

George continuou a falar, enquanto tirava cuidadosamente o vaso da mesa giratória, devolvia-o à prateleira e começava a limpar seus pincéis numa pequena pia que instalara atrás do balcão, com essa finalidade.

— Um grupo nosso foi até lá, na época do Natal, para cantar, pouco depois do fim da guerra. Ela pareceu reagir à música, embora fosse difícil saber com certeza, e foi então que me lembrei dela na enfermaria de Étaples. Algum tempo depois, ela me contou que tinha cantado no Coro Mendelssohn durante seu período de treinamento no Hospital Geral de Toronto, antes de ir para a guerra. — Fez uma pausa. — Fiquei tão surpreendido quanto você agora, ao encontrar uma mulher ali.

— Eu não tinha a menor idéia de que as mulheres sofriam de neurose de guerra.

— Foi só ela. — George recostou-se em seu banco, cruzou os braços e me sorriu. — Só ela e uma centena de homens que sofreram lesões. Os que não conseguiram enfrentar. A guerra. Na condição deles... enfim. De qualquer modo, eles não a incomodavam. Sabiam que era enfermeira, que tinha estado na guerra, e respeitavam isso. E o estranho é que ela não era bonita, naquele momento. Foi seu despertar, sua... recuperação, que a tornou bonita. Depois, ela simplesmente brilhou.

— Bom, estou contente de saber que ela se recuperou.

— Ah — disse George —, eu também.

Anos depois, Augusta me falaria do hospital de Davenport, do seu encontro com George e da guerra. Imaginei que fora uma enfermeira muito boa; George, de fato, me disse que era, mas acrescentou que desejaria que ela estivesse envolvida com uma ocupação menos arriscada. Pensei que se referisse à guerra, que tinha sido bastante arriscada para ela, como acabei descobrindo, mas ele se referia a outro perigo completamente diferente.

Augusta me disse, mais tarde, que fora paciente apenas duas vezes: uma, no Hospital de Davenport para Vítimas de Neuroses de

Guerra — período de sua vida do qual mal lembrava —, e outra vez, alguns anos depois, quando contínuas infecções de garganta exigiram uma tonsilectomia.

Já disse que nunca, numa pintura, usei com sucesso as histórias que Augusta me contou, e não menti. Mas havia algo em sua descrição de uma simples operação infantil, realizada em tempo de paz, na segurança de um hospital de Toronto, e a estranheza dos sonhos por ela provocados, que me fez desejar explorar a narrativa. E assim, no início do ano passado, completei uma grande tela intitulada *A Jane Eyre perdida*, agora pendurada em minha galeria, na Cidade de Nova York. Os críticos imaginaram que o tema da pintura de base fosse a heroína do famoso livro, e muita tolice acadêmica foi escrita sobre a busca do feminino em minha própria psique e sua subseqüente eliminação. Alguns deles até sugeriram que a pintura era um depoimento sobre a repressão ou a erradicação de tudo o que é feminino na sociedade e o que se perdeu em conseqüência disso. A verdade é que passei quase seis meses pintando uma série de imagens relacionadas com o que Augusta me contara sobre o período que se seguiu à sua cirurgia, construindo cuidadosamente a textura, com sucessivas camadas de tinta espessa, e depois acrescentando misturas de tons cada vez mais claros. Algumas vezes, pintei imagens diretamente em cima de outras imagens, para criar um efeito alucinatório. No final, foram necessárias muito mais misturas do que o previsto para obscurecer o tema, porque as cores que usei na pintura de baixo eram extraordinariamente vívidas.

Mas os resultados não foram de todo bem-sucedidos, apesar da recepção crítica positiva do quadro e do preço a ele atribuído. O caráter de Augusta — o que cheguei a saber a respeito — não permitiria obliteração. Tudo isso é verdade. Mas meu próprio caráter não me permitiria parar de tentar e, além disso, havia o fato de que o tema de suas fantasias e pesadelos, durante sua doença, fascinou-me. Fascinou o bandido visual que existe em mim.

Enquanto lutava para voltar do poço negro da anestesia, após a operação, Augusta afirmou que começou a ter sonhos — delírios, talvez

— com uma menina real chamada Jane Eyre, que ficou perdida por alguns dias no bosque próximo a Davenport, no curso da primeira década do séxulo XIX. O nome, claro, é famoso agora; mas, no tempo do incidente verdadeiro, 20 anos ainda teriam de se passar antes que a romancista vitoriana erguesse sua pena para escrever o celebrado livro. Porém, na mente drogada de Augusta, depois da operação, a menina cuja história George lhe contara — era uma lenda em Davenport — e a jovem mulher do romance que ela lera fundiramse, tornando-se um único espírito feminino perdido. Vozes chamavam o nome "Jane" no cérebro de Augusta, enquanto ela sonhava com uma chorosa menina caminhando com dificuldade através de um cenário de estéril charneca ou, algumas vezes, através das densas florestas virgens que existiam por trás de Davenport no início de 1800. Parecia que a criança tentava fugir dos seus salvadores. Ela tinha o rosto de Augusta, sua vontade. Queria as urzes, o bosque, a solidão, e seus perseguidores pareciam cães de caça. Ela não tinha voz, fora-lhe arrancada da garganta. Seus seguidores, Augusta sabia, forçariam a criança a cometer o ato da fala e, então, haveria a dor do grito. George estava no grupo de resgate, batendo nas moitas com uma vara. "Augusta!", chamava ele. "Jane!" Nada, na criança ou em Augusta, queria responder. Sua voz fora rompida.

Mais tarde, durante aquela mesma noite, Augusta acreditou estar de volta ao Hospital Canadense Número Um, em Étaples; que era a primavera de 1918 e os soldados com fraturas chamavam, desesperados, dos leitos em torno. A culpa que ela sentiu foi tão terrível a ponto de não conseguir levantar-se da cama para medicá-los. Ficou imaginando se seria o turno de sua amiga Maggie e se ela seria capaz de atendê-los sozinha. E, depois, as vozes que chamavam foram, novamente, as dos resgatadores, dos vigilantes, dos batedores de moitas, e Augusta era de novo uma criança seguida, os galhos da floresta dando fortes puxões em sua roupa e seus cabelos.

Na manhã seguinte, o delírio cedeu e o território da cama de Augusta tornou-se outra vez o de lençóis brancos engomados. Ao seu lado, fora colocada uma bacia em forma de rim, onde ela vomitou sangue azedo.

George fez a viagem de Davenport até lá e apareceu com flores, mas ela não podia falar-lhe. Ele lhe segurou a mão e lavou sua testa com um pano úmido.

As colegas de enfermagem de Augusta entravam de vez em quando, em visita. Uma delas trouxe um bicho de pelúcia porque, como disse, Augusta fizera uma operação de criança.

Augusta sorriu, mas não conseguia livrar-se da lembrança da menina perdida chorando, sem voz, enquanto o mundo exigia sua volta. O sol cascateando através da janela, os dentes brancos dos sorrisos de suas amigas, tudo fazia doer-lhe a garganta. Lembrou-se de que George beijara seu pescoço e acreditou, enquanto deslizava para o sono, que assim ele aumentara a dor ali.

No terceiro dia, sua temperatura estava em 39,5 graus e a dor em seu pescoço era como a voz que perdera, afastada dela, uivando. A infecção alcançara seus ouvidos e a dor repercutia ali. Era agredida por uma onda de sons internos. Dr. Truscott andava de um lado para o outro diante da cama, examinando seu gráfico, o rosto dele enrugando-se de desagrado. A criança na mente de Augusta atravessava ruidosamente as moitas, com as mãos cobrindo os ouvidos, que ressoavam, com o barulho do mundo à sua procura.

Quando George tornou a se materializar, flores nas mãos, o chapéu-coco em sua cabeça o fazia parecer um cômico de *vaudeville*. A criança fugiu, ao ouvir sua voz. Ela perdera um sapato; o avanço seria doloroso. A saia estava em farrapos, a respiração difícil, mas ela queria livrar-se de George, livrar-se dele. A voz era um bisturi rasgando sua garganta, facas em seus ouvidos.

A primeira injeção de *morphéa*, como a chamavam então, trouxe o mundo de volta de forma tão brutal, com tanta violência, que ela pareceu ricochetear nele, como se alguém a atirasse contra uma parede. George estava sentado ao lado da cama, com o braço estendido, de modo que a mão dele pousava em seu ombro.

— Augusta — disse —, olhe para mim.

Mas o quarto estava tão cheio de cor estável — tão cheio do mobiliário estático — que a respiração dele e sua carne em movimento não podiam prender sua atenção. Então, num instante, tanto ele como o mobiliário desapareceram e a cabeça da criança, na mente de Augusta, bateu de leve contra o peito de um verdadeiro, familiar e bondoso salvador. O presente de Maggie lembrado. Uma agulha cheia de bálsamo. Ela estava exausta, vencida. A dor, porém, achava-se distante, uma criatura em outra parte da floresta.

A criança estava sem seu gorro, contara George a Augusta, e usava um vestido de algodão azul axadrezado. As pessoas na vida de Augusta usavam chapéus e vestidos. Com muita freqüência, as meninas corriam de um lado para outro com as cabeças descobertas, e os meninos algumas vezes usavam bonés. A menina ainda não tinha seis anos.

Augusta me contou que, quando tinha seis anos, sua paixão maior, além do amor por uma casa arrumada, eram os cartões da Escola Dominical, aquelas representações litográficas coloridas, com Adão e Eva sendo expulsos do paraíso, Daniel desafiando os leões, um cortejo de animais entrando na arca ou Davi enfrentando Golias com a funda preparada. Guardava-os escondidos numa caixa de papelão branco, na parte de trás do seu armário, e acrescentava um novo cartão à pilha todos os domingos à tarde, quando ela e sua família voltavam da igreja. Algumas vezes, havia paisagens significativas — um deserto, uma montanha, um jardim. Quando todas as outras atividades eram proibidas, no Sabá, Augusta podia entrar nessas paisagens, percorrê-las. Sua ansiedade em freqüentar a Escola Dominical era admirada por seus pais e até, em certa medida, por seus irmãos, mas o que ela de fato queria, como admitiu para mim, em vez dos hinos e das pregações morais, era o cartão colorido oferecido a cada criança pelo comparecimento e a pontualidade.

Por fim, como o mobiliário imóvel do quarto de hospital onde estava deitada, a história da Jane Eyre perdida assumiu para Augusta uma qualidade visual estática, com seus episódios lembrando-lhe os cartões da Bíblia ou as histórias contadas pelos vitrais de sua igreja.

A pequena Jane estava sem seu gorro. Pintei o objeto esquecido ou abandonado, como deve ter aparecido na mente de Augusta: imenso, uma flor escura e agourenta contra uma parede de um azul pálido, duas fitas estendendo-se para cima, em direção ao prego onde estava pendurado. Outra imagem foi superposta a essa. Nela, a criança estava de costas para um piquenique de amoras, com o rosto voltado em direção à floresta sombria, contendo todo o seu futuro extravio, uma antecipação visível em cada músculo do seu corpo em miniatura. Este, decidi eu, foi o momento em que se uniram a menina do início do século XIX e a mulher no leito de hospital, 100 anos depois, assumindo ambas uma posição da qual nunca mais se afastariam. Ficariam perdidas, desaparecidas, irrecuperáveis.

Augusta disse que, estando febril ou tendo sido a morfina recém-aplicada em sua corrente sanguínea, no início de um período de quatro horas, as paredes verde-claras do hospital interferiam em sua concentração em torno da criança. Mas, após um dia ou dois em que isso aconteceu, ela aprendeu que, mudando de posição na cama e fechando os olhos, podia outra vez abrir caminho até a história.

Ela acreditava que, à noite, a menina se abrigaria debaixo de uma saliência num rochedo. Urzes cairiam em todas as direções, desse lugar sob o qual ela se agacharia. Mas não havia nenhuma urze na floresta. A criança abraçou um pinheiro, pressionando sua face contra a casca áspera. Uma cortina de chuva caiu sobre ela — quão perdida estava, quão despojada —, seu vestido azul axadrezado agora escurecido e colado em seu corpo.

Em alguma parte, havia uma fotografia dessa Jane Eyre canadense, já mulher mais velha. George a vira. Era parenta distante sua, por casamento, e ele disse a Augusta que acreditava tê-la encontrado uma vez, quando era muito jovem, num funeral, achava, ou em alguma outra ocasião em que um bolo de frutas estava sendo servido a todos. Ela era uma velha. Teria lido o romance?, Augusta imaginou, em voz alta. George pensava que não, eles não eram um tipo de família que lê romances, embora, estranhamente, na fotografia Jane segurasse um livro. A Bíblia, quase certamente. As outras que estavam com ela — provavelmente suas irmãs — seguravam xícaras e pires de porcelana, e havia um bule de chá e um jarro de creme em cima da mesa em torno da qual estavam reunidas. Todas deviam ser mulheres de meia-idade, com nomes mudados pelo casamento. A louça parecia ser de Limoges, e George ficou imaginando o que teria sido feito dela. Foi a louça que fez a fotografia fixar-se em sua memória.

— Havia na velha algum sinal de ter estado perdida? — perguntou Augusta, uma vez, quando a morfina já a tornara capaz de falar.

— Na foto, não — respondera George. — Ela parecia muito sólida, matronal.

Pintei a pradaria e depois a beirada escura até o limite onde começava a floresta. Mesmo quando Augusta era criança, todas as cidades e vilarejos de Ontário ficavam provavelmente próximos de uma floresta — uma floresta onde seria possível uma criança se perder. Na primavera, antes que as folhas se adensassem, viam-se trílios brilhando como estrelas nas profundezas do bosque. Muitas vezes, os meninos declaravam que tinham passado longas horas cercados por árvores. As meninas raramente se importavam com a floresta.

O que atraiu essa criança para o tumulto de crescimento desordenado que a floresta virgem devia ser, naquele período? Durante a maior parte de sua então curta vida, as árvores eram um borrão negro ou verde, a distância, um exército que os homens da comunidade constantemente empurravam para trás. Quando a criança se aproximou do bosque, devia haver um padrão de luz e sombra que a atraiu. Afinal, dentro de uma floresta, como Sara me mostrou, a luz é mais tangível, mais distinta, um corpo estranho lutando por espaço. Talvez Jane tenha entrado na floresta para tocar a luz e se descobriu, ironicamente, cercada pela escuridão. Para Augusta, sonhando, drogada, essa seria uma possibilidade atraente, perturbadora. Ela tentaria harmonizar as contradições que havia nisso, quando a dor se agravasse. Augusta, virando-se de lado e olhando por cima das chaminés de Toronto, através da janela do hospital, pensaria sobre isso, sobre sua casa de neve perto da touceira de cedros de sua própria infância. Muitas vezes, à medida que a tarde avançava, a dor em sua garganta voltava e ela ansiava pela agulha das quatro horas.

Certa vez, anos depois, acabei pintando numa tela a agulha das quatro horas, mas a raspei e apaguei antes de estar terminada, não desejando nem mesmo a sugestão de sua forma.

Em sua primeira noite na floresta, a criança vira uma árvore partida por um raio; ou, pelo menos, assim disse, ao ser resgatada, e então percebeu que aquele único pinheiro quebrado era todo seu. Tinha dormido perto dele, no chão úmido. Declarou que um grande cão negro viera enroscar-se às suas costas, mantendo-a aquecida até o amanhecer. Augusta sabia que esse cão negro era a exaustão, seguida pelo sono cálido e ressonante. De manhã, o animal fugira. A criança subiu na árvore partida e viu mulheres de branco dispostas em leque, numa parte distante da floresta. Estavam à procura dela. Tentou gritar, mas sua voz se fora. Não se lembrava de nenhuma palavra e até uma tentativa de lembrar fazia revirar-se a faca que tinha na garganta.

Em sua segunda noite no bosque, a criança dormira na forquilha que o relâmpago fizera na árvore. O cão deu um salto e se instalou ao seu lado, como ela insistiria mais tarde, tendo aparecido logo que a noite caiu. Era o mês de junho e tudo estava coberto de folhas, de modo que ela não podia ter nenhuma visão impressionante das estrelas e do céu. Fazia 36 horas que não comia nada. As mãos e o rosto estavam inchados, com mordidas de insetos. Mais cedo, aquele dia, ela mergulhara as mãos numa poça d'água estagnada e, quando as tirou, tinha em cada pulso uma grossa pulseira de sanguessugas.

Elas devem ter causado apenas certa curiosidade na pequena

Jane Eyre, embora se assustasse com o sangue que apareceu, quando as arrancou de sua pele.

Augusta confessou-me que não queria ser enfermeira, mas isso era preferível a ser professora de meninos indisciplinados como seus irmãos, ou estenógrafa, no escritório de algum homem tedioso — aparentemente, suas duas únicas alternativas. Ela disse isso no Salão da Louça, décadas depois da guerra e anos após sua reapresentação à morfina num insípido hospital de Toronto. Se não fosse enfermeira, jamais iria para o exterior. Jamais conheceria Geoge. Ela e Maggie nunca caminhariam, com seus uniformes azul-acinzentados, pelas dunas de areia em Étaples. Maggie, sua amiga, escolhera a profissão por causa de sua paixão pela cura, por acreditar que quase tudo podia ser remediado. Toda noite, no hospital de Toronto, Maggie entrava nos sonhos de Augusta.

— Vou remediar isso — dizia, com voz suave, tranqüilizante, a agulha cintilando na extremidade de sua mão.

Augusta tentara conversar com George sobre todas essas coisas, quando ele a visitou, certo fim de tarde.

— Aquela guerra — dissera ela, debilmente. — Se aquela guerra não acontecesse ou se eu decidisse tornar-me estenógrafa, nunca nos conheceríamos e eu nunca conheceria Maggie. Não paro de sonhar com ela o tempo inteiro.

Não tinha consciência de que chorava.

George deu-lhe palmadinhas solidárias na mão, mas ele lhe parecia estranho, quase como um homem de negócios tedioso de quem ela poderia ter sido estenógrafa.

Ele a olhou com um afeto imenso.

— Está melhor hoje — disse.

— Estou melhor agora. Mais cedo, foi um inferno.

Augusta lembrou a nitidez de sua fantasia em torno da menina perdida, os galhos úmidos da floresta.

— Tenho de estar na loja amanhã — disse George —, mas voltarei no próximo sábado, no trem que sai cedo. A essa altura...

— A essa altura, posso estar morta.

— Você não vai morrer, Augusta.

— Sou enfermeira — disse ela, bruscamente. — Sei quem está morrendo e quem não está.

— Você não está morrendo. Não passou lá muito bem, mas não está morrendo.

Lembro-me de como meus contemporâneos detestavam a narrativa nas artes visuais. Era, segundo eles, o caminho de sombra e água fresca em direção à pintura de gênero ou à ilustração, e deveria ser evitado com todas as forças. Nenhuma série de afrescos, nenhuma pintura histórica do século XIX poderia convencê-los do contrário. Zombavam de Giotto, Géricault, David, Goya, Ingres. O conhecimento de que eu passara meses pintando a história da Jane Eyre perdida os deixaria imensamente perplexos. O que pensariam, então, das duas ou três semanas em que tentei submergir seus detalhes, a forma?

Aquele dia, depois que George saiu do quarto, à medida que a noite se aproximava e o efeito da droga começava a passar, os quadros estáticos voltaram a Augusta. A criança com moscas cobrindo seu rosto. A criança com um colar de sanguessugas fazendo sua garganta doer. E então, depois da injeção da noite, as imagens se transformaram em narrativa. Era o terceiro dia e a menina se tornara repentinamente pura, cristalina. Seu vestido lamacento se fora, substituído por um traje cinza-azulado. Sua pele começou a parecer um lindo nevoeiro branco. As brancas mulheres desdobravam-se em leque, distantes dela. Pareciam emergir do seu próprio corpo, suas saias e aventais brancos agitando-se ao vento. A criança ficou em pé na bifurcação da árvore carbonizada, como se fosse uma erva que brotara depois da queimada, como se tivesse nascido ali. A distância, havia os apitos, as sinetas do grupo de busca tocando, porém mais próxima, mais íntima — mais familiar, agora —, estavam a canção dos pássaros e os passos leves dos pequenos animais ramalhando as árvores.

Augusta convenceu-se completamente de que Maggie era a enfermeira da noite, convenceu-se de que Maggie tirava com grande ternura a agulha do seu próprio braço para partilhá-la com sua melhor amiga. Compridos trens escuros, com os feridos, estavam a caminho, disse ela. Sem a droga, eles não teriam a força para o trabalho torturante dos próximos dias. Não teriam a força nem a coragem de remediar as coisas, de torná-las melhores. Augusta e essa moça — essa melhor amiga que ficava em pé ao lado de sua cama, essa menina perdida — usavam os mesmos trajes cinza-azulados. Entravam nas mesmas florestas, partilhavam o conforto da agulha, entendiam-se mutuamente.

Na pintura de baixo havia três cinzentas meninas perdidas dissolvendo-se na matéria orgânica que as cercava. Estavam todas vestidas de maneira semelhante, embora o tom de cinza de suas saias variasse, às vezes, do violeta do manganês ao grafite. Três crianças separadas — mas, à medida que eu trabalhava nas camadas subseqüentes do quadro, começaram a eliminar umas às outras.

Deitada de costas, Augusta sentia a morfina entrar em sua corrente sanguínea. Fechava os olhos, espalhando os dedos como um leque sobre os lençóis engomados. O quarto se fechava e a floresta se abria em torno dela, por toda parte. Maggie convocava as mulheres brancas para que atraíssem os salvadores a outra parte do bosque, de modo que jamais houvesse uma recuperação miraculosa.

A pequena Jane Eyre, entendem, poderia seguir qualquer riacho, qualquer arroio das vizinhanças que fosse em direção ao lago Ontário, em direção a Davenport e à segurança. Mas algumas meninas perdidas jamais tentam voltar. O cão negro do sono vem deitar-se ao seu lado, e elas o abraçam, apertam-no junto aos seus corações. Então, se aparecer outro tipo de salvador, o fiel animal morde a mão estendida do estranho.

O dia inteiro andei pensando na casa vazia de Sara, como ela sem dúvida sabia que eu faria. Pensei na casa enquanto trabalhava na coleção — hoje, acrescentei carneiros de Staffordshire —, pensei na casa enquanto trabalhava em minha atual pintura, que deverá chamar-se *Dormindo no parque*. Não penso de fato no vazio da estrutura de toros. Mas descubro que não consigo deixar de visualizar a *calma* do seu vazio.

Esta manhã, fui acordado pelo guincho dos freios do caminhão de lixo, quando parou para levar meus magros restos: umas poucas cascas de laranja, uma garrafa de vinho vazia, algumas cascas de pão. A Sra. Boyle me aborrece constantemente porque me alimento pouco; a julgar por seu tamanho, ela própria come como um abade. Tenta sempre empurrar mais comestíveis em minhas prateleiras já abastecidas em excesso, e mais comida em meu desinteressado estômago. Mas qual é a graça da alimentação, quando cria necessariamente tanta desordem? Minhas questionáveis obras de arte e a coleção de porcelana, ambas em suas diferentes etapas de conclusão, já são bastante perturbadoras, quando as encaro toda manhã. Qual seria a vantagem, para mim, da complicação suplementar dos pacotes nas prateleiras?

A casa de toros, tenho certeza, ainda está completamente suprida com os objetos que conheço tão bem. Ah, com que facilidade tudo isso se manifesta em minha memória visual! Afinal, reproduzi cada centímetro daquele lugar, com meu bem afiado lápis de grafite. Agora, posso ver o interior da casa sob a clara luz do inverno, sem que exista em qualquer das peças o calor de um contato recente com a pele. Posso ver as janelas apagadas, escuras o bastante para refletir as estrelas à noite. Posso ver o alvo cobertor do lago refletido nessas janelas pela manhã e blocos de luz movimentando-se sem testemunhas pelos quartos. Poeira que se acumula em móveis abandonados. Roupas não tocadas penduradas em ganchos. Água gelada na chaleira, no fogão a lenha frio. Cinzas na grelha.

Foi isso que herdei com tanta facilidade; esse frio, essa escuridão, esse vazio. É estranho como a ausência se torna uma espécie de presença, como se torna tangível, real.

Com essa ausência agora vivo. Estou pleno de vazio.

Havia coisas que Sara não me contava.

Eu ficava sempre espantado ao descobrir isso, não verdadeiramente zangado, mas surpreso, porque ela tinha aberto todas as gavetas, todos os armários de sua casa, para o meu desapaixonado exame, para o louco inventário que eu fazia em meus cadernos de desenho. Com freqüência, ela falava de seu pequeno jardim de flores — uma espécie de milagre, naquele terreno — e, quando lhe perguntei como conseguia cuidar dele, mostrou-me seus ancinhos, tesouras de podar e pás, e explicou que colocava folhas de chá usadas sobre todo o solo, como uma espécie de fertilizante. Depois, levou-me para fora, a fim de que eu a visse escorando os pés de tomate, pois era a época do ano para fazer isso. No início, o jardim era do pai, e Sara disse que era uma grande alegria para ele — aquela pequena e compacta extensão de cor —, depois do negro ébano do seu local de trabalho e da implacável brancura dos invernos ali. Fiz um pequeno desenho de Sara trabalhando no jardim e um outro, uma natureza-morta, com pás, ancinhos e vasos.

Ela nunca me negou nada, nem uma coisa sequer. E Deus sabe que peguei tudo o que me foi oferecido e ainda mais. Mas havia algumas coisas que ela não me contava.

Eu começara a ensinar em The Art Students' League e meu programa, num determinado ano — mais ou menos no final da década de 20 ou no início da de 30 —, não me permitia sair de Nova York a não ser no fim de junho, tendo eu, portanto, de reduzir os três meses completos que, normalmente, passava no norte. Sempre fiquei irritado com mudanças como essa e, para dispor da quantidade de tempo habitual dedicada à pintura, e não pretendendo ensinar no outono seguinte, decidi ficar até o fim de setembro em Silver Islet. *Monsieur* e *Madame* Bougereau, o casal de proprietários do hotel, ficaram felizes com minha decisão. Raramente havia hóspedes que permanecessem mais do que uma ou duas semanas após o final de agosto e estivessem contentes de poder estender a temporada. Eram boas pessoas e tinham sido particularmente bondosos com Sara desde a morte do pai dela, tratando-a não apenas como empregada, mas quase como membro da família.

Devem ter morrido há muitos anos.

Eu tentava manter tudo constante em minhas relações com Sara, tentava manter o nível emocional calmo e sem flutuações, para que pudesse entrar e sair furtivamente de sua vida, da maneira mais suave possível. Não lhe permitia ir ao cais, por exemplo, quando eu embarcava na balsa, no fim do verão. Aparecer e desaparecer tranqüilamente era uma especialidade minha; não desejava que fosse prestada nenhuma atenção sentimental a qualquer das duas coisas. Durante a maior parte do tempo, acreditei ter sido bem-sucedido, acreditei que todas as separações eram destituídas de ecos e que eu mantinha os sentimentos contidos por meu egoísta espírito prático. É-me humanamente impossível imaginar o que me deu tanta certeza de que, controlando minhas próprias reações, eu poderia controlar também as de Sara. Talvez fosse por causa de sua bela força, que considerei algo inteiramente seguro e que, em minha ignorância, posso ter confundido com uma certa falta de vulnerabilidade da sua parte. Sim, talvez fosse isso.

Todos aqueles verões estão reunidos em minha memória. Agora, tornaram-se um único longo verão. Mas fiquei até o outono, num ano; e, como mudei o padrão, lembro-me daquele período com surpreendente nitidez, como se Sara fosse uma mulher completamente diferente e Silver Islet algum outro lugar.

No fim de agosto, partiam sucessivos barcos repletos de pessoas que ficavam ali apenas na alta temporada, todos mal dando uma olhada de despedida para a praia do verão, seus rostos voltados para os elevadores de cereais de Port Arthur, para as escolas e as indústrias, as casas de tijolos e o inverno. Esse êxodo era seguido por vários dias de vendavais, chuva e forte arrebentação. A certa altura, as ondas eram tão altas e enérgicas que se atiravam sobre o beco onde eu passava todos os dias, a caminho da casa de Sara. Isso me deixava nervoso, tão nervoso quanto tinha ficado com as rápidas e furiosas tempestades do início do verão, que chegavam procedentes do centro do lago. Mas mesmo elas não tinham a insistência desse tipo de frente equinocial que golpeava a terra e se recusava a passar.

Mesmo assim, aquilo me emocionava, essa selvageria, e assim desenhei Sara em pé, junto das janelas, olhando para o lago frenético lá fora, para o céu ardente. Desenhei sua imobilidade diante das nuvens rasgadas e da chuva — queria esse contraste. Também fui atraído pela luz filtrada que entra num quarto quando o sol está enterrado sob cobertores de pesadas nuvens, o matiz azul suave que empresta à pele. Duas das minhas melhores telas desenvolveram-se a partir de desenhos feitos nesse período.

Na primeira, os ombros de Sara estão envoltos num leve xale e seu rosto desviado da janela, do lago furioso. Uma das mãos se estende em direção ao ombro oposto e a outra agarra o xale sobre seus seios. Na segunda pintura, ela está em pé, nua, no centro da janela, que ocupa a tela inteira. Seus braços estão estendidos e uma de suas mãos agarra as beiradas da moldura da janela. É vista de costas, seu cabelo está torcido num coque; cada pequeno nó das vértebras do seu pescoço está visível. As partes de trás dos seus joelhos brilham, os músculos de suas panturrilhas estão contraídos e firmes, de modo que ela parece prestes a saltar da janela para dentro do lago tempestuoso.

Não era uma pose fácil para Sara — ou qualquer pessoa — manter. Ela tinha de permanecer na ponta dos pés, para fazer os músculos de suas pernas se enrijecerem, e seus braços ficavam erguidos acima do nível do seu coração, de modo que descansávamos a cada 20 minutos. Com todo esse processo, incluindo meu desenho e as interrupções, atravessamos os vários dias da tempestade.

Ao meio-dia do segundo dia, Sara levou comida para o andar de cima e fizemos um piquenique como ciganos, na cama de ferro do seu pai. Ao terminarmos, ergui a camisola de flanela que ela apressadamente jogara em cima do corpo e comecei a acariciar-lhe as pernas, o corpo que eu tão cuidadosamente reproduzira, e depois puxei em minha direção primeiro um tornozelo, depois o outro, de modo que as pernas se endireitaram. Tirei minhas roupas, deitei-me em cima de Sara, estiquei seus braços para os lados, agarrando-lhe os pulsos e, finalmente, como meus braços eram mais compridos que os dela, empurrando a parte inferior das minhas mãos em suas palmas. Após entrar nela, fechei suas pernas com o aperto dos meus joelhos, garantindo que cada centímetro do seu corpo ficasse coberto pelo meu, garantindo que ela permanecesse imóvel. Mantive sua cabeça quieta com a pressão da minha boca sobre a sua, o peso do meu torso impossibilitando que ela arqueasse as costas. Não podia vê-la, absolutamente. A única parte do seu corpo que se movia era seu coração, martelando contra o peito.

Eu nunca fizera amor com ela em setembro.

Mais tarde, aquele dia, ela ficou em pé atrás de mim e olhou, por cima do meu ombro, para o desenho em que eu trabalhara a tarde inteira. Apontou as linhas retas que eu formara, com os mainéis entrecruzados da janela, e que eram, àquela altura, ainda visíveis através do corpo, apesar da tensão da pose.

— Uma cruz — murmurou ela. — Você me crucificou.

Ela não me tocava, mas eu podia sentir o calor do seu corpo às minhas costas. Ri alto, mas não me virei para olhá-la.

— Não era o que pretendia — disse.

Eu nem sequer olhava para a janela, àquela altura. Em vez disso, tentava captar, como poderia ter feito com uma das câmeras Brownie do Sr. Eastman, os frenéticos desenhos da água para além da janela, tal como o vento os definia.

No dia seguinte, a tempestade afinal se esgotou. O céu estava com um tom penetrante de azul e nem uma só árvore, nem uma só folha se moviam. Mas a agitação do lago, o ruído trovejante, estava pior do que nunca; a água mais escura, e mais brancas as ondas, que pareciam carneirinhos. Borrifos disparavam para o alto, nas praias das ilhas próximas, incluindo aquela cuja propalada prata trouxera meu pai para aquele lugar e, indiretamente, a mim. Meu quarto, nos fundos do hotel, um quarto que dava para o lago, estava úmido e desconfortável. A noite inteira o rugido da água e a umidade do ambiente fizeram-me crer que a estrutura de madeira poderia ficar à deriva, e sonhei com naufrágios.

No meio da manhã — havia a luz do sol, agora, trazendo uma sugestão em tons pastel, sob sua pele — Sara encostou a testa no vidro da janela e disse:

— Não posso fazer isso... não agüento mais ficar aqui em pé.

Coloquei o pincel na borda do cavalete.

— Está bem, vamos fazer uma pausa — disse, embora não estivesse com a menor vontade de parar.

— Não, não é isso... — respondeu ela. — Não consigo mais olhar para o lago. Não suporto.

Olhei fixamente, em silêncio, para suas costas familiares. Nunca pensava sobre o que Sara fazia ao posar. Estava interessado em qualquer coisa que lhe pertencesse nas vizinhanças imediatas, achando que o conhecimento dos objetos em torno dela enriqueceria meus desenhos e pinturas. Mas, enquanto trabalhava, acreditava que o gesto por mim prescrito era absoluto; sua pose, minha linha, o contorno do seu ombro abrindo um espaço próprio na composição, na página. Acreditava desenhar — deliberadamente — tudo o que existia nela e que esse ato de fazer arte preenchia o espaço em torno de mim de forma tão completa a ponto de não haver nenhuma possibilidade de outras impressões além das que eu controlava.

Três dias inteiros olhando fixamente para um lago agitado, maior e mais selvagem do que alguns oceanos, um homem sentado próximo concentrado na sétima vértebra da espinha dorsal da pessoa, ou nas veias azuis na parte de trás dos seus joelhos, o desapaixonado arranhar do lápis reproduzindo os vincos da sua carne. O que sabia eu sobre isso? Anos se passariam antes de eu poder admitir que preferia não ser absolutamente conhecido por ela, embora desejasse todos os seus detalhes em minha pintura — seu corpo, sua genealogia, sua paisagem, sua casa —, embora desejasse um tipo de intimidade que envolvia não apenas a representação do seu ser físico, mas também a fragrância da sua pele e do seu cabelo, a maneira como ela se movimentava pela cozinha, os sons da parte de trás de sua garganta, quando fazia amor.

Mas, àquela altura, meus motivos eram simples, sem complicações. Estava interessado em qualquer coisa que aumentasse a qualidade do meu trabalho e desatento a todo tipo de coisas que sentia que não o fariam ou que eram incapazes de fazê-lo.

— O que há no lago que você não consegue agüentar? — perguntei-lhe, muito gentilmente, tendo o cuidado de não deixar a irritação pela interrupção transparecer no tom da minha voz. Eu precisava de mais duas horas, pelo menos.

— Olhei para ele durante tempo demais — disse ela, ainda sem se virar em minha direção, ainda sem dar as costas à janela. — Começo a não querer mais saber dele.

Eu não disse nada, esperei.

— Eu o adorava... mas, depois de todas essas horas olhando-o... Não agüento mais.

Sua cabeça tocou novamente o vidro, sua nuca fulgurou. Tinha cruzado os braços em cima dos seios. Concentrando-me nessas coisas, eu era capaz de passar por cima da terrível tristeza da voz dela.

— Estou pensando em você — sussurrou ela — olhando para mim horas a fio, dias a fio e, finalmente, não querendo mais saber de mim.

— Não é verdade — disse eu.

— Sim, me desprezando. Mais do que tem consciência.

— Isso é tolice.

— Você está sempre do outro lado da sala. Há sempre essa separação entre nós.

A luz já começara a mudar. Franzindo os olhos, contemplei o esboço a óleo que tinha diante de mim. Talvez houvesse ali o suficiente para eu trabalhar no ateliê, quando voltasse para Nova York. Mas talvez não.

A reação de Sara ao lago poderia me interessar, se não chamasse diretamente a minha atenção para o fato, se eu o percebesse sem seu conhecimento. Não sendo assim, era uma imposição, simplesmente. Em minha vaidade, eu desejava escolher meus próprios temas. Lembrei que Robert Henri citara uma declaração de Corot, de que a arte é a natureza vista através de um temperamento. Acreditei nele, acreditei nisso. Eu tinha meu temperamento. Não queria interferências. Algumas vezes, estava interessado em outras visões do mundo, mas apenas quando satisfaziam minha curiosidade artística.

— Você precisa de um descanso — anunciei. — Vamos sair para uma caminhada.

Ela se vestiu, a um canto da sala. Aproximei-me da janela e olhei com atenção para o lago que tanto a perturbara. Virava sempre as costas quando ela se vestia ou se despia. Tinha sido cuidadosamente ensinado, entendem, a respeitar a intimidade da modelo.

Aquele dia, seguimos para longe do lago, por caminhos que Sara conhecia desde a infância e que conduziam aos bosques do Gigante

Adormecido, o homem-montanha, a península de Sibley. Acompanhamos o curso de riachos velozes e cintilantes que Sara chamou, poeticamente, de veias do Gargântua adormecido. Ela lera mais livros do que eu. Seu pai adorava poesia: havia na casa de madeira, e provavelmente ainda há, antigas edições de Byron e Shelley. E havia também a biblioteca pública de Port Arthur. Os livros solicitados podiam ser enviados de vapor, no verão, e de trenó, no inverno.

— Existe mais de uma maneira de visitar o corpo de um homem — disse ela.

Pensei que a alusão fosse sexual, mas então ela me contou a lenda dos Ojibway, para os quais a península de 40 quilômetros, com forma humana, é o guerreiro Nanibijou, cujo corpo foi transformado em pedra, por ter revelado aos compradores europeus a localização da prata sagrada.

Ela me disse os nomes das várias árvores, colocando a mão espalmada em cima da casca, enquanto falava. Identificou plantas. Disse que seu pai lhe ensinara a fazer isso. Como, durante a maior parte de sua vida, fora negado a ele o acesso a essas coisas, por causa do seu trabalho na mina, desenvolvera uma paixão pela superfície da terra e, aos domingos, levava a filha para caminhar nas lonjuras do bosque, mesmo quando a neve estava profunda. Sara não conseguia se lembrar de um tempo em que não soubesse caminhar pelo bosque com sapatos de neve ou deslizar com esquis pelo lago gelado.

Os pinheiros eram eretos, altos e densos. Sara queria que eu erguesse os olhos para admirar sua grande altura, mas, dominado por meu temperamento, eu mal levantava a vista. Preferia que o visual fosse uma experiência privada.

Seguia pesadamente atrás dela, carrancudo. A certa altura, no caminho, ela deu a volta e me encarou, com verdadeira raiva em seus olhos.

— Por que você nunca diz nada? — perguntou. — Me diga o que está olhando, o que está escutando.

— Não é da minha natureza dizer nada — repliquei, com mau humor.

Um batalhão de mosquitos girava em torno da minha cabeça. Eu queria estar outra vez na quietude do quarto, sombreando a curva do seu quadril com meu lápis.

— Será que sua natureza lhe permite sentir alguma coisa? Às vezes, acho que não.

— Mas que história é essa? — perguntei. — Claro que sinto coisas. Fico zangado. Fico magoado. Pelo amor de Deus, sou um artista, sinto coisas o tempo inteiro e agora começo a sentir raiva.

— Você sente as coisas particularmente.

— Sim, particularmente. E daí? Não vou passar a vida sobrecarregando outras pessoas com minhas emoções.

— Falo dos seus sentimentos... não de algum acesso de raiva, algum ataque de mau gênio.

— A raiva é um sentimento.

— Você sabe muito bem que há uma diferença.

Sim, eu sabia muito bem que havia uma diferença. Sara procurava o mapa do meu caráter para descobrir onde estava escondido meu coração, mas eu protegia o lugar com tanto empenho que nem notei que não havia nenhuma arma nas mãos da mulher que dele se aproximava.

Voltamos para o Landing em silêncio e nos separamos no cais. Fiquei diante da água uma hora inteira, observando o lago acalmar-se aos poucos e ouvindo repetidas vezes, em minha cabeça, a declaração final do meu professor sobre o caráter do artista.

— O desenhista inteligente produz apenas o que pode usar com maior eficácia para alcançar seus objetivos finais — dissera Robert Henri.

E isola tudo o que produz, pensei, dando as costas para a vista apenas por um instante, para observar a figura solitária de Sara caminhando pela beirada da praia em direção a sua casa.

Aquela noite, a temperatura caiu drasticamente. No dia seguinte, tudo em torno mudara de cor.

Na maioria das estações, a bétula do litoral norte é uma árvore discreta. No inverno, disse-me Sara, ela praticamente desaparece, pois perde as folhas e expõe seus galhos, que ficam quase tão pálidos quanto a neve em torno. No verão, sua folhagem verde-clara harmoniza-se facilmente com os verdes mais escuros dos pinheiros. Mas, no outono, como descobri aquele ano, ela domina qualquer região que ocupa.

Acordei de manhã, depois da nossa caminhada pela floresta, diante de milhares de folhas de um dourado luminoso. Era uma estação completamente diferente dos outonos multicoloridos com os quais me familiarizara no norte do Estado de Nova York. Pegou-me desprevenido. Eu não estava de forma alguma preparado para aquilo. Havia várias bétulas nas proximidades da casa de Sara e imaginei como essa mudança radical de tom afetaria a luz do interior. Caminhando-se pela estrada da praia, a água ficava mais escura — vinho carregado, quase negro —, o céu azul cerúleo e os pinheiros, verde-cobalto, diante desse esplendor. Para além da parede de toros da casa de Sara, os frutos vermelhos de um freixo da montanha pareciam exóticos, tropicais, quase deslocados.

Ela lia no sofá perto da janela aberta da sala de visitas. A seus pés estava uma massa alaranjada que, de início, não pude identificar. Então, uma cara pequena, veemente, olhou diretamente para a minha por uma fração de segundo, antes que o animal pulasse por cima do parapeito da janela e desaparecesse entre as árvores.

— Uma raposa — disse, espantado.

Ela ergueu os olhos, calmamente, do livro.

— Sim — disse.

— Uma raposa em sua casa — disse eu, tolamente.

Havia qualquer coisa de atordoante para mim no fato de algo selvagem entrar no recinto daquelas paredes que eu acreditava se destinarem a manter fora tudo que fosse selvagem.

— Ele sempre vem — disse Sara — quando as árvores mudam.

Continuei a olhar para fora, pela janela por onde desaparecera a raposa.

— Bom, pelo menos nos últimos cinco anos, mais ou menos — continuou Sara. — Vem quando as árvores mudam e depois que a população de verão vai embora. Você nunca estava aqui quando ele vinha. Ele espera o pessoal do verão ir embora e então vem, de manhã, à procura de qualquer coisa para comer. Algumas vezes, fica a manhã inteira. Muitas vezes, saímos para uma caminhada.

— Uma caminhada. Você e a raposa vão dar uma caminhada.

— Sim, como a que você e eu fizemos ontem. Provavelmente ele nos viu, mas não se aproximou por sua causa. Algumas vezes, no inverno, vem à noite, principalmente quando há lua. De vez em quando, dorme ao pé da minha cama.

— Você nunca me contou.

Àquela altura, eu conhecia essa mulher há anos, mas não sentia nela a capacidade para domesticar alguma coisa selvagem.

Percebi que nunca imaginara, de fato, como era aquele lugar no inverno. Jamais sequer pensara sobre o lago, uma bétula, essa casa de madeira, com gelo e neve em torno, uma raposa ao luar, trotando silenciosamente em direção às janelas iluminadas de Sara.

— Como é possível que você tenha domesticado uma raposa? — perguntei.

— Ele não é domesticado.

Sara fechou o livro e o colocou em cima da mesa junto do sofá. Depois, empertigou-se e me olhou com aquele olhar firme e franco que, muito freqüentemente, precedia algo significativo que ela queria dizer. Algo para que ela desejava uma atenção especial da minha parte. Olhei-a diretamente nos olhos por apenas por uma fração de segundo; preferi olhar para a mesa ou para o livro que ela conservava no colo. Lia Anthony Trollope.

— Não é preciso domesticar uma criatura para amá-la — disse. — Não é preciso fazer essa criatura nos amar.

Aquela manhã, levei Sara para o quarto do seu pai e a fiz posar perto da janela leste, de onde eram visíveis, através da vidraça, tanto as bétulas amarelas quanto os frutos escarlates do freixo da montanha. Agora, não vinha do lago ruído algum. Uma luz dourada brilhava nas folhas frementes, entrava no quarto, aquecia a pele dela.

Ela espiou quando misturei um pouco de laranja de cádmio e amarelo de cádmio, duas das cores mais intensas que há. Eu trabalhava numa tela pequena. A aquarela jamais seria capaz de espelhar o calor daquelas cores, o dourado de sua pele.

— Não ponha a raposa na pintura — disse.

— Nunca pintei animais. Você sabe disso.

— Ele não lhe pertence. — Mudou de posição na cadeira, alterando ligeiramente a pose. — Você nem teria chegado a vê-lo, se não tivesse ficado aqui.

Ao contrário de Rockwell, que estava sempre tentando sair da cidade — apesar do seu amor por ela —, sempre tentando deixá-la para que pudesse expor-se às intempéries e ao campo aberto, Robert Henri falava muito pouco sobre paisagem.

Mas, quando o fazia, discorria sobre ela como "tema", sobre a maneira como ela se organizava na imaginação visual do artista. Desejava que tudo, no plano do quadro, fosse expressão ou idéia: a impenetrabilidade da pedra, a flexibilidade da madeira e da folha. Disse-nos que nunca pintássemos de forma informativa, como quem diz: "Há um monte; há um pôr-do-sol." Queria ultrapassar o monte, o céu, livrar-se deles, deixar no local da cena uma atmosfera, uma idéia, ou ambas as coisas, queria que toda a carga que o artista traz em sua cabeça fosse exposta.

No fim, pintávamos a nós mesmos, repetidas vezes.

Nós o adorávamos, sim, adorávamos a maneira como ele nos fazia acreditar no brilho de nosso olho singular, como se fôssemos modelos e o tema nos pintasse. Estava honestamente convencido, eu acho, de que a verdadeira finalidade da luz do dia era revelar um mundo capaz de provocar uma reação aceitável por parte dos seus alunos. A peça-chave de sua filosofia era esse relacionamento, esse senso de que o artista possui, controla e, portanto, é livre para manipular qualquer tema — animado ou inanimado — que chame sua atenção, mesmo que casualmente.

Exigia, porém, um conhecimento profundamente detalhado do tema. Dizia detestar o fato de que a paisagem se presta de modo tão fácil ao sentimental e ao pitoresco, mas, antes de mais nada, ela era grande demais para a fria intimidade exigida por ele.

— Prefiro ver uma criança maravilhosa do que o Grand Canyon — declarava, muitas vezes.

A verdade é que — e levei todos esses anos para enxergar isso — nem Robert nem qualquer outro, do restante de nós, eram capazes de manipular o Grand Canyon. Este se recusava a entrar em intimidade conosco, a refletir nossas almas e a encorajar nossa vaidade.

E o que aconteceu com todos nós, as crianças para as quais ele servia de pai? Saímos afinal cambaleando dos seus ateliês em Nova York, fugimos dos seus modelos e naturezas-mortas. Alguns foram pintar as ruas, os cortiços e as fábricas, outros migraram para o norte do estado, para pintar casas sombrias e campos frios, e uns poucos, como eu, foram atraídos, apesar das advertências do nosso professor contra a paisagem, pela selvageria do norte, desejosos, em nosso egocentrismo, de testar nossos poderes no modelo mais apático de todos.

Havia uma grande moda entre os artistas, nas primeiras décadas do século, de grupos e organizações — os Oito de Nova York, o Whitney Club, The Art Students' League, o canadense Grupo dos Sete e outros parecidos —, de modo que não era incomum três, quatro ou mesmo mais homens partirem juntos para o mar ou para a floresta, a fim de pintarem por lá, durante o verão. Mas eu nunca me senti à vontade em grupo, pois deixara que a noção do olho/eu, veiculada nos ensinamentos de Robert H., se instalasse em minha cabeça e em meu coração. Não queria nenhuma interferência da visão incômoda dos outros. Entesourando ciumentamente minhas próprias experiências, a intimidade que eu buscava acabava por se tornar uma invasão, quase um estupro. Absorvi tudo o que pude, usei isso em minha arte, mas não dei nada de mim em troca.

Nunca perdi de vista, porém, a idéia de que um artista não deve deixar em tempo algum a técnica mover-se para além dos limites de sua visão periférica, não importa quais outras coisas possam interessá-lo naquele momento. Como observar, de um vale, na Idade Média, nossa vila fortificada, o maravilhoso verde da grama, a cor profunda e absorvente das flores, nuvens lançando sombras no morro em frente e a possibilidade de aparecerem unicórnios: tudo isso deveria atrair e encantar. Mas devemos manter à vista a vila, as muralhas e os portões — a estrutura, o método —, tudo o que protege e abriga. Do contrário, não voltaremos antes do anoitecer, antes de surgirem no horizonte os exércitos invasores. Podemos aventurarnos nos vales, na cor e na textura, mas, na verdade, o lugar onde verdadeiramente vivemos é a vila fortificada.

Hoje, está na moda comentar "sobre o que" é uma pintura. Embora eu não goste da expressão e acredite, firmemente, não ser um seguidor da moda, preciso dizer que as pinturas que produzi, no curso da última década, aproximadamente, são ao mesmo tempo "sobre" revelação e obscurecimento. Isto trouxe alguns problemas para mim. Primeiro, tenho de representar de modo realístico os detalhes do tema, senão todo o processo seria fraudulento, pelo simples motivo de que, para serem obscurecidas, essas imagens precisam, primeiro, ter existido. E não apenas em minha própria mente. Em minha própria memória. Desejava concretizar as imagens, transformá-las no tipo de realidade física que ocupa espaço e sugere profundidade — mesmo que ilusória. E, depois, desejava que a realidade física fosse velada, coberta por sombras.

Não era tarefa simples. Logo descobri que a pintura de baixo — a cena original — seria no mínimo tão crucial quanto a pintura de cima, não apenas em termos intelectuais, mas também visuais, pois eu decidira que partes cuidadosamente escolhidas de suas linhas, formas e composição deveriam ficar visíveis apenas tenuemente na pintura concluída. Mas era atormentado durante meses por premonições de pentimentos: esses fantasmas de formas antes representadas, que o artista pretendia fazer desaparecer sob novas camadas de pintura. No futuro, temi eu, elas subiriam à superfície dos meus quadros, como cadáveres afogados, inchados e obscenos, apesar dos vernizes, ou do número de camadas de branco de zinco, branco de titânio e branco de chumbo por mim aplicadas nas telas.

Isso me atormentava, quando eu concluía a pintura de base, fazendo-me temer a intensidade, mesmo quando estava convencido de que certas cenas precisavam ser pintadas com pigmentos brilhantes. Também havia várias vistas noturnas que eu queria incluir e exigiam o uso do negro fuliginoso, do negro carvão, de sombras e ocres; cores, todas elas, confiavelmente permanentes e, portanto, difíceis de cobrir. As cores mais fugidias, os ultramarinos e cádmios, traziam sua série de problemas próprios: mudanças químicas, desvanecimento, escurecimento — tudo potencialmente capaz de afetar a superfície de cima.

Quando eu era menino, havia apenas uma pintura em nossa casa. Tinha sido feita por uma tia-avó por parte de pai e mostrava dois cães deitados perto de uma colina, onde havia uma roseira florida. Acho que minha mãe permitiu que ficasse ali porque o quadro era desenhado de forma tão primitiva que se parecia muito pouco com as imagens fixas das fotografias, das quais ela tanto desconfiava. Eu, por outro lado, tinha muito medo daquela pintura, porque podia discernir um terceiro cão — um fantasma escuro — emergindo do morro. Sabia que não existira a intenção de colocar o cão ali, que ele era um erro e eu não deveria, absolutamente, poder vê-lo. Sabia que a mulher que pintara aquele animal agourento estava morta havia muito, muito tempo mesmo, e achava que sua mão morta tentava mudar o quadro diante dos meus olhos. Não tinha certeza se outras pessoas podiam ver o terceiro cão e temia perguntar-lhes a respeito, pois não queria confirmar minha suspeita de que aquela evidência de uma ação inadequada no passado visava apenas à minha instrução. O que eu temia, mais do que qualquer outra coisa, era a possibilidade de acordar um dia e descobrir na tela o cão, antes escondido, agora inteiramente visível, com seu pêlo macio, os olhos brilhando.

Alguns anos atrás, quase me livrei, afinal, dos meus temores com relação aos pentimentos, inventando uma técnica que espero seja infalível. Logo que a pintura de base está terminada, com grandes detalhes, e inteiramente seca, faço num comprido pedaço de papel o que chamo de um "diário da cor" do trabalho. Ele compreende uma série de pequenos quadrados, começando pela cor de maior intensidade e terminando com a cor de menor intensidade. Depois, afixo isso na parede, junto da pintura, e aplico na tela inteira uma veladura da cor mais intensa. Quando essa camada está perfeitamente seca, repito o processo com a cor da segunda maior intensidade, deixo que seque e recomeço repetidas vezes, até chegar à cor de menor intensidade. Tudo isso exige muito tempo, o que explica por que termino apenas quatro ou cinco desses trabalhos no espaço de um dado ano.

Durante os longos períodos em que as várias camadas estão secando, acrescento objetos de porcelana à coleção e, depois, catalogo-os nos cadernos que tenho para essa finalidade. Gosto de incluir um desenho da peça, bem como alguns parágrafos referentes ao que aprendi sobre seu fabricante, o específico pintor de porcelana (nos casos cabíveis), o período, a data e assim por diante. Gosto de desenhar as figuras que há nas peças e depois colori-las com aquarela. Isto me faz sentir uma criança.

Algumas vezes, à noite, quando estou cansado demais para trabalhar, a dor ou, por outra, o remorso, chega tão perto de mim que sinto que poderia estender a mão e tocá-lo, e então ele quase vai além da minha capacidade de suportar. Mas, na maior parte do tempo, mantenho-me inteiramente ocupado, seja catalogando e fazendo as pinturas de base, seja com a coleção e as minhas caminhadas. Vez por outra, meu *marchand* telefona de Nova York para me dizer que um crítico de alguma revista de arte quer entrevistar-me a respeito do meu trabalho. Sempre me nego, usando como desculpa minha idade avançada, minha debilidade. Mas a verdade é que, fora a rigidez e o mau gênio, estou com a saúde perfeita, embora toda essa arrumação, essa reunião e catalogação, esse enterramento sob camadas de pintura, pareçam uma preparação para minha própria morte.

Foi um crítico que inventou o termo *apagamento*, quando expus pela primeira vez a série. Sabem, nada como um tema obscuro para dar aos críticos algo sobre o que falar. Mesmo os que antes se mostravam indiferentes ou hostis ao meu trabalho escreveram longos e meditativos ensaios sobre o tema oculto que, nas circunstâncias, eles eram obrigados sobretudo a imaginar. Isto levou a algumas fantasias interessantes. Houve outros, porém, que ignoraram títulos como *A serraria*, *A Jane Eyre perdida* ou *Noite no Salão da Louça* e se recusaram a especular sobre o que estava debaixo das várias camadas. Escreveram, em vez disso, sobre o "ato" do apagamento; sobre ausência, lacuna, abandono. Um ou dois escreveram sobre aniquilação, sobre minha decisão de eliminar o tema das minhas pinturas e afirmaram que isso conduziria, no final, ao repúdio total do "objeto da arte", sendo minhas intenções, portanto, na opinião deles, mais "ativas" do que "passivas". Nenhum desses críticos, porém, nem um único, teve qualquer palavra a dizer sobre o repúdio ao desespero, sobre catarse, anestesia.

Fiquei espantado com isso, da mesma forma como fiquei com o fato de alguém chegar a prestar atenção ao meu trabalho, embora nada, absolutamente, devesse surpreender-me, após todos os meus anos no meio artístico. Mas fiquei surpreso e, depois, duplamente pasmo, quando os colecionadores abriram seus talões de cheque. Será que não viam? Não sabiam que levavam para casa um retângulo de dor? Não seriam eles capazes de entender que o próprio sofrimento seria agora orgulhosamente exibido, pendurado nas paredes de suas salas de estar, sem isso tão tranqüilas?

Esta manhã, acrescentei à coleção um troféu especial — uma peça de grande raridade e beleza. De onde estou sentado, diante desta escrivaninha, posso vê-la brilhar na prateleira do outro lado da sala e, se me virasse para olhar a janela atrás de mim, é provável que também a visse brilhando ali. Então, ela é brilhante, tão rica em cor. É um prato de sobremesa de Sèvres, dos Services des Petits Métiers, pintado em meados do século passado por um homem chamado Suchet, discípulo do grande Develly. Anteriormente, o próprio Develly pintara um serviço de sobremesa de mais de 100 peças, que representavam cada uma das artes e artesanias industriais da França. George me falara com grande entusiasmo sobre essas peças, tendo visto os desenhos que serviriam de base para sua confecção ao visitar Sèvres em licença, durante a guerra.

As poucas vezes em que pôde visitar a Manufacture de Porcelaine, George examinara sucessivos livros de desenho, cheios do tipo de aquarela que tento fazer, quando desejo sentir-me criança. Ele se mostrava sempre encantado com a qualidade do papel dos séculos XVII e XVIII e com a permanência da cor na pintura. Adorava esses pequenos desenhos coloridos, disse, porque eram tão puros e delicados que quase podia ver a mão que, séculos antes, havia segurado o pincel. E, certa vez, ele afirmou que, sentindo uma presença próxima do seu ombro esquerdo, dera a volta, involuntariamente, acreditando, por uma fração de segundo, que o pintor de porcelana morto há tantos anos estava em pé atrás dele, ali na sala.

Lembro-me do prazer que ele teve ao me falar, certa manhã, no Salão da Louça, sobre a idéia da série de Develly; como ela celebrava a menor das artes, os menores artesãos. Pintores de papel de parede, confeccionistas de flores artificiais, joalheiros, chapeleiros e todos os hábeis trabalhadores que produziram a grande porcelana de Sèvres. Disse-me que achava que Develly amava tão apaixonadamente sua vida, e a vida que se movimentava em torno dele, a ponto de cada peça se tornar um hino de louvor à santidade do trabalho. Nenhuma tarefa, nenhum trabalhador eram tão pequenos que ele não os apreciasse, que não recebessem toda a sua atenção, transmitida com o maior esmero e amor.

O prato que acrescentei hoje à coleção tem pintadas as oficinas dos fabricantes de fechaduras e chaves; homens com aventais curvam-se por cima de forjas em miniatura, preparando moldes ou estudando os mecanismos internos de uma fechadura. Um friso de chaves rodeia a cena, e a beirada externa tem uma camada de folha de ouro. Certa vez, George disse que achava que, numa vida anterior, talvez tivesse trabalhado com folha de ouro, talvez fosse um dourador, em Sèvres ou numa das oficinas da Alemanha. Disse-me isso pouco depois do fim da guerra. Fiquei ligeiramente atônito com sua afetuosa referência ao que deveria considerar território inimigo.

Ele pareceu surpreso, quando fiz um comentário a respeito.

— Não tenho nada contra os alemães — disse, fazendo eco às declarações de Rockwell, quando os Estados Unidos entraram afinal na guerra. — Foi curioso — explicou ele —, mas, à medida que o tempo passava, eu não conseguia afastar a idéia de que estávamos todos juntos naquilo, que éramos de fato apenas vândalos, empenhados em destruir a cultura ocidental. No final, a Europa me parecia um imenso museu cujos tesouros iam sendo destruídos por bandidos a soldo. Não fazíamos história, nós a demolíamos... eliminávamos. Igrejas primorosamente conservadas há 700 anos eram eliminadas numa tarde. Homens simples — jovens camponeses que sabiam quais eram seus antepassados até o tempo dos saxões, gauleses ou hunos — morriam aos 18 anos sem deixar herdeiros. Quando isso terminar, não restará nada, pensava eu o tempo inteiro, absolutamente nada.

Quando me falou dos anos da guerra, George fez apenas referências por alto a combates e derramamento de sangue. Eu teria de esperar que Augusta me falasse detalhadamente a respeito. Empenhada na tarefa de limpar tudo, depois, ela tinha sido forçada a ver a guerra em termos dos incessantes carregamentos de carne humana massacrada entregues em sua enfermaria. Estava tão impregnada do sangue resultante do combate que, finalmente, tornou-se incapaz de lembrar-se de um só uniforme militar que não estivesse sujo de lama e sangue, ou do corpo de um rapaz poupado de ferimentos. Tudo isso, apesar das ondas perfeitas formadas pelas dunas em torno do hospital em Étaples, e do vento ameno do mar. Ela me confessou que, de início, o corpo de George a aturdira por causa de sua inteireza. Esta foi a única referência que ela chegou a fazer, algum dia, ao fato de serem amantes.

Quando a guerra foi declarada, a família Kearns abastecia de porcelana a cidade de Davenport havia mais de 60 anos e tinha mantido correspondência com vários empregados de Sèvres, Haviland e Limoges. Antes de partir para a França, George escreveu com cuidado quatro ou cinco nomes em letra de fôrma no verso da página do Baedeker de 1914 que seu pai lhe dera como presente de despedida. O velho Sr. Kearns imaginava-se uma espécie de francófilo e, desde a virada do século, comprava o guia de viagem todos os anos, acreditando, cheio de otimismo, que a qualquer momento marcaria a passagem. Em sua cabeça, não havia nenhuma ironia relacionada com esse guia alemão de Paris. No início, ele encarou a guerra como uma maravilhosa oportunidade de viagem para seu filho. E, sob certos aspectos, tinha razão, ou, pelo menos, assim George me fez crer.

Mais tarde, no Salão da Louça, George me descreveria com tanto entusiasmo as ruas de Paris que, se eu não soubesse dos fatos, poderia concluir que ele permanecera "em licença" durante a guerra inteira. Eu próprio estivera lá duas vezes — visitas, ambas, em tempo de paz — e devo dizer que, para além das maravilhas dos seus museus, achei o lugar confuso, exaustivo e caro. Mas, estranhamente, George me garantiu que, desde o primeiro instante, sentiu-se de volta a uma vida que sempre conhecera.

Já em sua primeira visita, ele deixou seus companheiros, que queriam passar seu tempo nos cabarés e cafés, e viajou a Sèvres para admirar o trabalho de Develly e procurar um certo Sr. Monier, que seu pai dissera ser um excelente pintor de porcelana. A fábrica de porcelana em si deixara de funcionar como tal e estava agora voltada para a fabricação de recipientes de cerâmica para o transporte de nitroglicerina até o *front*. George passou várias horas em êxtase no vizinho Musée de Porcelaine, cujo diretor lhe disse que Monier estava trabalhando num bairro de Paris conhecido como o Marais. A seguir, rabiscou um endereço num pedaço de papel, juntamente com um tosco mapa das ruas que levavam até o local, e George voltou ao centro de Paris pelo mesmo caminho por onde viera.

Foi a essa altura de sua história que George quase se tornou incoerente, de tanta euforia, e começou a caminhar de um lado para outro do Salão da Louça, traçando círculos no ar, com uma das mãos, como se fizesse um desenho invisível.

— Havia dois mundos da arte — declarou ele. — Um deles ali em cima — apontou para o teto — e o outro aqui embaixo — gesticulou em direção ao chão.

Quando lhe perguntei o que queria dizer, ele explicou que as casas dos nobres, no bairro do Marais, abandonado desde a Revolução, foram progressivamente ocupadas, durante o século XIX, pelos *petits métiers* — artesãos, artífices.

— Havia brasões em cima de cada vão de porta — disse. — Maravilhosas e imensas estátuas clássicas em muitas das fachadas e, dentro, um belo trabalho de gesso se desfazendo nas cornijas. Esse tipo de coisa. E as paredes, as paredes tinham revestimento de madeira entalhada, com espelhos embutidos... tudo sujo, negligenciado, realmente ignorado. Vi candelabros cobertos por tantas teias de aranha que, de início, na luz mortiça, não consegui perceber o que eram. Havia grandes grupos de deuses e deusas pintados nos tetos. Todas as figuras que estavam no alto desses cômodos eram tão grandes, tão monumentais, que pareciam feitas por uma raça de gigantes. Embaixo, no entanto, o mundo era reproduzido em miniatura.

Monier, como verificou George, trabalhava no ateliê de um artesão, na Rue du Portfoin, e sua tarefa — como a guerra o tornara redundante em Sèvres — era pintar os rostos de porcelana de pequenas figuras mecânicas — autômatos. Quando George o descobriu, ele dava os retoques finais nos olhos de uma menina alsaciana, com seu traje típico; ao ser colocada em movimento, ela se curvava e depois se erguia e acenava, sucessivamente, cada uma das bandeiras dos Aliados.

George estava encantado.

— Um trabalho tão delicado — disse-me ele —, ali no Hôtel de Chantebrion, embaixo do imenso vulto de Netuno e de gigantescas conchas de gesso.

— Então, eles faziam bonecas, num velho hotel?

Eu tinha dificuldade para visualizar o lugar que ele descrevia.

— Não, não — disse ele, com impaciência. — Não eram bonecas. Um autômato não é um brinquedo. O lugar estava cheio dos trabalhadores mais hábeis — chapeleiros, costureiras, joalheiros, fabricantes de relógios, especialistas em metal e assim por diante. Pintores de porcelana. *Hôtel*, em francês, significa uma casa grande... quase um palácio, na verdade. Quando olhei para o pátio, através das janelas, pude ver os cavalos de Apolo entalhados no alto da porta do estábulo. Num canto da sala, três pessoas — dois homens e uma mulher — trabalhavam na pequena paisagem alsaciana onde a menina acenaria com suas bandeiras.

Observei George ensimesmar-se, rememorando o cômodo que descrevia.

— Um trabalho tão delicado — repetiu.

Monier apresentou George a "le Maître", um velho chamado Lambert, que ocupava o local havia 50 anos, tendo sido seu pai quem iniciara a loja 30 anos antes. Foi ele quem explicou a George o significado da expressão *petit métier* e lhe disse que, exatamente 20 anos antes, o Marais ficara apinhado de homens e mulheres dedicados a fazer os mais belos e frívolos objetos. Ele se especializara em *fantaisies à musique*, não apenas caixas de música, mas uma espantosa variedade de objetos: caixas de charutos, garrafas ornamentais, tinteiros e até mesmo cadeiras dobráveis, nas quais um movimento musical fora incorporado, de modo que explodiam em melodia, quando alguém as manipulava. A *spécialité de maison* do seu pai eram *paysages mécaniques* e *tableaux animés*, pequenos mundos idílicos, onde animais faziam travessuras, cascatas se despenhavam e os namorados se beijavam, antes que tudo voltasse a ficar imóvel. Quando mostraram a George exemplos dessas coisas, ele sentiu seu coração abrir-se e, depois, foi dominado por uma dor terrível, quando o velho *Monsieur* Lambert recolocou esses tesouros na prateleira e disse, com tranqüilidade:

— Não há mais tanta demanda por minhas coisas quanto antigamente. Talvez, depois da guerra...

— Na verdade — disse-me George —, a guerra acabou com todos eles. Nada de belo e frágil poderia sobreviver a ela. — Nesse ponto, ele fez uma pausa e olhou para fora, em direção à rua, ao Victoria Hall, com seu pórtico palladiano* e colunas de um *revival* grego, seu estilo arquitetônico profundamente importado. — À medida que prosseguiam os combates — disse, com calma —, percebi que tudo, absolutamente tudo, estava morto ou morrendo, que tudo estava sendo demolido ou eliminado. Um belga que conheci me contou que tinha tentado voltar para sua vila e fora completamente incapaz de encontrá-la. Não sobrou um tijolo. Nada. Ele pensou que estava perdido ou louco até que, saindo da lama, viu a cabeça de metal de um galo que fazia parte de um cata-vento na torre da igreja. Ele o tirou de sua mochila e me mostrou. Não era nem o galo inteiro, só a cabeça. Tudo o que tinha sobrado de sua cidade natal. Foi mais ou menos a essa altura que Paris deixou de ser um conforto para mim. Eu visitava o ateliê de Lambert e sabia que estava visitando um navio fantasma. Tudo morria. Eu via homens protegendo com sacos de areia e embrulhando as estátuas das Tulherias e tinha vontade de gritar para eles que aquilo era perda de tempo. Tudo desaparecia. Os dois mundos da arte... tinham ido embora, e o resto do mundo com eles.

Exatamente nesse momento, uma cliente entrou no Salão da Louça. Procurava um bule, disse, pois quebrara o seu aquela manhã, enquanto o lavava, depois do café. Eu estava pensando que era uma boa coisa os "belos e frágeis" objetos de George não serem mais fabricados, acreditando que, se os visse, eu os acharia de gosto duvidoso. Vira o rosto radiante de George ao descrevê-los, mas, como sempre, desconfiara de sua euforia.

George me contara, mas apenas quando lhe perguntei a respeito, de suas visitas aos museus pelos quais eu me interessava em Paris, de como ficara esmagado e exausto com a quantidade e o tamanho dos

* Relativo ao estilo do italiano Andrea Palladio (1518-80). (*N.T.*)

quadros do Louvre — os Delacroix, os Géricault —, de como se lembrava do tema violento das pinturas maiores, mas não sabia dizer, especificamente, que forma a violência assumia. Tudo neles, falou, parecia em conflito com todo o resto. Mas eram surpreendentemente vívidas suas lembranças visuais do Musée des Arts Décoratifs que, bravamente, ainda apresentava exposições temporárias, além de manter abertas as coleções permanentes.

Houve, disse ele, uma exposição de cortar o coração sobre a Catedral de Rheims, pouco depois que o prédio foi bombardeado. Incluía desenhos medievais, planos para frisos escultóricos, fontes batismais, capitéis e coisas do gênero. Ele ficou muito emocionado com o fato de, na maioria, os artistas que trabalharam em tudo aquilo serem desconhecidos e muitos deles terem morrido sem ver a catedral concluída.

Na ocasião, atribuí a sua educação formal inadequada à falta de consideração de George pelas grandes pinturas com as quais eu estava familiarizado.

Quando ele acabou de atender ao cliente e virou-se novamente para mim, vi que toda a luz desaparecera do seu rosto.

— Jamais esquecerei o momento, no ateliê de Lambert — disse — em que percebi que havia dois mundos da arte. Um deles, ali em cima — apontou novamente em direção ao teto — e outro aqui embaixo, um pouco mais próximo da terra.

Eu não disse nada. Esperei.

— Fiquei muito feliz — acrescentou ele — por ser capaz de compreender isso.

Alguns engradados tinham chegado um pouco mais cedo, aquele dia, e George suspirou e começou a abri-los. Achei o desenho do aparelho de jantar bastante surpreendente e lhe disse isso. O padrão era geométrico, com formas triangulares pintadas em cores ousadas. Chamava a atenção, era artificial, forçado.

— Produzido em massa — disse-me ele. — Atualmente, só querem esse tipo de coisa.

Eu me preparava para ir embora. Era o mês de junho e eu estava, como de costume, de viagem para Silver Islet Landing. George estendeu a mão por baixo do balcão e me entregou minha valise.

— Existe apenas um mundo da arte, agora — disse. — A guerra acabou completamente com o outro. — Ele me acompanhou até a porta. — Só um mundo da arte — repetiu. — O seu.

Apertamo-nos as mãos e nos despedimos. Saí da loja e caminhei até a Rua Division, em direção ao trem que me levaria a Toronto e, de lá, até Port Arthur. Como sempre, passei, em meu percurso, por aquele triste asilo. Era um dia quente; alguns dos internos estavam sentados em cadeiras de lona, em vários pontos do gramado. Achavam-se diretamente sob o sol e projetavam sombras estranhas. Fiquei pensando na amiga de George, Augusta, que eu ainda não conhecia, imaginando como se comportaria uma moça com neurose de guerra. Havia tanto homens quanto mulheres no gramado, distantes da cerca ao longo da qual eu caminhava. Estavam sentados tão imóveis que até pareciam monumentos. Continuei a caminhar em direção à estação, passando pelas fachadas de tijolos das casas bem cuidadas.

Não pensei muito no que George me dissera pouco antes de eu sair do Salão da Louça. Só anos depois eu interpretaria sua última declaração como algo que não era exatamente um cumprimento.

Quando fazia uma década que eu já a conhecia, Sara me contou que a tristeza profunda a afetava fisicamente, de uma forma pouco habitual. Fazia seus pulsos doerem.

— Eu não entendia isso — disse —, até que tomei consciência de que os pulsos estão relacionados com o coração. Os pulsos são o local onde vive o eco do coração.

Seus pulsos doeram durante meses, depois que seu pai morreu; a maior perda já enfrentada por ela. Não se lembrava de forma alguma da sua mãe. Não sabia a respeito dela muito mais do que seu pai lhe contara sobre sua jovem esposa escandinava, cujo pai, por sua vez, trabalhara ao lado dele na mina. O pai era muito mais velho do que ela, quase já desistira completamente da esperança de se casar, e ficou espantado quando essa moça aceitou sua proposta. Havia uma foto pequena em papel encorpado da mãe de Sara em cima de sua escrivaninha. Uma mulher loura, com aspecto frágil e a mesma expressão franca da filha.

— Ela morreu quando me deu à luz — contou Sara. — Sempre imaginei, em pequena, se Deus pretendia que eu fosse sua substituta, e se isto significava que eu também morreria de parto.

Houve um silêncio constrangedor, depois que ela disse isso. Ambos sabíamos que Sara era, nessa época, quase velha demais para ter filhos.

— Me fale de sua mãe — disse Sara.

Estava deitada na cama do seu pai, com o braço em cima da testa, o rosto de perfil; não me olhava. Era o fim de tarde de um dia calmo. Eu estava, como de costume, atrás do cavalete.

— E aí? — disse ela, quando não respondi.

— O que há para falar? — perguntei. — Ela morreu quando eu era muito pequeno.

— Mas você se lembra dela?

— Sim, me lembro.

— Me diga alguma coisa a seu respeito. Qualquer coisa.

Silêncio.

— De que cor eram os olhos dela?

— Não sei.

— Como você pode não saber de que cor eram os olhos de sua mãe? — Se Sara pudesse interromper a pose, ela se viraria para mim, naquele momento, com seu olhar de dúvida. — Eu gostaria de ter visto os olhos de minha mãe — meu pai disse que eram azuis — mas queria poder lembrá-los.

— Azuis — eu disse, embora percebesse que nunca pensara a respeito e não sabia mesmo ao certo. — Devem ter sido azuis. Os do meu pai também eram.

— Certamente, ele ficou muito perturbado, quando sua mãe morreu.

Lembrei-me daquela vez em que ele tremia de dor, junto à caixa de música. Não tinha nenhum desejo de reviver aquele momento, sua tensão.

— Não sei — disse. Agora, trabalhava no cabelo de Sara, espalhado como uma larga faixa em cima do travesseiro.

— Você sabe, sim — disse.

— O quê? — Fora um momento de desajeitada ternura, por parte do meu pai. Eu queria esquecer tudo aquilo.

— Mas você deve ter percebido se ele estava ou não abalado. Simplesmente, não quer me contar.

Eu não disse nada. Fica-se tão ocupado com a pintura a óleo. Misturar a cor, acrescentar óleo, limpar os pincéis.

— E agora, você vê seu pai com freqüência?

— De vez em quando, não freqüentemente.

Na verdade, fazia mais de um ano que eu não o via. Ele esperava, eu sabia, que eu crescesse e desistisse dessa tolice de tintas e pincéis. Suas verdadeiras restrições eram ao meu tema. Eu não estava preparado para aquele seu lado puritano. Mesmo assim, ele se abrandara, de certa forma, com o fato de eu estar começando a ganhar algum dinheiro. Isso me enraivecia e eu lhe dissera. Convencera a mim mesmo de que protegia Sara não lhe contando isso, não analisando absolutamente meu pai.

— Acho que ele deve ficar constrangido com o fato de você pintar nus — disse.

Eu estava remexendo dentro de uma caixa rasa de madeira, em busca de um lápis de cor sépia.

— Por que você sempre me pergunta sobre *meu* pai? — perguntou ela. — Prefere falar a respeito dele do que a respeito do seu próprio pai.

— Que é isso? — perguntei. — Psicanálise?

Sara suspirou, então, mais provavelmente de impaciência. Eu via sua caixa torácica subir e descer.

— Ele é mais interessante — eu disse. — Seu pai.

— Mas você não o conheceu.

Também jamais conhecera meu próprio pai, mas não achei que valesse a pena dizer isso a Sara.

Mais tarde, enquanto nadávamos, Sara me contou sobre o Cousin Jacks, um grupo de mineiros da Cornualha que passara algum tempo no Hotel dos Mineiros, em Cobalt, quando emigrara da Inglaterra, hospedando-se ali por algumas semanas antes de se espalhar pelas várias minas ao norte de Ontário ou instalando-se, algumas vezes, por um período mais longo, caso encontrasse emprego na cidade ou em suas proximidades. Seu pai afirmava que os hóspedes não mineiros do hotel — turistas e outros visitantes — eram postos para fora no meio da noite, se autênticos mineiros aparecessem e não houvesse nenhum quarto vago na hospedaria.

Isso me encantou, tanto por sua clara política relativa à irmandade dos mineiros quanto pela lealdade simples do proprietário para com sua clientela. Podia imaginar cansados vendedores e especuladores (em minha imaginação, todos eles se pareciam, de modo suspeito, com meu pai) escorregando na neve, com seus pijamas listrados, sob uma lua de inverno, enquanto homens usando chapéus com luzes e macacões deslizavam para as camas quentes, recém-abandonadas. Sabia que as coisas não se passavam exatamente assim, mas a idéia me fez rir e resolvi contá-la a Rockwell, em nosso próximo encontro, embora fosse pouco provável que eu creditasse essa história a Sara. Ainda não tínhamos falado sobre ela. Mas eu já lhe contara que Cobalt fora a cidade que fizera a fortuna repentina do meu pai capitalista. Sabia que ele se interessaria por isso.

— Sabe se seu pai esteve hospedado no Hotel dos Mineiros? — perguntei. Sara achava que sim, mas não podia dizer com certeza, pois isso seria antes de seu nascimento.

— Nós nos encontraremos lá — disse-lhe eu —, no início do próximo verão... vamos ver se nos põem para fora porque não somos mineiros.

Ela sorriu e mergulhou, afastando-se de mim, e nadou uma boa distância em direção a Burnt Island. Podia perceber que não acreditava em mim. Mas eu falava sério quanto a ir lá.

Na tarde seguinte, aproximei-me de uma parede do quarto de cima e escrevi "Encontro com Austin, no dia 6 de junho de 1933, no Hotel dos Mineiros", com grandes letras a carvão, na superfície gretada do reboco. Depois, puxei minha carteira e dei a Sara 10 dólares canadenses para a passagem de trem.

— Nunca estive em Cobalt — disse, olhando para o dinheiro em sua mão —, mas acho que ouvi dizer que o proprietário do hotel morreu.

— O hotel ainda está no mesmo lugar?

— Acho que sim.

— Então, vamos nos encontrar lá — eu disse. — Quero ver esse lugar lendário. Talvez a gente veja alguns Cousin Jacks.

— Não há tantos assim, atualmente. E o lugar fica a 400 quilômetros daqui.

— Desde que você me ensinou aquela canção, tive vontade ir até lá. — Peguei uma escova, fingi que regia um coro imaginário e entoei: — 'Ah, vamos cantar uma pequena melodia sobre Cobalt. Se você nunca morou lá, a culpa é sua'.

Sara não riu. Percebi, pela expressão do seu rosto, que ela pensava que eu me divertia à sua custa.

— Não foi você quem me disse que no fundo de todo buraco do mundo se pode encontrar alguém da Cornualha?

— Meu pai costumava dizer isso.

— Vamos nos encontrar lá — disse.

No mês de junho seguinte, apareci no Hotel dos Mineiros, tendo passado meus habituais dois dias com George em Davenport, antes de viajar para o norte. O trem ainda se aproximava da sombria cidadezinha mineira e senti uma imensa ambivalência; só quando o condutor gritou três vezes a palavra "Cobalt" e a estação pôde ser vista pelas janelas do vagão, foi que tirei minha bagagem da prateleira. Deixei minhas malas, minhas telas e o material de arte na pequena estação cor de vinho, pulei da plataforma, atravessei os trilhos e caminhei em direção ao hotel sem pintura e com vigas de madeira expostas que ficava do outro lado da via férrea. Algumas de suas janelas estavam acesas. Numa delas, pude ver uma mulher afastando-se da vista. Levei um ou dois minutos para perceber que era Sara; enquanto eu guardava minha bagagem, ela observara os passageiros saírem do trem e, não me vendo, concluiu que eu não estava entre eles.

Sara sorriu ao abrir a porta do quarto do hotel, mas ainda havia ansiedade em seus olhos. Cruzei o vão da porta e, em vez de abraçá-la, caminhei até a janela e olhei para o céu que escurecia. Quando tornei a me virar, ela estava sentada na beira da cama.

— Não sabia por quanto tempo esperar — disse ela. — Estou aqui há dois dias.

Só aí lembrei que prometera chegar ao hotel dois dias antes.

— Você e os mineiros.

— Eu e os mineiros. — Ela correu a mão pelo cabelo, um gesto com o qual eu estava familiarizado. — Vi alguns deles na hora do jantar, no refeitório.

Agora, lembro detalhadamente a cama simples, de metal, a pia no canto, a janela suja escorada para ficar aberta e deixar entrar no quarto um pouco do ar noturno, o som esmagador de um trem de passagem, interrompendo o que quer que Sara tentasse dizer, a tensão que ambos sentíamos, quando o barulho dominava a atmosfera.

— Achei que você não vinha — ela disse, quando o ruído diminuiu um pouco. — Ou que, de alguma forma, tinha havido um desencontro. — Atravessou o quarto em minha direção e encostou a face no meu peito. — Tive medo de ir embora e você vir e não me encontrar.

— Trabalhei como um louco nas últimas semanas — disse. — Na verdade, perdi a noção dos dias da semana. — Não lhe contei sobre Davenport, sobre a visita a George. — E, depois, claro, tive de me aprontar para viajar, pegar tudo de que precisava para vir até aqui.

Silêncio.

— Ou melhor, para ir a Silver Islet.

Naquele quarto, as roupas de Sara pareciam rotas e surradas, seu cabelo sem brilho, o rosto tenso. Entristeço-me agora ao me lembrar disso, mas pensei, por apenas um momento, que ela fora uma louca de chegar cedo demais, levando ao pé da letra o que eu dissera. Com o transcorrer do ano anterior, a idéia dessa excursão parecia cada vez mais um capricho tolo, nas poucas vezes em que cheguei a pensar a respeito. O que eu sentia ali, naquele quarto, 48 horas atrasado para nosso encontro, não era vergonha, mas antes uma vaga irritação por causa do meu sentimento de culpa. Tinha passado um inverno altamente atribulado. Quando saí de Nova York, quase não me importava se Sara me encontraria ou não em Cobalt. Tinha perdido, como acontecia todo inverno, minha ligação com o mundo dela, com o mundo do seu pai, e perdera também meu interesse por aquele desbotado hotel. No fim de maio, organizando meu material artístico, eu me convencia de que era atraído pelo norte por saber que ali, e apenas ali, era capaz de iniciar outro ano artístico que valesse a pena.

Através das paredes, aquela noite, ouvi os roncos dos mineiros, suas tosses e as molas das camas mudando de posição sob o peso deles. Sara disse que, no refeitório, à noite, o gerente do hotel caminhava pela sala entregando cartas de casa aos homens, e que ela, nas duas noites, pensou que podia haver um recado meu.

— Eu era a única mulher na sala — disse. — Nenhum dos homens ousava olhar em minha direção. Acho que estavam com pena de mim.

Disse que tive sentimentos de culpa? Não estou certo se essa é uma descrição exata da minha reação inicial. Só mais tarde entendi, ou talvez assim esperasse, que a irritação que eu sentia era causada, muito provavelmente, pelo despertar de minha consciência. Seja como for, enquanto Sara falava das duas noites em que estivera no refeitório, minha leve raiva começou a ser substituída por algo diferente, algo que só posso descrever como uma espécie de lascívia. Pouco antes de sair de Nova York, eu ficara uma tarde olhando para um quadro terminado, com Sara nua na cozinha de sua casa; e sentira, de repente, que faltava naquela pintura, como em todas as minhas pinturas de Sara, um toque mais sombrio. Refiro-me à emoção. Havia uma ausência, nessas pinturas, cuja natureza eu não conseguia identificar: o efeito delas era contido, calmo, quase sentimental. Depois, de forma inteiramente espontânea, decidi que era a calma dela, a calma da modelo, que precisava ser destruída. Ela era, tanto nas pinturas quanto na realidade, como um animal em repouso num *habitat* perfeito, um cervo numa floresta tranqüila. Não havia em seu rosto nem no corpo qualquer coisa da energia causada, digamos, pela captura numa armadilha. Mas eu não queria que minhas pinturas fossem meras reproduções de estados de graça.

Eu a ouvi falar, com seu modo controlado, sobre sua tristeza e vergonha diante daqueles decentes operários. A curiosidade deles, a comiseração que ela lhes inspirava. Sem dúvida sabiam — qualquer pessoa saberia — que esperava um homem, um homem que ainda não aparecera e talvez nunca aparecesse. Ainda que ela tivesse dito algo diferente ao gerente do hotel, ele e todos os seus hóspedes deviam saber que o homem que ela esperava não era seu marido. Sara ainda estava sob o efeito dessa situação humilhante, quando a despi e me deitei com ela, fazendo ranger as molas da cama.

Por que não levei Sara ao refeitório para o café na manhã seguinte? Não poderia proporcionar-lhe o conforto de mostrar aos homens do hotel que o amante esperado chegara, afinal? Em vez disso, fomos a uma lanchonete no alto do morro, onde comemos sanduíches de *bacon*. Como se eu tivesse planejado esse teste de resistência — e talvez, sob certos aspectos, fosse verdade —, fiz questão de não aliviar sua vergonha. Desejava desenhar essa vergonha estampada em seu rosto e em seu corpo, quando voltássemos para Silver Islet. Queria prolongá-la. Queria quebrar a calma de Sara, acrescentar dor à composição. O toque sombrio que eu estava tão certo de desejar entrara na expressão do seu rosto.

Ela não tornaria a confiar em mim por um longo, longo tempo. Acreditei que sua ligação comigo seria mais forte, como resultado de sua incerteza. E também me convenci de que tudo isso tornaria as pinturas melhores. Mas não era Sara que provocava o vazio do meu trabalho.

Quanto tempo terá ela permanecido na lembrança dos mineiros, imagino eu, a mulher loura vestida com simplicidade, sozinha a uma mesa? Haveria algum, entre eles, que tivesse guardado um quadro do seu rosto, dos seus olhos tristes? Ou sou eu, apenas, que retenho a imagem do constrangimento? Sem dúvida, ela se dirigiu ao refeitório porque não sabia como agir de outra maneira. Sentada numa sala repleta de homens que liam cartas de casa, uma sala cheia de mensagens recebidas, mensagens para todos, menos para ela, a comida esfriando no prato, a vergonha dificultando-lhe a ingestão, ela deve ter ouvido os trens passando pelo hotel, observando a fumaça de carvão descer através da luz do entardecer. E então, não agüentando mais, vejo-a enxugar a boca com o guardanapo, levantar-se, atravessar o refeitório com todos os olhos em cima dela e subir a escada em direção ao quarto vazio.

O que, pergunto-lhes eu, seria mais íntimo do que isso: a lembrança total de uma cena que nunca testemunhei, mas sobre a qual, não obstante, tinha perfeito controle?

Quando fiquei outra vez sozinho com Sara, na sala do andar de cima de sua casa de madeira, pintei-a com a cabeça de perfil e com as costas viradas para a parede sul. O lembrete a carvão que eu escrevera no ano anterior, borrado, mas legível, continuava no reboco.

Pintei na tela a parede e as palavras. Queria que a caligrafia do compromisso que eu não cumprira parecesse uma acusação saindo da boca de Sara.

Uma das minhas escalas em Davenport coincidiu com um fim de semana, mas, segundo George, sua amiga enfermeira não estaria na cidade, pois não tinha folga. Estávamos passando uma tarde de sábado tranqüila, no Salão da Louça. Havia chovido e poucos clientes foram à loja. George trabalhava num dos seus vasos, na extremidade do balcão; eu escrevia uma carta para Rockwell, sentado a uma mesinha do outro lado da loja. Devo ter rido sozinho porque, de forma bastante repentina, George pôs o pincel em cima do balcão e me perguntou o motivo de meu riso.

— Acabei de escrever uma coisa muito engraçada — eu disse.

George me olhou, expectantemente.

— É sobre Nova York — disse. — Apenas algo sobre um *marchand* de Nova York.

George tornou a pegar o pincel. Desde a guerra eu vinha notando que, algumas vezes, havia um leve tremor em sua mão direita. Naquele momento, parecia mais pronunciado. Ele pintava um tema delicado, que envolvia caules, espinhos e um caramanchão, e percebi que tinha problemas na execução.

— Bom — disse ele —, acho que não sei nada sobre essas coisas.

— Você não se interessaria — disse eu. — Política de arte.

George tornou a colocar o pincel em cima do balcão, massageou o pulso direito, depois recomeçou a pintar. Inclinou-se para mais perto do vaso. Agora, usava óculos quando trabalhava e vi que semicerrava os olhos atrás das lentes. Sem tirar os olhos da pintura, estendeu o braço para o pote onde estava o pincel, a mão agora tremendo visivelmente. Deixou de alcançar seu alvo, bateu de leve no pote e o esmalte derramou-se pelo balcão. Uma pequena torrente cor de alfazema pingava no chão.

Depois do acidente, ele não fez nenhum movimento para limpar nada. Em vez disso, fechou os olhos e ficou quieto durante vários instantes. A seguir, deixou cair o pincel, abriu os olhos, apoiou os cotovelos no balcão e olhou para suas mãos, mantendo-as a uns 30 centímetros de distância do rosto, com os dedos bem abertos. Agora, ambos os antebraços tremiam.

— Meu Deus — disse ele. — Ó Deus!

Ficou apenas sentado ali, olhando com atenção para suas mãos a se retorcerem incontrolavelmente diante dele, seu rosto empalidecendo. O tecido branco da manga de uma camisa tinha ficado cor de alfazema em torno do cotovelo. A tinta, ao cair gota a gota no chão, fazia um ruído de tiquetaque.

— Não posso... — disse George. — Não posso...

Eu não conseguia interpretar o que lhe acontecia.

— O que... — comecei a dizer, incapaz até de formular uma pergunta adequada. O pânico se espalhava por todas as células do meu corpo.

O torso de George começou a tremer, mas não com a mesma intensidade de suas mãos, cujos dedos agora se contorciam espasmodicamente.

— Não posso — ele continuava a dizer. — Não posso.

Alguns objetos em cima do balcão começaram a chacoalhar. George empurrara seu banco contra a parede atrás dele, onde as xícaras e os pires nas prateleiras agora tilintavam de leve.

— O que é isso? Qual é o problema?

Em meu peito, o coração martelava. Deixei transparecer uma sensação de náusea, mas não desviei a vista. Podia ver que os dentes de George castanholavam. Era como se ele experimentasse seu próprio terremoto particular.

De repente, descobri-me do outro lado da sala, segurando ambas as suas mãos nas minhas. Qualquer pessoa que olhasse para dentro pensaria que estávamos envolvidos numa forma absurda de queda-de-braço.

— Pare! — gritava.

O rosto dele estava tão próximo do meu que eu podia ver seus poros.

— Não posso — sussurrou ele. Mas os tremores diminuíam.

— Pare — disse eu, num tom mais calmo, meus próprios batimentos cardíacos começando a serenar.

— Continue segurando minhas mãos — disse George. — Continue segurando minhas mãos.

Mais tarde, quando recuperou o controle, ele me agradeceu, como se minhas ações fossem de uma bondade intencional.

— É a guerra — disse, à guisa de explicação, embora eu não fizesse uma só pergunta. — Isso acontece, às vezes.

Eu tinha pensado em epilepsia, infarto. A guerra terminara havia pelo menos 10 anos.

Sem querer me deter no que ocorrera, voltei para minha carta e comecei a reler o que escrevera. Vi, então, que o tom era mesquinho, cínico. Não havia nada divertido ali.

Depois disso, começou um período de cerca de um ano durante o qual George me escreveu várias longas cartas sobre sua amiga Augusta. Era como se tentasse explicar sua ligação não tanto a mim, mas a si mesmo. Adorava a idéia de que ela crescera a menos de 20 quilômetros de distância dele, de que ela vivera numa fazenda, fora criada num mundo de campos e vilas. Escreveu que queria recuperar nela tudo o que fora levado a florescer nessa vida. As coisas em torno dela que haviam sido quase eliminadas pela guerra. Seria ele bem-sucedido, imagino eu, sequer por um momento? Em seu amor por ele, terá ela deixado que ele acreditasse em seu sucesso quando de fato o oposto era verdadeiro? Afinal, eles eram, de tantas maneiras, lembretes mútuos da guerra, tendo ambos visto os resultados dos combates, tendo partilhado — embora apenas brevemente — a enfermaria de Étaples. Mesmo assim, no imutável Salão da Louça de George e durante as visitas dela, vinda da cidade, eles talvez acreditassem que esse restabelecimento era possível. Algumas vezes, seguiam de automóvel pelas poeirentas estradas rurais, passando por pequenas igrejas e prédios escolares de tijolos expostos. De vez em quando, visitavam a vila de Augusta para comparecer a casamentos ou funerais e, com muita freqüência, faziam uma refeição dominical com a mãe de Augusta, agora solitária.

Anos depois, Augusta me contou que suas mais vívidas lembranças da fazenda eram as dos infreqüentes dias de completo silêncio em sua casa.

— Quando ficamos mais velhos — disse —, meus irmãos e eu podíamos faltar às primeiras semanas de aulas por causa da colheita. Considerávamos isso um prazer imenso, embora trabalhássemos mais duro do que em qualquer ocasião na escola.

O início de setembro era, muitas vezes, o período mais quente do ano; o sol do outono ardendo terra adentro; regatos e rios a diminuírem de tamanho. Os rapazes ficavam nos campos do amanhecer até o anoitecer, e a mãe de Augusta ocupava-se com a grande horta para fins comerciais, do outro lado da vereda, de modo que ela, a única filha, era deixada sozinha dentro da casa para limpar a cozinha e os quartos.

Os quatro rapazes mais velhos dormiam no "quarto norte", como o chamava a família, que ficava no alto da escada. Situado sobre a cozinha e a sala de visitas, era o maior espaço da casa, compreendendo quatro janelas e uma chaminé que parecia uma serpente, pois se elevava do fogão a lenha da cozinha, entrava no quarto através do piso, viajava pelo teto, perfurava a parede acima da moldura da porta e continuava pelo corredor. Esse monstro distribuía no inverno uma quantidade surpreendente de calor, mas parecia frio, inútil, desajeitado, numa estação quente.

Toda manhã, durante a colheita, Augusta empurrava um carrinho de criança, carregado de jarras de cerâmica com água, até os campos dourados e luxuriantes com o cereal maduro, ou transformados em florestas de altos pés de milho. Enquanto enchiam os copos, seus irmãos falavam-lhe algumas vezes do trabalho, diziam se ia bem, e isto lhe agradava. Depois, ela se afastava caminhando, passava pelo lugar onde ficava sua quase esquecida casa de neve, voltava para sua casa e subia a escada, a fim de varrer o chão, tirar as teias de aranha que se formavam da noite para o dia na chaminé e fazer as camas no quarto norte.

Mesmo ainda não sendo 10 horas da manhã, o calor muitas vezes era terrível, o quarto ficava manchado de amarelo pelo sol que batia nas persianas fechadas. Havia em toda parte evidências de atividade, tornando a ausência e a quietude ainda mais profundas. Moscas bêbadas de sol zumbiam vez por outra nos cantos da janela, mas, afora isso, contou-me Augusta, o silêncio era quase palpável.

O quarto era um monumento à animação. Cada cama que Augusta endireitava parecia ter sido local de uma briga, cada roupa que ela erguia do chão era visivelmente algo que, momentos antes, estivera cheio de energia e movimento; algo morto recentemente. Um langor agradável começava a envolvê-la, enquanto se movimentava vagarosamente através do piso, curvando-se, alisando, às vezes espreguiçando-se, ao pendurar macacões atirados ao chão num gancho ou prego na parede. As moscas continuavam a zumbir preguiçosamente, no calor. O cheiro de suor — o dela, o de seus irmãos — estava sempre presente. Vez por outra, Augusta se descobria em pé, inteiramente imóvel, com uma fronha ou uma camisa enrolada, formando uma bola, perto do seu estômago. Não conseguia nunca lembrar o que pensava.

Aquela era a época do ano na qual os rapazes se tornavam particularmente esplêndidos. Suas peles amorenavam-se, os cabelos embranqueciam com o sol. Augusta disse que eles lhe pareciam apóstolos, ou os musculosos anjos masculinos dos quais lembrava, dos seus cartões da escola dominical. Acalmados pelo trabalho, tornavam-se gentis, quietos, agradecidos, na hora do jantar. Augusta não podia jamais entender como ela, uma menina com um cabelo tão escuro, podia ser irmã de rapazes tão louros. Mas o sangue que eles todos partilhavam era o rio central de sua vida. Adorava-os.

Durante as noites do início do outono de 1913, enquanto George e eu dançávamos no pavilhão, a 20 quilômetros de distância, alguns dos rapazes se dirigiam para a cidade e Augusta e Fred ficavam sentados perto da janela aberta da cozinha para pegar a brisa da noite. Augusta costurava e Fred passava manteiga, cuidadosamente, nos biscoitos achatados de aveia feitos pela mãe deles, lendo, entre mordidas, trechos do *A grande exposição mundial de civilização*. Quando encontrava algo que sabia que faria Augusta rir, ele a lia para ela em voz alta. *Descobertas psicológicas nas verduras* era uma seção popular ("As plantas podem pensar!"), da mesma forma como o capítulo sobre o grande túnel do metrô, debaixo da cidade de Nova York, ou as ilustrações e instruções sobre espionagem através de pipas. Fred estava interessado na seção *Carreiras domésticas*, interessado na criação de bichos-da-seda ou rãs. De todos os meninos, era o mais acanhado, tímido demais para ir à cidade à noite, em busca de garotas.

— As poucas garotas que chegou a conhecer — contou-me Augusta — precisavam procurá-lo e quase impor-se à sua atenção.

Enquanto ela me falava sobre o tempo da colheita na fazenda de sua infância, duas imagens de Augusta como mulher muito jovem apareceram repetidamente em minha cabeça. Numa delas, ela empurrava um carrinho cheio de jarras de faiança, em direção a um campo vazio; na outra, sacudia roupas empoeiradas e tapetes trançados, das janelas de um quarto ao norte. Em ambas, ela parecia participar de um estranho ritual de despedida.

— Não cheguei a ver o fim da colheita de 1913 — informou-me Augusta — e nunca mais estive em casa no tempo da colheita.

A certa altura, durante o inverno anterior, o pai anunciara que, tendo ela terminado seu período escolar, quatro possibilidades lhe estavam abertas.

— Quatro possibilidades — dissera ele, erguendo os dedos da mão esquerda —, casamento, ensino, enfermagem e, como estes são tempos modernos, estenografia.

Como alguns dos seus irmãos estavam com problemas na escola, Augusta passou o resto do inverno a testar suas habilidades pedagógicas, forçando alguns dos meninos mais novos a se concentrarem, depois do jantar, numa série muito pouco interessante, segundo ela lembrava, de exercícios de soletração e leitura. O tema da maioria dos poemas que ofereciam aos meninos para ler na escola, e de todos os poemas que lhes exigiam que decorassem, era a fidelidade à terra natal. Anos depois, Augusta sonharia com aquela noite na cozinha, a neve caindo do lado de fora da janela e os rapazes, com os olhos vidrados de tédio, a recitarem:

> "Inglaterra, Inglaterra, Inglaterra,
> Onde quer que bata um verdadeiro coração,
> Onde quer que fluam os rios da amizade,
> Onde quer que soem os clarins da conquista,
> Onde quer que cresçam as glórias da liberdade,
> Esse é o nome que o mundo repete."

No sonho, ela tentava advertir seus irmãos, mas eles se comportavam como se ela não estivesse ali, como se sua voz não os alcançasse. Ela sempre acordava chorando.

Mas, tentando ser a professora deles, ela só sentiu tédio, o seu e o dos seus irmãos, e percebeu que não poderia dedicar sua vida à transmissão de um trabalho de memória. No início do outono de 1913, inscreveu-se na Escola de Enfermagem do Hospital Geral de Toronto.

Como acontecera com George, passei a amar o passado de

Augusta. Gosto de pensar nela em criança, uma criança talvez com 11 ou 12 anos, pouco antes de sua rápida fase de brincadeiras ser substituída por uma condição adulta obrigatória. Gosto de pensar nela sentada no cemitério de sua vila, cercada de crianças, aldeães e fazendeiros, no Dia das Vítimas da Guerra. Certa vez, George escreveu-me sobre esse evento anual, após participar da cerimônia com Augusta, que colocara flores no túmulo do seu pai e uma coroa no monumento às vítimas. O serviço religioso realizou-se no cemitério, num domingo de junho, quando começava a floração, e os botões e folhas brotavam. Várias carroças foram utilizadas para trazer o órgão da igreja, cadeiras do salão da paróquia e bancos da escola dominical. Em seguida, todos esses móveis de interior foram arrumados entre os túmulos, no gramado.

O cemitério em si, como o vejo, seria cheio de modestas pedras brancas, rodeado por uma cerca branca, e não haveria nem desfiladeiros profundos nem mausoléus nem um clima terrível. Haveria sombra suficiente para o conforto, mas não a ponto de escurecer a atmosfera. As mulheres usariam vestidos coloridos e haveria chapéus na cabeça de todos, sapatos brancos nos pés de todos. Uma brisa a acariciar os pinheiros, flores recentes no gramado, um hino animador tocado pelo órgão. Canção. Gosto de pensar em Augusta ali, no Dia das Vítimas da Guerra, num dia quente de junho, os túmulos dos seus ancestrais adequadamente enfeitados, seus cartões da escola dominical numa pequena bolsa de crochê, fitas em seu cabelo, quando a guerra ainda não era sequer um boato. Gosto de pensar num dia como esse: as amadas colinas de Northumberland de George ondulando em todas as direções, as árvores escuras do matagal descendo compactamente do norte em direção a esse maravilhoso refinamento, a essa decência.

— Nunca mais estive em casa no tempo da colheita — disse Augusta. — Matriculei-me na Escola de Enfermagem do Hospital Geral de Toronto e então, alguns anos depois, apresentei-me como voluntária para a guerra.

Para além das janelas do Salão da Louça, um oceano de neve revolvia-se à luz dos postes.

— E os rapazes? — perguntei.

Augusta ficou em silêncio durante um bom tempo. Comecei a pensar que não responderia. Talvez nunca fosse me dizer o que acontecera com seus irmãos.

— Alguns — disse, afinal, — eram jovens demais para a guerra.

Agora, sei que poderia ter conversado com George. Poderia dizer-lhe quase tudo. Deveria, por exemplo, ter-lhe contado sobre Sara. Mas não o fiz. Lembro-me de que, quando ele me revelou seu relacionamento com Augusta, acreditei que não tinha nada parecido para confidenciar, apesar de estar pintando Sara havia cinco verões, naquele momento. E também, tendo assimilado a fundo, anos antes, a advertência de Robert Henri sobre privacidade, permaneci teimosamente aferrado ao período de escuta e coleta da minha vida, mantendo minhas atividades tão brilhantemente compartimentalizadas que era solicitado a revelar muito pouco de mim a qualquer pessoa, pouco além de uma ladainha superficial das minhas questionáveis realizações. As correntes mais profundas do mundo, quando eu tinha sorte suficiente para deparar com elas, existiam, acreditava eu, naquele tempo, para serem examinadas por mim e, depois, usadas em minha arte para meu avanço próprio.

Após o que aconteceu numa noite de inverno, em 1937, controlar as coisas, ordená-las, tornou-se insustentável. Removi meu perigoso eu do tráfico inocente da humanidade e comecei a olhar para dentro de mim mesmo.

Desde então, nada tomei do mundo.

Agora que estou velho e não existe nem a oportunidade nem o desejo de mudar o padrão da minha vida, sou forçado a admitir para mim mesmo o quanto minha experiência foi de segunda mão. Penso constantemente nos outros: nos que conheci e que se meteram em guerras e em casos de amor, e naqueles que, ao contrário de mim, deixaram-se destruir pela paixão. George, Rockwell, Augusta, Sara. Não posso esquecer que se aproximaram sorrateiramente de mim e, como comerciantes desdobrando lenços de seda em tampos de mesa, foram exibindo à minha frente sucessivas narrativas coloridas. Não posso esquecer que tornaram a empurrar para dentro dos seus próprios corações o conhecimento que tinham do mundo e escapuliram do meu campo visual, de repente mais interessados na morte, na fama ou no Ártico. Todos, menos Sara, que ficaria, eu acho. Mas, quem pode jamais saber dessas coisas? E talvez eu esteja sendo injusto. Não posso negar que, freqüentemente, meu interesse maior era em minha própria fama e em meu próprio Ártico interior. Incapaz, até agora, de alcançar a concentração necessária para informar verbalmente minhas lembranças a quem quer que seja, todas as minhas energias foram para o passado, para exorcizar fantasmas, eliminar a consciência.

Dizem que, na velhice, a memória duradoura se torna vívida, perfura com seu punho a pele do presente, insiste em ser ouvida, vista, sentida. George e Augusta trazem consigo suas paisagens interiores para essas minhas brancas salas, e sinto suas dores e ternuras, seus ressentimentos e ansiedades de uma maneira como nunca experimentei minhas próprias emoções. Mas como é atravancado e pouco nítido esse olhar retrospectivo; todos aqueles campos estrangeiros, os combates, essa coleção de porcelana. Vistas de rochedos e de árvores, montes e rios. Mal distingo, entre as imagens, as que são minhas e as que tomei dos outros, plenamente desenvolvidas, como também não sei se, em última análise, existe alguma diferença entre umas e outras.

Essa é a incerteza em que fiquei. Essa é a verdadeira herança.

A Sra. Boyle está muito impressionada com as cenas e paisagens tão cuidadosamente representadas da minha pintura de base, como me disse esta manhã mesmo, quando a descobri em pé, com as mãos nos quadris, olhando com atenção para meu mais recente trabalho em andamento.

— Este lado é simplesmente lindo — disse ela, apontando um espanador na direção da área menos terminada da pintura. — Tenho a impressão de que, se tocasse naquela água, ficaria com os dedos molhados, de tão real que é.

— A senhora ficaria mesmo com os dedos molhados — disse-lhe eu. — A pintura ainda não está seca.

— Sabe muito bem o que quero dizer — declarou ela. — Mas será que o senhor pode me dizer o que fez com aquelas maravilhosas pedras, que passou o mês inteiro se matando para pintar, a qualquer hora do dia ou da noite, uma por uma? Lambuzou tudo de tal modo que não se pode mais saber o que são.

— Sra. Boyle — disse, fingindo tanto gratidão quanto surpresa —, eu não sabia que a senhora se interessava por essas coisas. Está virando uma verdadeira crítica de arte.

— Ah, não sou nenhuma crítica de arte — disse ela —, mas sei quando o senhor está com problemas. Quando isso acontece, começa a lambuzar tudo e, depois, chama não sei que caminhão para vir aqui e levar as pinturas.

— Aquele caminhão, Sra. Boyle, vem da galeria de arte, em Nova York.

Ela me olhou com grande ceticismo.

— O senhor não me faz de tola, não — disse. Depois, declarou-me algo muito estranho: — Gosto muito de lugares. Por isso é que gosto tanto de suas pinturas, antes que o senhor borre tudo. Sempre rezo por meus três lugares mais especiais — Cappangrown e Mastergeeha, na Irlanda, e a casinha na Rua David.

— Não sei o que a senhora espera alcançar, rezando por um lugar.

Eu estava genuinamente surpreso.

— A fazenda em Kerry foi onde cresci, a fazenda que tivemos de deixar quando viemos para cá, e a casinha nós temos agora. Toda noite, rezo por esses lugares.

— Bom, acho que deveria rezar por esta casa, então, e não por seu proprietário.

A Sra. Boyle olhou em torno, constrangida.

— Quem rezaria por um enorme celeiro frio, como este lugar? — disse. — Desculpe — acrescentou, como se eu pudesse ficar magoado com sua declaração. A seguir, deu-me o seguinte conselho: — Se o senhor deixasse os lugares que pinta como estão quando termina, com as lindas árvores, água, pessoas e casas, então seria ótimo. Mas, depois, o senhor sempre volta e suja tudo, estraga as pinturas. Se deixasse sem mexer, seriam os quadros mais maravilhosos do mundo.

Eu raramente terminava pinturas, quando estava em Silver Islet Landing; meu tempo era ocupado sobretudo desenhando e fazendo esboços a óleo. Mas, cada verão, eu começava três ou quatro grandes telas figurativas, que mandava de navio para Nova York, poucos dias antes do fim da estação. Agora, não consigo lembrar para onde podem ter ido essas pinturas, após terminadas, expostas e vendidas. Colecionadores. Galerias. Se eu soubesse e tivesse a coragem, poderia viajar para olhar algumas delas, para olhar Sara. Acho estranho demais, agora, eu ter passado todos aqueles invernos longe dela, colorindo meticulosamente sua carne, sem desejar nem uma vez sequer saber o que estaria fazendo, como se durante os meses frios ela cessasse de existir, a não ser na tela, como se virasse meramente uma composição. E eu, o que me tornava para ela? Um fantasma, talvez, uma figura envolta em sombras. Por que permitiria ela que eu entrasse, um verão após outro, apresentando-me seu rosto acolhedor, exposto? Penso agora na vida que ela escolheu, o isolamento, o imenso lago pulsando a apenas alguns passos da porta de sua casa, o mundo que ela conhecera na infância diminuindo e, depois, desaparecendo para sempre, com a morte de seu pai. Penso nela atravessando a dureza, a solidão daqueles invernos, em que vivia com os salários obtidos no verão. Uma vez, perguntei-lhe como se ajeitava, pensando que poderia contribuir com alguma coisa, se ela precisasse. Ela me olhou com aquela sua expressão franca e disse que armazenava o que conseguia no verão, preparando-se para a inevitável volta do inverno. Tive consciência de que ela se referia a mais do que dinheiro, mas deixei passar sem comentários.

— Você e a raposa — eu disse.

— Eu e a raposa — ela respondeu.

Nada na voz dela sugeria que sentisse, algum dia, piedade de si mesma; era orgulhosa demais para isso. Havia uma espécie de dignidade, de majestade, nos ritmos de sua vida e acho que, de uma maneira profunda, ela estava consciente disso. Insistia em que jamais era verdadeiramente infeliz, no inverno.

— A escolha foi minha — dizia. — Eu poderia ir para algum outro lugar, se quisesse, mas escolhi isso. Nunca lhe ocorreu?

Não ocorrera. Estava tão envolvido na tentativa de dirigir minha própria vida, meu próprio trabalho, que dava como certo que os outros fossem, necessariamente, vítimas das circunstâncias.

Tinha aprendido que, se tirássemos a nós mesmos do tema e se, ao trabalharmos numa pintura, usássemos uma combinação de esboços e de memória, seria mais provável colocarmos nela nossos verdadeiros sentimentos. Que eu tirava a mim mesmo do tema, isto está fora de questão. Mas será que, algum dia, coloquei meus verdadeiros sentimentos no trabalho? Poderia ver algum indício deles agora, se olhasse para um dos retratos de Sara? Será que reconheceria minhas emoções, se lá estivessem? Ora, e quais seriam?

E como pareceria eu a Sara? O que veria ela ao me olhar?

Um homem apaixonado pela ordem sufocante que impusera à sua própria vida.

— Que o senhor consiga o que deseja — me diz sempre a Sra. Boyle, ao terminar seu dia de trabalho e se preparar para deixar a casa. — Que o senhor consiga o que deseja e que seja o que pretendia.

O problema, como comecei a acreditar, já próximo do final da minha ligação com o realismo, era que eu perdera de vista o necessário intervalo no plano da pintura, a pausa visual que ocorria de forma inteiramente natural enquanto eu ainda trabalhava com paisagem, com a inter-relação espacial da forma representada. Havia sempre uma pausa no detalhe dos rochedos, digamos, ou da folhagem, um espaço desimpedido que se impunha a partir da distância, de algo grande e impossível de medir, como céu ou água.

Agora, quando pintava Sara, ela enchia o plano do quadro, seu corpo derramando-se para a frente como se estivesse prestes a se separar da superfície da pintura e a abraçar alguém. Arrastava atrás de si a luz das tardes de verão do norte. O rosto se mostrava acolhedor, exposto, como se ela estivesse prestes a lhe dizer que existe uma fonte de luz aí onde você se encontra, que existe um mundo além dessa pintura. Mas, mesmo assim, o brilho jorrava do seu corpo, do seu eu, para dentro da vida do observador. Era inexorável. Não havia pausa escura, espaço negativo algum.

Achei que isso era um erro. Acreditava em distância, acreditava em recuar ante o quadro para vê-lo melhor. Acreditava que ninguém deveria jamais sentir-se emboscado pelo tema de uma pintura.

Eis algo que Augusta me contou sobre a guerra, aquela noite no Salão da Louça.

Havia sempre um vento ameno do mar em torno do Hospital Canadense Número Um, em Étaples, disse ela. Um vento ameno do mar, mesmo quando havia nevoeiro, de modo que ela não conseguia entender por que persistia o tom cinzento, por que não era, simplesmente, soprado para longe. Nos dias claros, as dunas mudavam constantemente, conforme a posição do sol. Certa vez, quando ela estava sentada nos degraus do fundo de uma das enfermarias, observou uma maré vermelha subir por um distante monte de areia — papoulas em sua primeira floração, sob o toque da luz do dia. Era o amanhecer, após uma longa noite durante a qual ela anestesiara cinco soldados, por amputações. Dois tinham morrido. As papoulas pareciam uma mancha na encosta, disse ela, pareciam sangue.

Atrás da colina havia um imenso semicírculo de areia, tendo na base um grande espaço plano que mantinha teimosamente sua forma, apesar da inconstância das dunas circundantes. Os franceses o chamavam de anfiteatro e afirmavam que estava naquele lugar desde o tempo dos romanos. Era ali que o pessoal do hospital jogava beisebol e futebol e realizava as celebrações do Dia do *Dominion*, em 1º de julho, encenando peças humorísticas e entoando cânticos sobre um país que Augusta mal lembrava, pois o mundo do hospital se tornara a única nação com a qual sentia ter algum compromisso de fidelidade. Seria ali, numa etapa posterior da guerra, que ela conheceria Maggie.

Nada era fixo ou permanente naquela geografia, disse Augusta. O vento chegava do mar e mudava a forma das dunas, que rodeavam o hospital e os acampamentos da base. Soldados partiam para as trincheiras e voltavam em pedaços, nos compridos trens hospitalares, que despejavam sua carga nas enfermarias. Os homens eram tratados. Alguns morriam, outros eram levados para a Inglaterra ou o Canadá, dependendo dos seus ferimentos. Muitos eram remendados e enviados de volta para o *front*. O pessoal médico também era, muitas vezes, destacado para novas localizações: um solar rural na Inglaterra, um grande hotel ou uma praia deserta, algo inimaginável na Itália ou na Grécia. Os encontros eram rápidos; brutais ou ternos, desapareciam como sonhos pela manhã. Certa vez, o Rei visitou as enfermarias do hospital e foi esquecido no dia seguinte, outro rosto num mar sempre em movimento de rostos masculinos. Os aviadores jogavam mensagens dos aviões para enfermeiras que haviam saído de Étaples meses antes. "Se Deus e os hunos quiserem", dizia uma das cartas, "algum dia tornaremos a nos encontrar."

Quando conheceu Maggie, Augusta estava no Hospital Canadense Número Um há mais tempo do que a maioria, um ano inteiro. Antes disso, houvera Salonica, depois Kent, depois Boulogne. Guardava lembranças estranhas de cada posto, lembranças na maioria referentes à sua própria pessoa, como se seu corpo fosse o fornecedor das únicas informações confiáveis. Tinha tirado piolhos do seu cabelo em Salonica, recuperara-se de difteria em Boulogne e fora ali, em Étaples, que furara o próprio braço com uma agulha para combater o cansaço. Só uma vez, sussurrou para si mesma, só uma ou duas vezes, disse, lembrando a maré de calma, de conforto, que se seguiu à injeção.

No fim de novembro de 1917, Augusta começou a visitar, com a maior freqüência possível, o anfiteatro enterrado nas dunas. Havia poucas horas de luz do dia naquela estação, e a chuva era quase incessante, mas nada disso importava para ela. O clima não a detinha, o trabalho, algumas vezes, sim; mas, mesmo quando chegavam do *front* feridos aos montes, ela roubava, freqüentemente, uma meia hora do serviço — algumas vezes, no meio da noite — para escalar os morros de areia atrás do hospital e se sentar ali por alguns instantes, junto dos pinheiros anões que se agarravam à beirada da crista circular. O anfiteatro estava definitivamente ali, decidiu ela, dormia debaixo da areia. Estaria sempre ali; tinha de estar. Ela não sentia nenhuma vontade de desenterrá-lo, nenhuma vontade de provar nada. A forma por ele traçada na areia que protegia o território da arena, abaixo, e sua própria convicção proporcionavam uma certeza maior do que qualquer outra experimentada por ela nos últimos tempos, em qualquer lugar. Sua constância a confortava.

Fred fora dado como desaparecido em Passchendaele. Mesmo quanto à morte não havia certeza, embora Deus fosse testemunha de que Augusta já a vira perto dos rostos de jovens em número suficiente para acreditar em sua fatalidade. Todo dia, acordava nos aposentos das enfermeiras e sussurrava, repetidas vezes:

— Fred está morto, não, Fred não está morto.

Fazia três anos que não via seu irmão. Quando tentava lembrar a forma dos seus olhos, de suas mãos, eles se confundiam com as mãos e os olhos de milhares de homens sobre cujas camas ela se curvara, debaixo dos tetos ondulados das tendas ou junto às frias paredes de madeira das cabanas. No início da guerra, quando lhe disseram que seu irmão Charlie morrera de meningite no campo de treinamento em Salisbury, ela sonhara com ele todas as noites, durante meses, e acordara soluçando todas as manhãs. Mas não conseguia lembrar o rosto de Fred, ouvir sua risada tranqüila. Como seus sonhos, agora, eram todos nas enfermarias, estavam cheios, em vez disso, de cobertores cinzentos e roupa de cama suja. Seu cérebro parecia incapaz de jogar com outras imagens. Fred estava morto. Fred não estava morto. O anfiteatro ficaria ali, decidiu ela, debaixo da areia. Para sempre.

Caminhava até aquele lugar sempre que podia, atravessando tempestades de areia, trovoadas, borrascas de neve. Em fevereiro de 1918, o clima estava inusitadamente claro e calmo; o hospital em si, quando ela se virava para olhá-lo, lá atrás, aparecia nessa claridade quase permanente, cabanas agora substituindo quase todas as tendas originais. Era, refletiu Augusta, como se uma tribo de nômades que vivessem da caça e da coleta de frutas tivesse evoluído para uma sociedade agrária fixa — a não ser pelo fato de que nada cresceria naquelas dunas, a população mudava constantemente e a civilização, em sua solidez de pedra, ainda dormia sob a superfície, vários metros abaixo.

Março era a época dos mais desnorteantes nevoeiros, tão densos que eliminavam as vistas das janelas das enfermarias. Mas, a essa altura, Augusta poderia caminhar até o anfiteatro até dormindo, pois percorrera com muita freqüência aquela trilha. Gostava da indeterminação característica daqueles dias cinzentos, gostava do som dos trens que não podia ver, chacoalhando na ponte que cruzava o rio Canche, e das vozes esporádicas que lhe chegavam do hospital, abaixo; ou, por contraste, da ausência absoluta de ruído, a não ser o vento do mar, que deveria ter desfeito o nevoeiro.

Foi no início de março, no meio de um nevoeiro particularmente denso, e depois de ter ficado sentada por uns 20 minutos na areia em declive, que Augusta tomou consciência de sons pouco familiares — algo arranhava, agitava-se de leve — em alguma parte bem próxima do anfiteatro. Ela endireitou a espinha e escutou com mais atenção. Depois, tornou a relaxar.

— Pássaros — disse.

Contou-me que falava muitas vezes em voz alta, quando estava sozinha no anfiteatro, pois gostava do som tranqüilizante de sua própria voz, quando não se dirigia a ninguém a não ser a ela mesma.

— Pássaros — repetiu. — Pássaros no nevoeiro.

A voz da moça a surpreendeu.

— Alô — disse. — Alô, onde é que você está?

Augusta não respondeu imediatamente. Estava um pouco aturdida pelo que sentia como uma invasão de seu território exclusivo. Não tendo nunca encontrado ninguém ali nas dunas, a não ser em acontecimentos planejados, não tinha bem certeza se a voz se dirigia a ela.

— Aqui — disse, finalmente. — Estou aqui, perto dos pinheiros.

— Não posso ver você — disse a voz. — Então, não pare de falar, até eu a encontrar.

Um comando. Augusta engoliu em seco, depois fez uma pausa.

— O que devo dizer? — perguntou.

— Cante a *Marseillaise*.

Uma risada trocista.

— Então, *The Maple Leaf Forever*.*

— Não — disse Augusta. — Não agüento isso. Não existe nenhuma folha de bordo eterna.

— 'O cardo, o trevo e a rosa entrelaçados... a folha de bordo para sempre'. — A voz da moça agora estava forte e clara.

— Não suporto canções que falam de heróis destemidos — disse Augusta. Pensou por um instante. — 'Em dias de antanho, da costa britânica veio o destemido herói Wolfe' — cantou ela, lembrando que, junto com seus 20 colegas, entoava essa canção patriótica canadense na escola da vila, sempre que havia quadros vivos ou peças natalinas. Quantas daquelas crianças não estariam mortas, agora, ou feridas? — 'E plantou a firme bandeira da Grã-Bretanha no belo domínio do Canadá' — continuou ela, lembrando-se das palavras coloniais repentinamente antiquadas. — Mas que tolice! — acrescentou, embora falasse mais para si mesma.

— *Britannia est magna insula* — disse a voz. Um intervalo, então. — Mas isso não é verdade, não acha? Problemas em excesso por causa de um lugar tão pequeno.

* Literalmente, "A folha de bordo para sempre". (N. T.)

— Problemas — disse Augusta, amargamente. — Sim.

— Quase posso ver você. — A moça surgiu do nevoeiro. — Aí está, agora posso vê-la. — Sorriu. Um sorriso resplandecente.

A moça era magra, com um cabelo extremamente claro; e, decidiu Augusta, muito bonita, com uma beleza frágil. Tirara seu véu de enfermeira, provavelmente ao começar a caminhar pelas dunas, e agora, por causa do vento, ele parecia um grande pássaro branco adejando na extremidade de sua mão. Ela ficou ali em pé, olhando para Augusta, abaixo, e enrolando o pano branco repetidas vezes em torno do seu pulso, como se fosse uma atadura. Então, bruscamente, sentou-se na areia.

— Sou Maggie Pierce.

Augusta pensava, eu a conheço.

— Augusta Moffat — disse. E depois: — Já não vi você em algum lugar?

— Talvez, mas provavelmente não. Estou aqui há apenas dois dias... transferida de Boulogne. Mas eu a vi, de longe. Você vinha para cá, quando cheguei. Pensei: Para onde quer que ela vá... longe do hospital... será o lugar perfeito para eu escrever minhas cartas. — Colocou a mão em cima de um maço de papel de cartas azul-claro, dobrado e enfiado na parte de dentro do seu cinto. — Gosto de escrevê-las aqui fora.

O que Augusta achara que eram pássaros não passava do som de uma moça tentando escrever uma carta ao ar livre, sob uma forte ventania.

— Não acabei esta — disse a moça, tocando outra vez o papel, com seus compridos dedos brancos. — É difícil achar tempo para acabá-las. Às vezes, escrevo no escuro, depois que as luzes se apagam. Já tentou escrever sem olhar? Ficaria surpresa; a escrita sai tão arrumada e certa como sempre.

Naquele momento, ocorreu a Augusta que havia anos não escrevia uma carta de verdade. Nada, a não ser cartões-postais para sua mãe, com uma série de mensagens parecidas: Estou ótima. Trabalhamos duro. Faz frio e chove.

— Para quem você escreve? — perguntou.

— Para Peter — disse a moça. — Um rapaz muito irritante. A maior parte do tempo estou muito zangada com ele. Algumas vezes, escrevo para lhe dizer o motivo. Outras vezes, conto o que me aconteceu durante o dia. Já descrevi este lugar para ele... o rio, o mar e as dunas. Ele se interessaria pelo rio. Gostava de pescar, mas não permitia nunca que eu fosse junto. Isso também me deixava zangada.

Augusta lembrou-se de que Fred gostava de pescar. Todos os seus irmãos gostavam, mas Fred especialmente, por causa da tranqüilidade. Tentou visualizá-lo entrando na cozinha, com três ou quatro trutas pescadas no regato. Podia ver os peixes, a cozinha, mas não podia ver o rosto de Fred. O nevoeiro cedera um pouco, proporcionando-lhe uma visão melhor de Maggie, embora ela ainda parecesse exageradamente frágil e pálida. Augusta ficou um pouquinho constrangida por ter feito uma pergunta tão pessoal à sua nova amiga.

— Nunca sei para onde ele foi destacado — continuou Maggie — e ele se recusa a me contar. — Tocou novamente o papel azul em sua cintura, como se quisesse assegurar-se de que não fora soprado para longe, depois tornou a enrolar em torno do seu pulso o véu que se desdobrara ao vento. — Não paro de lhe perguntar onde está, e ele não me diz. Nunca foi muito falador, mas isso é ridículo.

— Mas ele não pode contar a você onde está sua companhia — disse Augusta. — Seria censurado, de qualquer modo, se lhe dissesse.

Maggie olhou diretamente para o nevoeiro.

— Nós nos conhecemos desde crianças — disse, com determinação na voz. — Vou continuar a escrever, até ele me contar. Algumas vezes, fico acordada a noite inteira, escrevendo.

— Você devia dormir — disse Augusta, com um suspiro. Só Deus sabe como há pouco tempo para isso.

Maggie desenrolou vagarosamente o véu do seu braço, ergueu-o até seu rosto e explodiu em prantos.

— Estou inteiramente louca — disse, com a voz sufocada pelos soluços. — Parece que não consigo parar de escrever para ele, embora não tenha certeza se algum dia gostou realmente de mim. Desde que éramos crianças eu tinha certeza de que me casaria com ele.

Augusta tocou no ombro de Maggie, com lágrimas vindo aos seus próprios olhos. Essa era uma dor tão comum que ela de repente sentiu uma profunda nostalgia. Em tempo de paz, duas jovens mulheres podiam ter essa mesma conversa, e uma delas podia chorar. A moça, ali no nevoeiro, com seu branco cabelo, avental e véu brancos, o uniforme azul pálido que a neblina acinzentava, parecia quase um negativo fotográfico, como se já fosse uma lembrança.

— Pelo menos, vocês se escrevem — disse Augusta, com simpatia. — Já é alguma coisa.

— Mas ele não responde... desde o Somme. Acho que não sei onde ele está. Não responde há dois anos. — Agora, Maggie tinha parado de chorar e tentava prender novamente seu véu no lugar. Tirou sua touca do peitilho do avental. — Ele é impossível, sabe? — Virou-se e sorriu para Augusta. — Gosto que você venha cá para fora — disse. — Acho que vamos ser amigas. Vi você caminhando para as dunas sozinha e pensei: "Aquela vai ser minha amiga".

Augusta tinha posto a mão nas costas da moça, entre suas omoplatas. Não a tirou.

— Maggie — falou, fechando os olhos —, disse que Peter estava no Somme? — As baixas dos Aliados ali tinham sido bem maiores do que se vira, até então, em toda a história da guerra. — Maggie —, repetiu, sacudindo de leve o ombro da moça, quando ela não respondeu. — Ele foi ferido?

— Não — disse Maggie, olhando para sua touca, que girava incessantemente nas mãos. — Não, não foi isso, eu não deixaria que uma coisa dessas acontecesse.

— Alguma coisa aconteceu com ele no Somme?

Um silêncio, seguido por:

— Estou completamente louca, sabe?

Fred tinha sido morto em Passchendaele, pensou Augusta. Fred não tinha sido morto em Passchendaele. O que é a loucura?

Maggie levantou-se e Augusta ergueu os olhos para ela, tão cinzenta e efêmera, no nevoeiro. Maggie cruzou os braços.

— Sei que não estou bem, mas nada que você diga me fará parar de escrever as cartas. Vim aqui para me encontrar com você, mas também porque gosto de escrever as cartas aqui fora, quando posso; ou isso, ou então na escuridão.

— Está na hora de voltarmos — disse Augusta. — A enfermeira-chefe daqui é feroz.

Enquanto caminhavam pelas dunas, em direção ao hospital, Augusta contou a Maggie sobre o anfiteatro, disse que estava ali havia séculos, embaixo da areia. O nevoeiro voltou a se adensar, mas Augusta era capaz de se orientar identificando certos grupos de pinheiros anões que irrompiam ocasionalmente à sua vista.

— Como você conseguiu chegar até ali? — perguntou a Maggie, já no caminho das enfermarias.

— Sabia a direção e, depois de algum tempo, acompanhei o som de sua voz.

— Eu dizia coisas... alto?

— O bastante para eu chegar perto de onde você estava.

Caminharam em silêncio, durante alguns instantes, com os pés afundando na areia.

— O que você me ouviu dizer? — perguntou Augusta, afinal.

— Você dizia alguma coisa como "Fred está morto, Fred não está morto", depois falou aquilo sobre os pássaros.

— A menina cinzenta — disse eu a Augusta, enquanto o vento soprava a neve através da luminosidade metálica que os postes irradiavam, na frente do Salão da Louça.

— Sim — respondeu ela. — Mas, naquele momento, eu ainda não tinha pensado nisso.

Eu estava inteiramente espantado com a audácia do que presumira e com minha repentina crença inquestionável num fenômeno daqueles. Lembrei-me do que minha mãe me contara sobre as Batidas de Rochester, mas sabia que a história de Augusta era diferente.

— Nada era certo, naquele universo. — Augusta levantou-se, naquele momento, e pôs as mãos nas costas, na altura da cintura, alongando sua espinha. — Cada realidade era constantemente trocada por outra. E era a primavera de 1918. Os hospitais mais próximos do *front* eram transformados a cada dia, tornando-se estações de controle de baixas, depois unidades avançadas de primeiros socorros e, em seguida, preparando-se para a completa evacuação — os bombardeios eram extremamente pesados, uma coisa indescritível. Recebemos vários milhares de mortos e feridos. Não havia mais turnos, todos simplesmente trabalhavam até cair, levantavam-se três horas depois e recomeçavam. Maggie e eu nos tornamos quase imediatamente muito íntimas; não havia tempo algum, na guerra, para desenvolver aos poucos uma amizade. Empurramos sua cama por toda a extensão do nosso alojamento, até ficar próxima da minha. Mas estávamos sempre tão ocupadas que era difícil ficarmos as duas ao mesmo tempo no alojamento e, quando isso acontecia, não havia nada, absolutamente nada, capaz de nos manter acordadas durante muito tempo. Àquela altura, eu administrava anestesia — eles precisavam treinar algumas das enfermeiras mais experientes como anestesistas —, pois não havia pessoal suficiente.

"Algumas vezes, em vez de irmos para a cama, Maggie e eu íamos para o anfiteatro, só para nos afastarmos durante uma hora de toda aquela atividade frenética. Não tínhamos nunca a menor idéia da hora. Algumas vezes estava escuro, outras não. Na escuridão, sentadas nas dunas, Maggie e eu víamos, a distância, o fogo dos combates. Lembro-me do seu rosto bruxuleando, sob a estranha luz alaranjada. Foi em meio a tudo isso, numa ocasião em que tínhamos roubado meia hora para ir até o anfiteatro, que ela se virou para mim e disse: 'Estou muito confortável aqui, e você também.'

"Então, lembrei-me da casinha de neve e da menina cinzenta e de ela ter dito a mesma coisa. Lembrei-me de que o uniforme azul-claro de Maggie parecia cinzento no nevoeiro na manhã em que a conheci. Não questionei nada disso. Achava tudo tão válido quanto qualquer outro tipo de realidade. Além disso, nos entendíamos, agora éramos grandes amigas. Pensei que o fato de ter uma alucinação com ela ou imaginá-la, em criança, era sinal de uma espécie de predestinação. Mas não falei com ela a respeito. Gostaria de ter falado.

— Você contou a George, algum dia?
— Não, nunca contei a George.

Depois que juntaram suas camas, na extremidade mais afastada do alojamento das enfermeiras, Augusta ouvia freqüentemente o som do lápis de Maggie rabiscando na escuridão. Algumas vezes, na sala de operações, anestesiando algum pobre rapaz arrebentado, Augusta via Maggie do outro lado da sala esterilizando instrumentos. De vez em quando, a moça loura se detinha por alguns instantes, tirava do cinto o papel azul dobrado e rabiscava rapidamente algumas linhas. Ninguém parecia notar. Um mês depois de sua chegada, ela era uma das enfermeiras mais respeitadas no hospital; sua eficiência, em meio ao caos crescente, era uma maravilha de se ver. Os cirurgiões, e até mesmo a enfermeira-chefe, não tinham para ela senão palavras de elogio.

Mas não era essa eficiência que fazia Augusta adorar Maggie Pierce. Era a recusa dela em renunciar à sua obsessão pessoal, as cartas que insistia em escrever para o namorado morto, e a maneira como as enviava, atirando-as casualmente no rio Canche ou soltando-as em cima das dunas, como se fossem pombos, num vento que as carregaria para a frente de batalha ou para o mar.

Augusta achava a anestesia uma coisa bela. Só quando a administrava sentia-se completamente satisfeita com o que fazia. Homens gritando em agonia podiam ser levados, sob suas mãos, a um estado de repouso, a calma entrando tão completamente em suas feições que ela era capaz de reconhecer, nas expressões serenas, as crianças que tinham sido. Alguns rapazes desejavam tão desesperadamente a inconsciência que arrancavam a máscara de suas mãos.

— Por favor, Irmã — arquejavam, gritavam, ou sussurravam —, me faça dormir, me faça dormir.

E, por trás deles, estendendo-se pelo corredor, uma longa fila de feridos gemendo. Era um momento maravilhoso, afirmava ela, quando um corpo contraído de dor finalmente relaxava — uma morna maré de bálsamo movimentando-se por cima da mesa.

Na última semana de março daquele ano, o nível de baixas foi tão alto e constante que os cirurgiões e enfermeiras ficaram praticamente delirantes por falta de sono. Muitas vezes, os cirurgiões choravam em torno da mesa — quando uma operação fora bem-sucedida e uma vida salva ou quando fora malsucedida e o rapaz morrera. Do canto onde esterilizava instrumentos, Maggie cantava muitas vezes *The Maple Leaf Forever*, inclusive os versos mais obscuros, frases como: "E então a canção cresceu, elevando-se e se estendendo, até tremerem os rochedos e a floresta." Tudo isso fazia Augusta sorrir. Algumas vezes, a frivolidade reinava nas ocasiões mais inadequadas, quando os cirurgiões encontravam um dos botões de Sua Majestade empurrado para dentro de um fígado, por uma bala, ou quando descobriam, após uma operação bem-sucedida de quatro horas para retirar estilhaços de granada de um cérebro, já prestes a fecharem o crânio, um tumor mortal, maligno e inoperável. O rapaz morreu três dias depois, sem que se pudesse dizer se fora, de fato, em conseqüência dos ferimentos ou do tumor. Algumas vezes, quando tudo estava muito silencioso, Augusta podia ouvir Maggie a rabiscar no canto, descrevendo para seu namorado desaparecido a operação anterior e seus resultados.

Em abril, o número de feridos diminuiu um pouco e, após longos acessos de sono, o cansaço começou a melhorar. Maggie e Augusta puderam conversar. Augusta contou à sua amiga todas as coisas que me contou sobre sua fazenda e seus irmãos, sobre o pai severo e a casa de neve — omitindo a parte sobre a menina cinzenta —, sobre seu bordado, seus cartões da escola dominical. Muito ocasionalmente, as moças partilhavam uma agulha, mas apenas quando estavam muito cansadas e convencidas de que não conseguiriam, sem isso, executar qualquer tarefa que fossem chamadas a completar. Agora que o sono as livrara de toda a adrenalina gerada pela crise, um tipo diferente de exaustão as dominava. Caminhavam pelas dunas e visitavam o anfiteatro. Maggie continuava a escrever as cartas e Augusta a pensar sobre sólidos arcos e bancos de pedra, colunas estriadas e curvos corredores, tudo estável e imutável, muitos metros abaixo. Prometeram uma à outra que seriam amigas para sempre.

Numa clara noite de maio, Augusta caminhou sozinha pelas dunas até o anfiteatro. A lua estava redonda e fria no céu. Houvera um baile, alguns dias antes, no alojamento das enfermeiras, para celebrar o quarto aniversário do Hospital Canadense Número Um, e tanto ela quanto Maggie foram capazes de ignorar, por tempo suficiente para se divertirem, a ironia de uma comemoração. Elas passaram horas dançando com pacientes; alguns de muletas, outros em cadeiras de rodas, outros incapazes de abraçar seus pares, porque não tinham braços. Desde então, a atmosfera em toda parte ficou leve e calorosa, e o clima refletia isso. Maggie escrevera para seu namorado morto sobre o clima de camaradagem que a cercava e mostrara a carta a Augusta. "Agora, sinto que pertenço a este lugar", escrevera ela, "e que você pertence ao lugar em que está, seja onde for." Depois, ela chorou um pouquinho, mas não por muito tempo. Tinha feito um amigo especial entre os soldados feridos.

Enquanto Augusta caminhava sozinha sob o claro céu noturno, sua voz interior entoava, "Fred está morto. Fred não está morto", mas agora, mais do que um anúncio doloroso, era como uma toada que não se consegue tirar da cabeça.

Ela sabia que a noite estava bonita e lamentou que Maggie não se achasse com ela, tendo preferido dormir, pois iniciara seu turno às quatro da manhã anterior.

Um trem cruzou estrepitosamente a ponte sobre o rio Canche. Sua fornalha estava aberta e, durante alguns instantes, por causa dessa luz, as dunas ficaram com um tom espectral de laranja, lembrando estranhamente a Augusta uma pintura que havia na casa de sua avó, com os prédios do primeiro Parlamento canadense, na noite em que foram destruídos por um incêndio. Depois, o luar tornou a pratear as dunas, e Augusta se sentou perto da pedra enterrada e permanente do anfiteatro. Abaixo, as luzes do complexo hospitalar pareciam as de um balneário elegante. Sob a areia, continuava a dormir a lembrança de um mundo constante e ordenado.

Ouviu os aviões antes de saber o que eram, supondo, até ver a maioria das luzes abaixo se apagarem, que o ruído fosse de outro trem hospitalar chegando do *front* com feridos. A seguir, ouviu a estridente canção das bombas. Esse ruído desencarnado pareceu continuar por um longo, longo tempo, e a fez lembrar o apito de uma fábrica de conservas enlatadas nas proximidades, onde as crianças às vezes tinham permissão para puxar o cordão que disparava seu berro. Augusta teve tempo para lembrar seus irmãos discutindo quem faria a primeira investida, teve tempo para imaginar, antes de mais nada, o que todos eles andavam fazendo na fábrica de conservas. Depois, viu espatifar-se o único mundo que chegara a entender. De início, não conseguiu mover-se, permanecendo sentada na areia como se estivesse em transe. Quando os incêndios começaram, o aspecto deles era quase simpático, tranqüilo, como se fossem fogueiras acesas numa praia, com finalidades recreativas. Os motores dos aviões zumbiam calmamente, a distância.

Aquela noite, Augusta trabalhou na sala de operações, miraculosamente sem danos, à luz de cinco velas, tendo todos concordado que qualquer iluminação além daquela garantiria novos ataques. Seus sapatos encheram-se de areia, enquanto corria na direção do desastre. Cada passo fora uma luta, como se subisse por degraus de pesadelo, as dunas cedendo sob seus pés. Suas coxas ainda doíam com o esforço.

Um por um os homens foram levados para a mesa de operações, soldados dilacerados em combate e abertos apenas dois dias antes pelo bisturi dos cirurgiões, agora novamente dilacerados. Entre eles, havia membros do pessoal do hospital: serventes, médicos, cozinheiros, vigias, motoristas de ambulância. A certa altura, no curso da noite, a lua deslocou-se para dentro da janela junto à qual se achava Augusta segurando a máscara negra de borracha em cima do rosto de um paciente, e fez suas mãos parecerem azuis e frias. Exatamente nesse momento, os aviões voltaram e o bombardeio recomeçou, embora desta vez o alvo fossem os acampamentos da base, mais próximos da cidade. Mesmo assim, a força das bombas abalou a cabana e derrubou duas das velas, incendiando um suprimento de ataduras. Oito membros do pessoal médico correram para apagar o fogo sem gravidade, como se pudessem, controlando este único problema, de alguma forma controlar a devastação em torno deles.

Já era de madrugada quando Maggie foi levada para dentro da sala e erguida cuidadosamente de uma maca. Seu belo cabelo fino estava emaranhado e sujo de sangue, suas pernas e braços virados em direções ridículas. Perdera uma de suas mãos. O cirurgião começou a andar de um lado para o outro, ao lado da mesa.

— Não sei por onde começar — dizia. — Não sei por onde começar.

Augusta ouviu a si mesma gritar:

— Quem é essa? Quero saber quem é essa.

E ficou surpresa com o som de sua própria voz fazendo a pergunta, porque ela sabia. Sabia.

Não havia sinal do olho esquerdo da moça, e seu nariz fora empurrado para o lado e jazia em cima da face. Seu desbotado uniforme azul-claro estava coberto de sangue.

— Recoloque o torniquete nesse braço! — ordenou o cirurgião.

— Não toquem nela! — Augusta ouviu a si mesma gritar.

— Vou começar com a cabeça, depois procurarei ferimentos internos — disse o cirurgião. Mas o homem não se mexeu. Olhava com estranheza para algum tipo de instrumento que tinha na mão. A luz das velas tremia na lâmina. — Não opero uma mulher desde antes da guerra — disse ele a Augusta. — Meu Deus, será que ela está mesmo viva?

Um médico tocou no pulso de Maggie.

— Está viva — disse.

A toada cessou na cabeça de Augusta. Fred estava morto.

O cirurgião olhou diretamente para Augusta:

— Anestesie a moça — ordenou, com raiva na voz.

— Essa não pode ser Maggie — ela choramingou. — Não quero tocar em seu rosto.

A enfermeira do outro lado da mesa chorava, com a máscara ensopada pendendo pesadamente em torno do seu pescoço.

O médico sacudiu o ombro de Augusta.

— Vamos, aplique a anestesia! — ordenou.

Estremecendo, Augusta colocou a máscara sobre o rosto desfigurado. Por uma fração de segundo, esteve de volta às dunas, no momento em que Maggie acabara de surgir do nevoeiro. Aquela estranha combinação de cinza e brilho. A seguir, ouviu o barulho da serra. Quando o crânio já estava aberto há algum tempo, ela tocou na manga do cirurgião.

— Doutor? — disse.

— Estou tentando salvá-la — ele respondeu, com irritação. — Embora só Deus saiba por quê.

Àquela altura, a lua baixara e a sala estava cheia da luz dourada das velas. Um salão de banquete. Uma basílica. O sangue de Maggie fazia um ruído de sucção debaixo dos sapatos de Augusta, cheios de areia.

Doutor?, perguntara. *Só Deus sabe por quê*, respondera ele.

Ninguém notou quando Augusta elevou o mostrador, fazendo o volume de éter dietil ultrapassar o nível de segurança. Mas, àquela altura, Augusta redefinira a segurança.

Depois, Augusta achou que era novamente uma criança, sob a chuva lenta do interior de sua casa de neve, à espera do aparecimento da menina cinzenta. O mundo que construíra tão cuidadosamente dissolvia-se em torno dela e nenhuma luz dourada jorrava através da janela. Diminuindo de tamanho diante dos seus próprios olhos, a poltrona branca permanecia fria e vazia. As paredes de gelo escorriam com a umidade e a neve estava enlameada.

— Eu não conseguia sequer lembrar como era ela — contou-me. — Tinha perdido tanto a intuição quanto a lembrança de sua presença física, como se ela jamais tivesse existido, como se eu a tivesse imaginado completamente. Isso me aterrorizou ainda mais do que o fato de estar morta. Tudo com relação a ela estava profundamente perdido.

Augusta anestesiou mais dois rapazes e depois, mal rompeu a aurora, o cirurgião a fez sair da sala de operações.

— Sinto muito que sua amiga tenha morrido — disse-lhe o médico, enquanto ela desamarrava sua máscara —, mas não havia nada que qualquer pessoa pudesse fazer.

— É verdade — concordou Augusta —, não havia nada que qualquer pessoa pudesse fazer.

Durante aquela mesma primavera de 1918, eu assistia irregularmente às aulas de Robert Henri — ele próprio, com freqüência, não comparecia — e trabalhava meio turno, numa base mais ou menos permanente, na firma de publicidade Carter and Fielding, fazendo desenhos de máquinas para varrer tapetes, fogões e fornos de cozinha, máquinas para lavar e espremer roupa, e das mulheres sorridentes e improvavelmente glamourosas que apareciam ao lado de tudo isso. Tinha um apartamento decente em Greenwich Village e pude instalar ali um ateliê razoável. Embora meu pai suplementasse regularmente minha renda, eu acreditava ser, no que chamava de meu trabalho "real", um autêntico pintor do povo — como era moda, então — e, assim, passava um bom tempo debaixo das pontes, nos cais e nos bares próximos da zona portuária. Algumas vezes visitava bordéis, tendo convencido a mim mesmo de que isso era necessário para eu entender melhor certos aspectos do meu tema. As moças adoravam posar e, como eu podia ir lá freqüentemente na parte da tarde, elas não ficavam impedidas de exercer suas atividades noturnas, mais lucrativas.

A pessoa que me apresentara a esse lado particular da vida montara casa em Staten Island, com esposa e filhos. Isto, claro, significava que havia uma grande e conveniente distância entre suas responsabilidades domésticas e sua conduta questionável, embora mais interessante, em Manhattan. Não quero sugerir com isso que Rockwell não amasse Kathleen e as crianças; amava-os profundamente, não desejava mais que sua felicidade. Anos depois de estar definitivamente separado de Kathleen, falava a seu respeito com tal ternura que se pensaria que ela saíra do seu quarto e dos seus braços apenas minutos antes. Em sua exuberância, em seu entusiasmo por tudo que existia no mundo — pelo menos, tudo que considerava inocente —, o centro de seu afeto deslocava-se e mudava a ponto de chegar a ser multidirecional. Algumas vezes, ligava-se até ao inanimado.

Certa ocasião, quando caminhávamos por trás de um cortiço, no Lower East Side, Rockwell descobriu num monte de lixo um cavalete de serrador abandonado. Parou de repente e sacudiu tristemente a cabeça.

— Coitadinho — disse. — Que destino, depois de empenhar seu corpo, com desprendimento, numa vida inteira de ajuda aos carpinteiros.

Não era piada; seus olhos estavam cheios de lágrimas.

— Devemos tirá-lo daqui — insistiu. — Devemos levá-lo para uma casa melhor.

Depois de desencavarmos o cavalete de serrador do montão de lixo, Rockwell acariciou-o, chorou em cima dele e elogiou a humanidade à luz de sua existência. Discorrendo sobre a folha de serviços do cavalete e suas longas e pacientes horas em companhia do trabalho, ele passava suavemente os dedos sobre as centenas de marcas de serra, na castigada superfície. Naquele momento, estava inteiramente sóbrio, mas cheio de determinação no sentido de que devíamos levar o cavalete de serrador em nosso giro pelos bares, onde o usaria como ponto de partida para várias preleções de natureza socialista. Quão vividamente me lembro da última olhada que lhe lancei aquela noite. Ele estava no convés da balsa de Staten Island, cantando *Solidarity*

Forever e fazendo acenos de despedida, com o cavalete de serrador — agora chamado Dobbin — enfiado protetoramente debaixo de um braço.

Muito mais tarde, eu pintaria a água escura, com luzes azul-claras nela refletidas, e usaria a mesma tonalidade de azul ultramarino para iluminar as bóias de salvamento da balsa e o rosto bondoso de Rockwell. Pintaria a forma angulosa do cavalete de serrador em negro fuliginoso e, pela primeira vez, colocaria a mim mesmo na pintura de base, mostrado por trás, quase uma silhueta.

Bastante estranha foi essa figura escura, essa testemunha da partida, a mais difícil de transformar, que sangrou através das subseqüentes camadas de pintura e, finalmente, teve de ser completamente raspada com uma faca.

Certa tarde, durante o inverno anterior de 1918, encontrei, ao voltar da aula, um bilhete de Rockwell preso em minha porta. "Esteja no Bar Sloan às cinco da tarde", dizia. "Há alguém do interior que quero que você conheça."

Abri a porta, joguei lá dentro meu portfólio e desci estrepitosamente a escada estreita que levava à rua. Já eram mais de cinco horas. A energia de Rockwell o tornava um homem inquieto, com uma baixa capacidade de concentração. Talvez ele não estivesse mais lá.

Mas estava, e em companhia de um homem mais velho, maravilhosamente despenteado; um homem dando a impressão de que, embora sentado e mais ou menos quieto, ainda assim era fustigado por forças invisíveis. Suava copiosamente e não parava de enxugar a testa molhada, com um grande lenço manchado, cor-de-rosa.

— Austin — disse Rockwell —, quero que conheça Abbott Thayer. Ele detesta este bar.

Rockwell chamava o estabelecimento de Bar Sloan, desde que o pintor John Sloan fizera um quadro com o lugar. Na verdade, chamava-se Cervejaria McSorely, sendo este também o título da obra de arte.

— Não detesto esta cervejaria — disse Thayer. — Não detesto lugar nenhum deste mundo. Mas isto aqui é quente demais e não tem anjo algum.

Olhei para Rockwell. Ouvia atentamente o que o velho tinha a dizer.

— Você detesta a pintura de Sloan — disse-lhe.

— O pintor retratou apenas o que está aqui, não o que poderia estar, nem o que deveria. Por que, por que — perguntou Thayer —, por que desejaria ele fazer isso?

— Ele pintou a dignidade do homem comum, Abbott. — Rockewll fez sinal em direção a um dos *barmen*. — Olhe para ele, Abbott. Ali está, com seu comprido avental branco. Provavelmente é um anjo e, se ainda não é, provavelmente se tornará um.

— Também não há nenhum animal aqui — disse Thayer, ignorando completamente as fantasias de Rockwell sobre o *barman*. — Não há sequer animais escondidos aqui.

— O nosso Thayer — explicou Rockwell — escreveu um livro de grande erudição, intitulado *O poder de camuflagem da coloração no reino animal*. Explique a Austin o caso do gaio azul, Abbott.

— Não quero falar sobre o gaio azul — disse Thayer. Olhou em torno da sala, suspeitosamente. — O inimigo pode estar escutando. Todo cuidado é pouco. — Levantou-se, foi até o anjo em potencial e pediu outro copo d'água.

— Thayer veio para cá — disse-me Rockwell — porque está tentando fazer todos os figurões possíveis levarem suas teorias para o Ministério da Guerra. Teve uma terrível briga com Teddy Roosevelt, que parece não acabar nunca, por causa de pássaros, encobrimento da coloração e coisas do gênero.

— Teddy Roosevelt? — Engasguei-me com a cerveja. — Sério, mesmo?

— Claro que sim. Os dois brigam por causa disso há mais de um ano. — Thayer voltou para a mesa e se deixou cair em sua cadeira, desanimadamente. — Quantas cartas Roosevelt lhe escreveu sobre o gaio azul? — perguntou-lhe Rockwell.

Thayer puxou sua cadeira para mais perto da minha e sussurrou:

— O gaio azul é invisível na neve. Ele é azul e branco exatamente para se confundir com a neve. Fiz uma pintura intitulada *Gaio azul na neve*, na qual o pássaro está inteiramente invisível, não se pode vê-lo, de jeito nenhum. — Afrouxou o laço da gravata suja e desbotada. — O Sr. T. Roosevelt se recusa a aceitar minha incontestável prova disso, colocando em grande perigo o processo de mobilização social. Do que nos adianta entrar nessa guerra horrorosa, se o poder de camuflagem da coloração não for usado para vantagem nossa? — Bateu na testa com seu lenço, tentando absorver várias gotas de suor.

— Ajudei esse homem, certa vez, a fazer uma pintura de uma cobra movimentando-se através de folhas — disse Rockwell. — E, quando terminamos, a cobra tinha desaparecido completamente da tela.

— Por que o *Titanic* sofreu um desastre? — interrogou-me Thayer, como se eu fosse um colegial e ele o professor.

— Porque bateu num *iceberg*.

— E de que cor era o *iceberg*?

— Branco.

— Ora, é isso aí.

— Thayer diz — esclareceu Rockwell — que um objeto branco, flutuando no mar escuro, à noite, é invisível. E, como o próprio Roosevelt teve navios brancos sob seu comando, Thayer acreditava que ele talvez tivesse sensibilidade para entender a questão.

— O que tem isso a ver com o gaio azul? — perguntei, esforçando-me para manter a seriedade.

— Nada — disse Rockwell.

— Tudo! — trovejou Thayer, tendo evidentemente esquecido a possível presença do inimigo. — O gaio azul é azul e branco para se fazer invisível na neve sombreada, acredite ou não o Sr. T. Roosevelt! Isto significa que qualquer coisa pode aparecer para desaparecer! — Ele estava atraindo um bocado de atenção no bar. Puxou novamente o lenço e enxugou a testa. — Perdoem-me — disse, para mais ou menos uma dúzia de rostos curiosos virados em sua direção. — Sou nervoso por temperamento.

— Henri sempre diz que o brilho se movimenta em direção à cor, não ao branco — disse eu a Thayer que, imediatamente, ficou ainda mais agitado.

— Você devia tomar uma cerveja — disse Rockwell.

— Nunca toquei em álcool.

— Aposto que há cerveja no céu — disse Rockwell. — Aposto que os anjos bebem cerveja. Nunca vi sequer um toque de nervosismo em seus anjos, Abbott. — Virou-se para mim. — Thayer pinta anjos também — disse.

— Em 1912 — disse-me Thayer, ignorando novamente os comentários de Rockwell —, bem antes do início da guerra, convidei o Sr. T. Roosevelt para testemunhar o desaparecimento do gaio azul na neve sombreada do Central Park. Três ou quatro dos pássaros se ocultaram maravilhosamente ali, à plena vista das 50 testemunhas que tinham ido comigo ao local na semana anterior. As penas azuis são para as sombras, e as penas brancas, claro, para a neve. As marcas menores, mais escuras, estão ali exatamente para serem confundidas com galhos — as marcas, claro, não o gaio —, embora *existam* pássaros que, em toda parte, se parecem perfeitamente com galhos e se escondem em arbustos mortos e coisas desse tipo. Sabe o que ele escreveu para mim?

Eu não sabia.

— Ele me escreveu dizendo que minhas experiências com o gaio azul e a neve têm tão pouca relação com a vida real quanto experiências do gênero feitas "pelos mediterrâneos, com um babuíno de traseiro azul". Mas que audácia! Que pomposidade! Ah, tenho certeza de que ele falou com o Ministério da Guerra e é por isso que ignoram minhas teorias sobre o poder de camuflagem da coloração! Mas, por que estamos nesta guerra?

— É exatamente o que sinto — disse Rockwell.

Fazia apenas três anos que Rockwell, sua esposa e filhos tinham sido postos para fora da colônia britânica de Newfoundland. Rockwell jamais pôde entender por que o fato de cantar *lieder* germânicos a plenos pulmões, na beirada de um penhasco, ao amanhecer, perturbava de tal forma as autoridades. Ofereceu-se para dar aulas de apreciação musical e, quando foram recusadas, pintou uma grande e feroz águia alemã diante da porta do pequeno prédio que usava como ateliê, em parte como vingança e em parte como sinal de respeito pelos europeus do norte, cuja cultura tanto adorava. Foi a gota d'água. Recebeu um aviso para partir imediatamente, embora lhe permitissem retardar a partida por duas semanas, quando ele explicou que seus filhos estavam com sarampo. Rockwell adorava Newfoundland. Com a guerra, não podia mais ser ele mesmo e continuar lá. Ficou revoltado quando os Estados Unidos entraram na luta.

— Vou lhe dizer por que estamos nesta guerra — falava agora Rockwell. — Estamos nesta guerra para que os gordos capitalistas, como o pai do nosso Austin, possam engordar mais.

— Seu pai é um capitalista, senhor? — pela primeira vez, Thayer me olhou com autêntico interesse.

Senti meu rosto avermelhar-se, mas nada disse.

Rockwell garantiu-lhe que era esse o caso.

— Um dos piores — disse. — Explora mineiros, arruina antigas paisagens do norte, abate florestas virgens.

Thayer sorriu para mim.

— Nunca — disse ele — aprovei a política socialista de Kent.

— Eu que o diga! — exclamou Rockwell. — Ele me jogou para fora de sua casa! Nunca mais deixou que eu cruzasse a porta! Agora, só se encontra comigo em Nova York.

— Uma influência terrível para as crianças — confidenciou Thayer. — Não podia deixar que ele despejasse todas essas tolices na frente das crianças e de outros seres alados.

— Olhe para aquele *barman* — disse Rockwell. — Olhe para as pequenas asas escuras de sua gravata-borboleta. Com sua dignidade simples e o socorro prestado aos trabalhadores cansados, decentes e honestos que visitam este estabelecimento, ele não é um anjo?

Thayer riu com desdém, olhou ferozmente para Rockwell e, mais uma vez, virou-se para mim com um sorriso.

— Pinto seres alados — disse. — Os maiores são anjos, os de tamanho médio são retratos dos meus filhos, que são anjos, mas cujas asas estão inteligentemente disfarçadas por meio da camuflagem das cores, e os menores são pássaros... alguns encobertos e outros, embora me doa dizer isso, irremediavelmente expostos. Será que seu pai se interessaria por alguns?

— Infelizmente, ele não é colecionador — respondi.

— Será que ele, então — insistiu Thayer —, conhece alguém no Ministério da Guerra? Acha que minhas teorias sobre o poder de camuflagem da coloração poderiam interessar a seu pai?

— Não, não interessariam — interveio Rockwell. — Os capitalistas não têm nenhuma imaginação, Abbott.

— Os dogmatistas também não — retaliou Thayer. — Não há nada alado neles. Os dogmatistas nunca penduram anjos grandes e caros em suas casas. Não querem admitir que as listras de uma zebra foram feitas por Deus para camuflar o animal em meio a plantas compridas e finas.

— Espere aí — disse Rockwell. — Ajudei você a pintar aquela cobra invisível, lembra?

— É verdade, Kent — disse Thayer. — Não me referia a você... ainda. E dá para entender que não me sinto bem. Estou destroçado — lamentou-se. — Totalmente tolhido, sem liberdade. Por que estou neste bar calorento? E por que estou nesta cidade? — Levantou-se. — Bom para mim é me esconder no campo, em companhia das minhas criaturas aladas. — Colocou o chapéu-coco na cabeça. — Adeus, cavalheiros.

— Adoro você, Abbott — disse Rockwell, pulando de sua cadeira e abraçando o ancião.

— Também o adoro, Kent — disse Thayer —, mas você nunca mais visitará minha casa.

— Acho que deve ser assim mesmo — disse Rockwell.

— Sim, deve — concordou Thayer. E então, após apertar minha mão, saiu da Cervejaria McSorely e, creio eu, não muitas horas mais tarde deixou a cidade de Nova York.

— Ora, você tem mesmo sorte — disse Rockwell, depois que Abbott Thayer atravessou a porta.

— Como assim? — perguntei. Dei um cigarro a Rockwell, acendi outro para mim mesmo, depois passei o isqueiro a meu amigo.

— Meu Deus, eu de fato adoro aquele homem. Ele me apresentou às sagas nórdicas e você sabe que adoro o norte. Mas um dos dias mais felizes da minha vida foi quando fui banido da casa de Thayer. Para ser freqüentador autêntico da escola de Thayer, sabe, é obrigatório visitar sua casa... com freqüência. Sou um homem que ama a neve, o frio. Pode imaginar alguém que os ame mais?

Eu não podia.

— Ora, eu posso — continuou Rockwell. — Thayer os ama ainda mais do que eu. Que sorte você não ter sido convidado para ir à casa dele.

Não tinha tanta certeza. Fora atraído pelas excentricidades do homem.

— Qual é o problema da casa? — perguntei.

— O problema é que não tem nenhum aquecimento. Thayer não aprova nenhum tipo de calor artificial. Acha pouco saudável. — Rockwell riu. — Estive lá uma vez, no inverno, e quase morri de pneumonia! Toda manhã, quando acordava, meu queixo estava congelado, preso ao cobertor, e meus sapatos congelados no chão. A família dorme fora de casa o ano inteiro, debaixo de alpendres improvisados. Os convidados têm permissão para se deitar dentro de casa. Não que faça muita diferença; todas as janelas ficam abertas. Por causa da ventilação! Thayer diz que, se os homens e as mulheres das sagas puderam viver sem calor artificial, também podemos. Thayer também diz que os anjos definham no calor artificial e acredita que todos os seus filhos sejam anjos, embora poucos sejam ainda crianças.

Rockwell descreveu sua primeira tempestade de neve dentro de casa. Estava sentado numa poltrona de madeira — Thayer não aprovava estofados — conversando com o sujeito, quando um repentino vento forte, vindo do leste, trouxe diretamente para dentro da sala a neve e a saraiva que transportava.

— Sinta isso! — entusiasmara-se Thayer. — Experimente isso! Thoreau deveria conhecer um clima assim dentro de casa. Deveria estar aqui conosco. — Na ocasião, discutiam *Walden*.

Rockwell foi ao bar e pediu outra cerveja.

— Bem, acho que ele é louco — disse-lhe, quando ele voltou.

Ele me olhou, espantado.

— Louco? De jeito nenhum. Ele é ele mesmo... Inflexivelmente ele mesmo. Não é homem de mudar sua arte ou seu caráter por causa, por exemplo, de uma exposição de cubismo europeu contemporâneo.

Sua referência ao Armory Show, que se realizara no ano anterior à minha ida para Nova York, me atingia diretamente. Eu próprio, influenciado por quem fora influenciado por ele, tinha tentado fazer um ou dois nus cubistas.

Nunca mais tornei a encontrar Thayer e, no início da década de 20, soube que morrera. Fico imaginando o que pensaria ele dessa fria casa onde agora moro, parecendo um celeiro branco. Sem dúvida, aprovaria as nevascas, resultantes do efeito lago, que visitam regularmente esta cidade, mas será que aprovaria o efeito que seu rápido aparecimento em minha vida teve em meu trabalho? Porque, quando a idéia de *Os apagamentos* começou a ganhar forma em minha cabeça, lembrei aquela tarde na Cervejaria McSorely; as gotas de suor na testa de Thayer, o *barman* atrás do ombro esquerdo de Rockwell, mais parecendo um fantasma do que um anjo, a atmosfera cor de tabaco do bar, parecendo refletir a imagem enganosa que Sloan criara a partir dele. Permiti que minha lembrança daquela tarde omitisse meu amigo Rockwell Kent. Não torno a visualizar os gestos bonitos e seguros que suas mãos descreviam, enquanto ele falava, gestos que apareceriam em seus desenhos de homens amarrados aos mastros de embarcações cor de ébano. Ri de Thayer, mas o que absorvi, naquele dia de inverno próximo do fim da Primeira Guerra Mundial, não foram suas elogiáveis qualidades de energia e singularidade, mas sim a idéia do encobrimento.

Quando comecei a pensar sobre *Os apagamentos*, o que procurei, para me instruir, foi *O poder de camuflagem da coloração no reino animal*, de Thayer, perseguindo livreiros até encontrar, finalmente, um exemplar. De início, não sabia ainda que não me satisfaria a simples camuflagem. Não tinha nenhuma intenção de usar as teorias de Thayer para proteger inocentes criaturas aladas. Não, mesmo então eu já me distanciara da inocência o suficiente para que desejasse proteger apenas uma criatura no mundo. Os pavões de Madame Thayer, protegidos por florestas cor de esmeralda, e gaios azuis fundindo-se com a neve não eram o bastante para mim. Queria o encobrimento total. Movimentava-me em direção ao branco.

Conheci Sara no início do verão de 1920 e a deixei no final do verão de 1935.

— Quinze anos — disse ela.

— Quinze verões — corrigi.

Durante o tempo em que ficamos juntos, fui deixando de lado a paisagem e me voltando para a figura humana. De vez em quando, a paisagem se insinuava num canto dos meus trabalhos com figuras humanas, mas o oposto não ocorria jamais. Seja como for, o que significam, na verdade, todos esses rótulos descritivos? Não passam de palavras. Robert Henri já me ensinara que a expressão, e não o tema, é o que traz beleza a uma obra de arte. Ah, como eu valorizava minha expressão! Talvez, na época, minha atividade criadora não passasse de uma mecânica recitação de apropriadas reações aprendidas.

Mesmo assim, algumas vezes, lágrimas me vinham inexplicavelmente aos olhos na cozinha de Sara, sem sua presença lá, enquanto eu desenhava as luvas de trabalho que ela usara para jardinagem ou a capa impermeável do seu pai, pendurada num gancho atrás da porta. Acho que havia algo tocante na maneira como ela usava as roupas do pai, em busca de proteção, como se colocasse propositalmente seu corpo frágil dentro de uma camada da pele dele. Mas a verdade é que a mínima coisa relacionada com ela podia comover-me da maneira mais estranha, fazer-me experimentar algo semelhante à dor.

Todos os outonos, em Nova York, ao se aproximar o fim do ano e a escuridão envolver a luz, eu sentia o luminoso verão do norte começar a se evaporar, enquanto minha vida de inverno ia apagando, uma a uma, as velas que o sol acendera nas águas escuras do Superior. Finalmente, em janeiro ou fevereiro, apesar da intensidade de minha memória visual, eu não chamava de forma alguma aquela praia à lembrança. Àquela altura, estaria envolvido no que só posso chamar, retrospectivamente, de promoção da minha própria carreira, submetendo meus trabalhos a mostras com júris, encorajando meu *marchand* — quando, afinal, tive um *marchand* — a organizar exposições exclusivamente da minha obra. Com a passagem do tempo, essas atividades só se alteraram quanto à distribuição de poder entre as forças envolvidas. Após mais ou menos uma década, eu me descobria participando do júri, em vez de ser julgado, e meu *marchand* insistia para que eu reunisse uma coleção das minhas pinturas, minhas pinturas de Sara.

Eu mostrara publicamente meu trabalho pela primeira vez apenas uns poucos anos antes de conhecer Sara, antes de começar a passar meus verões em Silver Islet. Em 1917, fui induzido por Rockwell a pendurar duas de minhas cenas de Nova York — uma das quais se parecia suspeitamente com o *Cervejaria*, de Sloan — na Exposição Independente que ele organizava e que deveria realizar-se no Central Grand Palace. Fiquei imensamente lisonjeado com sua insistência na inclusão dos meus quadros até notar, no dia da abertura, ao examinar a lista de expositores e suas obras, o seguinte item na lista dos participantes: "Kent, Rockwell, Junior, *Animais bonitos*, Newfoundland." Então, percebi que, fiel aos seus princípios de democracia socialista e oportunidades iguais, Rockwell pai insistira para que todos, absolutamente todos, fossem incluídos. Como era de sua natureza, seguira o credo das exposições do tipo: "Nada de júri! Nada de prêmios!", até as mais mínimas e sutis interpretações dessa frase.

Ao longo dos anos que se seguiram a essa estréia infausta,

Rockwell fez vários aparecimentos e desaparecimentos em minha vida de inverno na cidade. Após ser expulso de Newfoundland e voltar para Nova York, ele foi para o Alasca e voltou para Nova York. Foi para o Estreito de Magalhães e voltou para Nova York. Comprou um barco, navegou pelas águas geladas do Atlântico Norte, naufragou na costa da Groenlândia, viveu grandes aventuras ali e voltou para Nova York. Sem se fazer anunciar, sem um centavo, explodindo de entusiasmo e carregado de telas, ele reaparecia no escritório da Chapel and Ewing e, inevitavelmente, George Chappel lhe dava um emprego, ou a Folio Society lhe encomendava ilustrações, ou seu velho amigo George Putman conseguia a publicação das histórias que ele escrevera sobre suas viagens mais recentes. No fim da década de 20, ele comprou uma fazenda nos Adirondacks e decidiu ficar lá até o fim de sua vida, pintando vistas das montanhas cobertas de florestas. Tornou-se requisitado no circuito de palestras. Foi novamente para a Groenlândia. Voltou para Nova York. Retirou-se para os Adirondacks. Voltou para Nova York.

Algumas pessoas sobem um lance de escadas caminhando, outras trotando. Escravo de sua ilimitada energia, Rockwell galopava, provocando um barulho tão singular que eu sempre sabia que era ele. Foi no inverno de 1934 que ouvi pela última vez o tumulto causado por sua aproximação.

Eu não era mais o garoto que Rockwell caçara na aula de Robert H., em The Art Students' League. Na verdade, tinha alcançado uma reputação suficiente para me permitir sobreviver nos piores anos da Depressão com a venda dos meus trabalhos. Aquela noite, preparava-me para uma exposição na primavera e, por causa disso, havia cerca de 20 pinturas — paisagens e nus — encostadas nas paredes do meu ateliê. Gostava de deixá-las assim durante mais ou menos um mês, antes de uma exposição, para que pudesse realçar algumas partes ou dar-lhes os retoques finais, tudo bem casualmente, à medida que os dias se passavam.

Muito mais tarde, aquela noite, abri a porta e me deparei com um Rockwell inesperadamente agasalhado em excesso. Disse que tinha acabado de dar uma palestra no Whitney Club, intitulada *Em defesa da verdadeira arte*, e decidira, logo que a noitada se encerrou, dar uma passada para ver o que eu andava fazendo.

— Foram encantadores — disse-me, referindo-se ao grupo que estava no clube. — Acredite, Austin, existe um amante da arte no centro de cada espírito humano brilhante. O problema é que a maioria das pessoas foi levada a se sentir inepta, a se envergonhar de suas preferências. Por que não deveria a arte servir à humanidade?

— É melhor você ter cuidado, Rockwell — brinquei. — Devia haver, naquele grupo, uma porção de capitalistas.

Ele fez um aceno que minimizava meu comentário, pendurou seu casaco na maçaneta da porta e atravessou a sala.

— Mesmo os ricos podem ser educados — disse. — Estou apenas dando minha pequena contribuição.

Ergui as sobrancelhas.

— Diga o que quiser.

Ele estava apoiado no peitoril de uma das janelas do ateliê. Duas pinturas altas e estreitas que eu fizera com Sara refletiam-se no vidro de cada lado dele e, por trás de Rockwell, eu via em cima dos telhados as formas escuras de várias torres de água, com suas silhuetas recortadas contra um céu noturno vagamente amarelo. Caminhei até o velho armário onde guardava a bebida, tirei uma garrafa de uísque escocês e coloquei-a em cima de uma mesa, no centro da sala. Notei que a luz elétrica brilhava no alto da cabeça de Rockwell. Percebi que, durante o período em que o conhecera, ele se tornara quase calvo; mas, de alguma forma, não parecia nem um pouco mais velho do que no começo. Eu, por outro lado, embora uma década e meia mais jovem, ultimamente começava a notar que meu cabelo ficava grisalho e que as marcas de cansaço em torno dos meus olhos não desapareciam nem após uma noite bem dormida.

Fui à cozinha pegar copos e, quando voltei, Rockwell percorria o ateliê, examinando os quadros.

— Eu devia ir lá — disse, olhando para uma das vistas da praia norte do lago Superior. — Sempre quis ir lá.

— Uísque? — perguntei.

— Sem dúvida.

Despejei três dedos no copo, entreguei-o a Rockwell e despejei mais três dedos para mim mesmo.

— Por que você é tão certinho? — perguntou ele. — Algumas vezes não tem vontade de se levantar simplesmente e ir para algum outro lugar? Quero dizer, mandar tudo ao diabo irresponsavelmente, num momento impróprio... dar no pé?

— Não sou como você, Rockwell — disse. — Poucos são.

— Não lhe peço para ser igual a mim — disse ele, parando diante de um nu de Sara, em tamanho natural. Afastou-se dele e se aproximou de uma pintura menor: uma que mostrava a casa de Sara, aninhada sob o penhasco. — Gosto do Canadá — disse. — Gosto lá de cima. "Com entusiasmo em nossos corações, vemos que se ergue o verdadeiro norte, forte e livre" — cantou.

— Obviamente, essa canção não fez muito sucesso na Broadway.

— É uma canção canadense. A propósito, quem é a modelo?

— Uma mulher que eu conheço. Mora lá. O pai dela era mineiro... de Cornwall.

— Então, ele trabalhou para seu pai?

— Morreu antes de o meu pai tentar reabrir a mina. E que desastre isso foi! Mas durou pouco, graças a Deus. Você vai gostar de saber, Rockwell, que meu pai perdeu uma fábula de dinheiro nessa história. Fomos até lá juntos, aquele primeiro verão... mas ele nunca mais voltou.

— O que aconteceu com a mina?

— O mesmo que aconteceu quando ela fechou em 84. O lago a inundou e, depois, o lago desarmou sua superestrutura. Não restou muita coisa na ilhota. Mas é bom lembrar, antes de mais nada, que não havia grande coisa ali. A mina — os túneis — ficam debaixo do lago.

— Tudo inundado, agora.

Fiz um sinal afirmativo com a cabeça e bebi um gole generoso da bebida.

— Penso nisso algumas vezes, nos túneis, lá embaixo, cheios de água.

— Usura! — declarou ele. Olhava para uma pequena paisagem

que eu fizera, a baía vista do Thunder Cape, a única que eu completara, pois a subida até lá era cheia de insetos e exaustiva demais. — Há alguns bons pintores no Canadá — disse ele. — Já viu algo do trabalho de Harris, ou de Varley?

Eu não vira.

— Acho que não — disse.

Rockwell me entregou seu copo e fui até a mesa e lhe servi outra dose.

— Seu pai perderia todo o seu dinheiro de qualquer maneira, com o craque financeiro.

— Àquela altura, ele já tinha morrido. — Acendi um cigarro e ofereci outro a Rockwell.

— Ah! Lamento — disse ele, inclinando-se para meu isqueiro.

Achei que Rockwell estava mais cerimonioso do que de costume. Apesar de sua animada subida pela escada, havia algo estudado e medido em nossa conversa e eu começava a ficar tenso. Ele franziu a testa, olhando para um quadro que eu fizera, com Sara encostada numa parede toscamente rebocada, tendo os braços cruzados em frente ao peito, as veias de suas mãos visíveis. Ocorreu-me que os drinques que tomávamos talvez não fossem os primeiros provados por meu amigo aquela noite. Ele já vira meu trabalho — paisagens, figuras humanas —, mas jamais o comentara. Eu sempre supusera que seu silêncio vinha do desagrado de Rockwell por opiniões qualitativas, quando se tratava de expressão artística, sendo ele próprio um homem que desaprovava a competição nas artes. Mas, aquela noite, havia algo que ele queria dizer e eu sabia. Sorvi o que restava de uísque em meu copo.

— E aí? — perguntei, da maneira mais leve que pude. — Que acha?

Ele caminhava de um lado para o outro diante dos nus.

— São muito bons, Austin — disse, fazendo o uísque girar de um lado para o outro em seu copo. — Muito bons.

Afastou uma cadeira da parede e se sentou escanchado nela, com os braços apoiados no encosto. Ainda olhava para os quadros. O copo brilhava em sua mão.

Achei que ele me tratava com condescendência e fiquei aborrecido com seu tom.

— Vamos lá — eu disse. — Há 15 anos não sou mais um estudante. Me diga o que acha.

— Está apaixonado por ela? — perguntou ele, repentinamente.

Eu não disse nada. Não tinha resposta para aquilo. Múltiplas imagens de Sara por toda a sala.

Ambos ficamos em silêncio durante vários instantes.

Por fim, Rockwell balançou a cabeça, depois olhou diretamente para meu rosto.

— Vai responder ou não à minha pergunta? — inquiriu.

— Com licença. — Coloquei o copo no peitoril da janela e me levantei em seguida, como se fosse sair da sala.

— Ela não é a mesma — continuou ele — que vemos em sucessivas exposições?

Senti meu rosto se avermelhar e, para Rockwell não notar, vireime em direção à vista noturna.

— Não é de sua conta — eu disse, calmamente, mas começava a ficar zangado de verdade. Ele não tinha o direito, acreditava eu, de me interrogar sobre minha vida pessoal, principalmente quando se levava em consideração a sua própria, que com certeza não era nenhum exemplo maravilhoso. Dei as costas para a vista de reservatórios de água e o encarei. Estávamos ambos refletidos na janela, e Sara se achava em toda parte da sala. — Acho que devemos falar sobre as pinturas — disse eu — e não sobre uma mulher qualquer.

— Uma mulher qualquer — repetiu ele. No silêncio que se seguiu, o aquecedor bateu quatro vezes, como um martelo de juiz exigindo ordem num tribunal.

— Vamos conversar sobre as pinturas — repeti. Àquela altura, tenho certeza de que minha expressão era sombria e a voz, dura.

Silêncio.

— E então? — Eu não ia desistir.

Rockwell olhou para o chão durante alguns momentos e depois, evitando meus olhos, olhou de soslaio para o aquecedor, que começara a emitir um estrondo e uma tosse combinados.

— Eu falava sobre as pinturas — disse ele, calmamente, quase com tristeza. E depois acrescentou: — São frias como gelo.

A noite e a eletricidade causam um efeito peculiar em espaços como ateliês de artistas, espaços escolhidos pela qualidade da luz natural que entra neles durante o dia. Os cavaletes, as mesas, os jarros com pincéis e os tubos de tinta, até mesmo as paredes e as tábuas do assoalho parecem desajeitados e de mau gosto, sob o clarão vindo do alto. À noite, a menos que eu esteja trabalhando furiosamente num ateliê, sempre me sinto vagamente desorientado e com uma solidão terrível, quase como se eu fosse um intruso, prestes a roubar o local de trabalho de outra pessoa. Só as pinturas inquestionavelmente terminadas não se alteram sob essa luz pouco lisonjeira, pinturas que não podem ser mudadas, não importa o que o artista faça com elas. Olhando para meu trabalho naquele momento, naquela atmosfera sombria, percebi que nenhum retoque final, nenhum realce o alteraria. Estava terminado. E era imperfeito.

— Frias... como... gelo — dizia Rockwell, cada palavra como uma faca enterrada entre minhas costelas.

— Saia — disse eu, mantendo a voz o mais firme possível.

— Faço um favor a você, dizendo isso.

— Saia! — gritei, com a raiva finalmente verbalizada. — Saia e não volte nunca mais!

— A escolha é sua — disse Rockwell. A seguir, esvaziou o copo, vestiu o casaco e foi embora.

Esta grande casa branca, onde parece que viverei o resto dos meus dias, foi projetada para receber bem a luz natural. Durante o dia, qualquer um dos seus aposentos cavernosos, ecoantes, seria um perfeito ateliê, embora eu tenha escolhido trabalhar em seus fundos, pois não suporto a idéia de ser observado por passantes na rua. À noite, a eletricidade surte em meu ambiente o mesmo efeito que surtia em meu antigo estúdio em Greenwich Village e em minha alma. Não há quaisquer lâmpadas de arco voltaico ou abajures escuros que possam modificar o horror que sinto, quando expostos à luz artificial, pelas paredes, pisos, objetos, móveis, meus sapatos, a manga do meu casaco, as manchas senis em minhas mãos. Em geral, dou um jeito de dormir, em vez de testemunhar essa iluminação monstruosa e sua resultante combinação de escuridão e imagens espelhadas em minhas paredes de vidro. Mas hoje, após trabalhar na coleção a manhã inteira, dormi em minha cadeira, à tarde. Assim, agora me descubro aqui, sob a luz elétrica, dolorosamente alerta, lembrando minha ruptura com Rockwell.

Saia. Saia e não volte.

O que terá feito a cólera explodir dentro de mim, aquela noite? Por que senti que tinha de rejeitar tão energicamente a crítica — o próprio homem? Teria eu alguma idéia do que fazia? Amigos já haviam criticado minhas pinturas, algumas vezes publicamente, em jornais e revistas; e, embora a experiência nunca fosse agradável, o resultante sentimento de má vontade desaparecia em uma ou duas semanas. Mas os comentários de Rockwell ficaram. Levei-os comigo para a abertura da exposição, onde mal podia suportar olhar para minhas pinturas na parede, e onde considerei os clientes uns trouxas, porque as compraram. Mesmo meses depois, no verão, levei-os para Silver Islet, onde a paisagem inteira me pareceu gasta e vulgar, como se sofresse os efeitos da mesma luz artificial que agora paira em torno de mim. Eu não podia perdoar Rockwell — talvez porque acreditasse nele —, embora nunca admitisse isso, na ocasião. Não podia perdoá-lo e o perdi completamente. Ele me fez, entendem, ver meu trabalho como imperfeito. Acreditei que veria para sempre minha pintura através das lentes de sua desaprovação e, embora me recusasse profundamente a examinar a possível fonte dessa desaprovação, odiei-o por causa dela. Em minha vaidade, não podia culpar a mim mesmo. Durante um curto período, tentei culpar Rockwell, mas ele não pintara os quadros, afinal, de modo que, apesar da minha ira, tive de abandonar essa opção conveniente. Mas não podia culpar a mim mesmo, à minha valorizada expressão. Então, culpei o tema. Culpei Sara.

Olhei-a ali em pé, pasma, do outro lado da sala. Era o fim do verão e eu me preparava para partir. Para sempre.

— É uma decisão estética — disse-lhe. — Não falo de caráter.

— Quinze anos — ela disse, desviando em parte o rosto de mim.

— Quinze verões — corrigi.

Eu estava errado. Falava sobre caráter. O meu caráter. Não estava em minha natureza, naquele tempo, comemorar o passado, exatamente como não estava em minha natureza esquecê-lo. Nunca perdoei Rockwell e nunca perdoei Sara. E aqueles a quem você nunca perdoa também acha impossível esquecer. Anos se passariam antes que eu relaxasse e fizesse uma pausa por tempo suficiente para refletir se eles, algum dia, me perdoaram.

Eu era uma criatura com hábitos. O inverno exigia que eu permanecesse na cidade, mas o verão era dedicado à paisagem. Tendo decidido não voltar nunca mais a Silver Islet, fiquei mal-humorado quando o calor chegou a Nova York. Fiz talvez duas viagens rápidas para a costa do Maine, mas consegui produzir muito pouco. Então, por capricho, no verão seguinte fui até Rochester de carro, deixei-o lá e peguei a balsa para Davenport, onde fiquei hospedado com George por uma ou duas semanas. Nesse período, encontrei com freqüência sua amiga de cabelos escuros, Augusta, de férias do Hospital Geral de Toronto. Sentia-me admitidamente grato pelo conforto da companhia deles, dois despretensiosos canadenses, e também um pouquinho espantado com a ternura que percebia existir entre ambos.

Lembro-me de que, certa noite, ainda cedo, de volta de uma caminhada pela praia ao entardecer, tirei meus sapatos úmidos e entrei pela porta dos fundos, que estava aberta. Enquanto seguia pelo corredor até a escada, passei pela sala de jantar, onde George e Augusta ainda estavam à mesa. Augusta estava sentada, com as mãos entrelaçadas no colo, seu torso magro perfeitamente ereto, a cabeça abaixada. George, sentado na sua diagonal, estendera o braço por cima da mesa, de modo que sua mão repousava no ombro dela. Nenhum dos dois se mexia o mínimo que fosse; não me ouviram entrar.

— Não faça isso — sussurrou George, olhando atentamente para o rosto abatido de Augusta. — Não faça isso. — Havia um ar de tristeza no quadro que formavam, tão profunda que era quase sufocante, como também um senso de que nada, ninguém, poderia penetrar na região privada em que haviam entrado. — Não faça isso — sussurrou George. Mesmo assim, ela não ergueu os olhos. Ele lhe sacudiu o ombro, suavemente. — Não faça isso — tornou a dizer. Afastei-me deles, caminhando com extremo cuidado em direção à escada.

Em outra ocasião, quando me dirigia ao banheiro, no meio da noite, encontrei George no corredor escuro. Ele tinha na mão um copo d'água para Augusta que, como explicou, acordara no meio de um pesadelo. Mas, com maior freqüência, eram os pesadelos de George que eu percebia, seus gritos na noite, seguidos pelo murmúrio suave de Augusta e, depois, pelo silêncio. Eles eram capazes, sabem, de dar um ao outro o presente do sono.

Na metade da minha visita, Augusta voltou para seu trabalho em Toronto. Após sua partida, George entregou-me um avental e me encorajou a ficar em pé com ele atrás do balcão da loja. Ri de mim mesmo nesse uniforme e esperei ardorosamente não ser reconhecido por nenhum turista extraviado, vindo de Nova York, mas a verdade era que eu gostava do negócio, dos mexericos, das ordenadas fileiras de números no livro de contabilidade. No verão seguinte, na primeira manhã após minha chegada, insisti para acompanhar George ao Salão da Louça. É para ganhar meu sustento, disse, como desculpa. Na verdade, estava ansioso para ver os novos modelos e, ao cabo de uma semana, fiquei quase tão entusiasmado quanto George, quando chegou à loja, proveniente da França, um pequeno engradado contendo os mais recentes acréscimos à coleção dele.

No curso daqueles primeiros invernos após Silver Islet, daqueles primeiros invernos sem Sara, trabalhei numa série de pinturas cubistas ostensivamente místicas, que agora, graças a Deus, quase desapareceram da face da Terra, tendo meu *marchand* recebido instruções para comprá-las para mim, se algum dia forem leiloadas e eu, por minha vez, tendo instruído a mim mesmo para me livrar delas em seguida, o mais rápido possível.

Durante esse período, comecei a freqüentar o teatro, em parte, imagino agora, para libertar a mim mesmo do tédio sufocante de pintar sucessivos feixes de luz reveladores, brilhando em sucessivas montanhas estilizadas. Algumas vezes, um comprador rico me dava um ingresso e eu assistia a um concerto ou peça que, de outra forma, talvez não considerasse dignos de minha atenção. E foi assim que, em janeiro de 1937, acabei assistindo, em Nova York, à última apresentação da primeira temporada norte-americana de Vi Desjardins, tão comentada durante as semanas precedentes.

A cadeira era excelente, cara demais para o espetáculo tolo e pretensioso que fui forçado a assistir de tão perto. A estrela era linda, suponho, mas usava um traje arrebicado e estava pesadamente maquilada. As canções que ela cantava — e cantava muito bem — eram extremamente comuns; ficava-se imaginando como ela, sua orquestra e seu coro conseguiam lembrar a melodia e as palavras, sendo todas tão parecidas umas com as outras. Mesmo assim, havia algo nela, um rosto por trás do rosto pintado, que atraiu e manteve presa minha atenção. Mas só na cena do salão de baile foi que compreendi. Era a maneira como ela movimentava os braços, ao dançar com um par, a linha do seu pescoço, o jeito como lançava a cabeça para trás, quando ria. Juro que quase podia ouvir as ondas de 20 anos atrás espumando na areia da praia de Davenport. Meu Deus, pensei, foi isso que aconteceu com ela. Todos esses anos. Não tinha absolutamente desaparecido. Tornara-se outra pessoa.

Quando me apresentei à porta do seu camarim, após usar minha fama e a do comprador do meu ingresso para atravessar sua bateria de escravos e protetores, ela me olhou curiosamente por cerca de 30 segundos. Rompendo o silêncio, disse-lhe quem eu era e ela começou a rir, um som de enfurecer, zombeteiro, que me fez sentir tão ameaçado e desajeitado como só me sentira em meus anos de adolescência. E então, como reação, eu fiquei determinado. A seduzi-la.

Não foi tarefa difícil. Minutos depois, ela já dispensava sua comitiva e pedia que eu a levasse para a sala de estar na cobertura do seu hotel, a fim de bebermos Manhattans.

— Estamos, afinal, em Manhattan — disse. — E podemos dançar, exatamente como nos velhos tempos.

O rosto mais jovem de George, sua expressão apaixonada, irada, pairou apenas por um momento em minha mente, mas ignorei-o.

— Cinco centavos a dança, Vivian — disse eu, apoiando-me de forma conscientemente descontraída na moldura de sua porta.

Nenhum de nós dois falou em George aquela noite. Estávamos ocupados demais avaliando um ao outro, cercando um ao outro, como animais à beira da agressão. Ambos nos exibíamos, representávamos: nossos eus mais jovens exigiam isso. De que adianta a fama, afinal, se não pode ser ostentada na cara do anonimato do passado?

Vivian era uma dançarina notável, mas eu também era, àquela altura. Outros, na pista, recuavam e nos observavam, e o salão zumbia. Ela era famosa, uma palavra familiar. Era, segundo me disse, o que sempre desejara.

— Mesmo naquele tempo?

— Principalmente naquele tempo — respondeu.

Era proprietária de uma casa em St. John's Wood, em Londres, e de outra em alguma parte do sul da França. Homens apareciam e desapareciam ao seu comando. Na verdade, não tinha tempo para eles, declarou. Só de vez em quando algum deles se tornava difícil.

Ela me olhou fixamente ao dizer isso.

Decidi não engolir logo a isca. Para ser inteiramente franco, eu não a desejava de fato, mas algum aspecto irado da minha personalidade exigia que eu dormisse com ela. Como se este único ato, uma vez realizado, provasse minha sofisticação, minha inteligência, minha superioridade.

Se eu fosse capaz de eliminar minha luxúria, talvez nos tornássemos companheiros passavelmente bons. Ela, na verdade, tinha um senso de humor absolutamente maravilhoso: abrupto, controlado, equilibrado com cuidado no vértice do cinismo. Uma espécie de jovialidade frenética nos impulsionava para a frente. E havia também sua beleza. Sua beleza era violenta e fulgurante, a um ponto quase insuportável, principalmente quando ela ria. Nossas réplicas eram espantosas, aguçadas e rápidas — com um brilho de lâmina. Tudo em torno de nós girava e cintilava.

Finalmente, perguntei:

— Então, devo aparecer? — sabendo perfeitamente bem que poderia, com a mesma facilidade, desaparecer a qualquer momento em que ela ou eu assim o desejasse. Acrescentei que, no caso de isso fazer alguma diferença, eu estava longe de ser difícil.

— Por que não? — disse ela, afastando seu cabelo escuro da testa, com uma mão perfeitamente tratada.

De repente, nada que eu olhasse, fossem as luzes que brilhavam na sala ou as que via nas ruas, lá embaixo, nada que eu lembrasse do ateliê, fossem os tubos retorcidos de tinta ou os pincéis, arrumados por tamanho em jarras de vidro, nada parecia ter absolutamente o mínimo a ver comigo. Era como se eu sofresse de uma peculiar desordem cerebral, que me fazia perceber o que se passava em torno de mim, ou lembrar algo tão simples quanto meu próprio apartamento, como se essas percepções e lembranças pertencessem a outra pessoa. Descobri, então, o que havia de errado em minhas atuais pinturas; aquelas explosões de questionável luz espiritual não levavam para a tela nada que realmente me pertencesse. Jamais me sentira tão distante da criação quanto naquela breve bolha de tempo, num bar na cobertura, do qual se descortinava a cidade. Essa desorientação, porém, foi temporária e desapareceu quase antes de me chamar plenamente a atenção.

Sorri para a mulher sentada diante de mim e, depois, sorvi o que sobrara do meu quarto coquetel.

— Vamos sair daqui — eu disse.

Vivian foi a única mulher que conheci que ria ao fazer amor. No início, fiquei algo desconcertado, mas muito depressa passei a entender que, para ela, isso era uma expressão de apreciação, de prazer. Ao contrário da hilaridade que acompanhava sua conversa espirituosa, esse som não tinha nenhum sentido agressivo, nenhuma referência irônica, e se dirigia apenas ao presente. A memória, entendem, não fazia parte de quem era Vivian. Ela deslizava com facilidade para dentro e para fora de papéis, para dentro e para fora dos braços dos homens. Seu prazer era tão honestamente ligado ao momento que transmitia uma estranha espécie de inocência.

Fizemos amor numa grande cama, em sua suíte de hotel. Além de sua risada musical, lembro-me muito pouco da nossa relação amorosa, a não ser que ocorreu, e que ela queria as luzes apagadas. Na manhã seguinte, porém, enquanto ela dormia, vi em seu rosto relaxado, na curva de sua boca, a menina que ela fora, no passado.

Quando ela abriu os olhos, sua expressão não revelou nenhuma surpresa com minha presença ao seu lado. Sentou-se na cama e estendeu o braço para pegar meu relógio, em cima da mesa-de-cabeceira, consultou-o de olhos franzidos e, depois, afivelou a correia em torno do meu pulso.

— Acho que você dirige — disse.

— Sim, tenho um carro. — Meu Packard novo era uma das poucas coisas pelas quais eu fora capaz, nos últimos meses, de sentir um autêntico entusiasmo.

Ela se deitou outra vez e puxou meu braço para junto do seu corpo.

— Então me leve ao Canadá — disse. — Tenho quatro dias, antes de velejar. Quero tornar a ver Davenport e George.

Afastei-me dela e olhei seu rosto, a fim de ver se falava sério.

— Agora? — perguntei.

— Sim, agora.

Meu ateliê e minha vida cotidiana estavam a muitos quilômetros de distância, nada tinham a ver comigo.

— Por que não? — eu disse.

Passamos a noite num hotel quase vazio, em alguma parte dos Adirondacks. No último momento, Vivian decidiu que queria um quarto só para ela.

— Você não se importa, não é, querido? — disse. — Preciso dormir bem para ficar bem bonita, sabe?

Garanti-lhe que não me importava. Estava cansado, recuperando-me de uma ressaca, e começava a ficar aborrecido por ter concordado tão depressa em fazer o que agora se revelava uma longa viagem em estradas geladas, no pior período possível do ano. Não havia balsa no inverno, claro, de modo que teríamos de acompanhar de automóvel o rio St. Lawrence e cruzar para o Canadá em Ogdensburg. A maior parte do dia seguinte seria ocupada dirigindo ao longo da beirada do Grande Lago, até alcançarmos Davenport.

— Não sei se George se lembrará de você — disse, meio a sério, no dia seguinte, no carro.

— Claro que sim... Como poderia esquecer?

Ri da sua vaidade.

— Vivian — eu disse, — já se passaram mais de 20 anos. Não creio que ele saiba quem você é. Quero dizer, que você é *quem* é.

— Ele sabe quem eu sou.

— Ele não disse nada... Absolutamente nada, desde o fim da guerra, há 20 anos.

— Ele sabe — repetiu ela. Levara para a viagem um pequeno frasco de prata cheio de uísque. Ofereceu-me um gole, recolocou cuidadosamente a tampa e tornou a enfiá-lo em sua bolsa. — Ele mudou, de alguma forma? — perguntou.

— Ainda tem o Salão da Louça. Seus pais estão ambos mortos. Então ele fechou a mercearia, embora ainda use aquele avental, sabe, com as canetas presas na frente.

Era o fim da tarde. Lembro-me de que, naquele momento, viajávamos para oeste, então eu modificava constantemente o ângulo do visor para proteger meus olhos contra o sol baixo de inverno.

— E — acrescentei — ainda pinta em porcelana. Agora é vereador ou algo parecido — disse. — Algo no conselho municipal. Decerto, algum dia será prefeito.

Vivian sorriu, depois virou o rosto em direção ao vidro lateral do carro.

— Pobre George — disse. — Quem pensaria que um dia ia crescer o suficiente para se tornar prefeito? Lembra-se de como ficava zangado, quando eu dançava com qualquer outro?

— Não pensei que você notasse isso.

— Notava — ela disse. — Na verdade, eu gostava muito.

Passamos por Belleville, depois Trenton, depois Brighton. Não via o lago no inverno desde que era menino e jamais o vira daquela praia. Lembrei-me de minha mãe falando de suas excursões em grupo para esquiar. Não havia nada, no gelo cor de cinza próximo da praia, que sugerisse brincadeiras ou risadas e, pela primeira vez, imaginei se aquelas saídas não seriam tão ficcionais quanto nossos parentes próximos em seus majestosos mausoléus.

Ao nos aproximarmos de Davenport, Vivian chegou-se para mais perto de mim e tocou na manga do meu casaco.

— George tem mulher? — perguntou.

Eu sentia a fragrância do seu perfume, reconhecia-o por causa da nossa noite juntos.

— Ele tem uma amiga, uma mulher chamada Augusta. Na verdade, nunca fui capaz de interpretar o relacionamento deles. — Mentia, talvez para mim mesmo, tanto quanto para Vivian, pois até eu fora capaz de entender que a notável compaixão que nutriam um pelo outro devia ser o que algumas pessoas chamam de amor. — Ela é enfermeira, em Toronto — disse. — Talvez sejam apenas amigos... não tenho certeza. De qualquer jeito, ele nunca se casou.

Então, Vivian sorriu.

— Tem certeza? — perguntou, com um jeito trocista, sem esperar resposta. Abriu a bolsa e tirou o frasco de prata, que sacudiu perto do seu ouvido direito. — Acabou tudo — disse.

— Não há problema. Tenho outra garrafa em minha mala. Augusta pode estar lá — acrescentei. — Algumas vezes, ela tira folga nos fins de semana.

Já escurecera havia mais ou menos uma hora, quando entramos de carro em Davenport. Estacionei o Packard na frente da loja de George e desliguei o motor exatamente quando se acenderam as luzes dos postes. Lembro-me disso porque, no carro, houve um estranho silêncio momentâneo. E, desde então, sempre pensei naquela pausa como uma espécie de apojatura no início de uma linha musical sombria, uma última chance para o que o tema se desenvolva em alguma outra direção. Nem Vivian nem eu demos nenhum sinal de estarmos ansiosos para sair do carro, agora que a viagem terminara. Não olhávamos um para o outro, mas sim, atentamente, para o pára-brisa, onde grandes flocos de neve aterrissavam e, depois, derretiam-se. Lembro-me da maneira como a luz era captada tanto na superfície do frasco de prata vazio, que Vivian sacudia nervosamente para a frente e para trás, como no enfeite da capota: uma mulher alada, com o rosto ligeiramente voltado na direção do céu, o volante firmemente seguro em suas mãos.

N*oite no Salão da Louça* é uma das minhas telas menos satisfatórias. Para que fosse bem-sucedida, eu teria de pintar tudo que lhes contei até agora, tudo que Augusta me contou, os abundantes desenhos florais da porcelana que nos enlevavam e a terrível luz artificial chovendo em cima de um lugar onde não se previra que a noite fosse alguma vez testemunhada. Eu teria de pintar o casaco negro de *vison* de Vivian, jogado em cima do balcão tal qual um animal ferido, o medalhão de Augusta, o letreiro de papelão onde se lia FECHADO, cuidadosamente colocado por George entre as xícaras e pires exibidos na vitrina. Teria de pintar a fumaça dos meus cigarros, que encheu aos poucos o lugar com um nevoeiro sujo, a borla pendurada na extremidade da velha persiana verde que George se esquecera de puxar sobre o vidro da porta. Teria de pintar a sala de jantar onde todos consumimos em silêncio a refeição simples preparada às pressas para nós por Augusta, o vinho caseiro de George, que bebemos como acompanhamento da comida. Teria de pintar a expressão do rosto de George, quando entrei na loja com Vivian ao meu lado, a sineta pendurada em cima da porta, que tocou durante tempo demais, e alto demais, no silêncio. Mas, no final, pintei Augusta conversando comigo na loja, nas primeiras horas da manhã. Apenas isso. Nada mais.

— Veja quem está aqui — eu disse. — Uma grande surpresa, *n'est-ce pas?*

— Uma grande surpresa — repetiu George. Levantou-se com um pequeno tubo de tinta numa mão, a maçaneta da porta na outra, e um pincel apertado entre os dentes. Não consegui interpretar sua expressão.

— É Vivian — instiguei eu. — Mas acho que devo dizer 'a famosa Vi Desjardins'.

George não disse nada, parecia congelado.

E então, depois de alguns momentos constrangedores, Vivian ergueu uma das mãos em direção ao rosto de George, tirou o pincel de sua boca e beijou-o nos lábios, de leve. Vendo que ele não correspondia, ela deu um passo para trás e olhou-o.

— Você não mudou — disse. Silêncio. Vivian colocou o pincel num vaso, numa prateleira próxima, e caminhou, passando por George, até a extremidade mais afastada da loja, onde tirou seu casaco e jogou-o em cima do balcão. Olhou atentamente para cada uma das três paredes. — Este lugar também não mudou — acrescentou.

Um rápido e vívido quadro passou de relance pela minha cabeça, um quadro de George inclinado através da janela do trem. *Ela o esmagou sob o salto do seu sapato.*

Esperei que Vivian se comportasse de modo decente com a amiga de George. Suspeitei que seria capaz de ignorar completamente a presença de outra mulher na sala.

George não respondeu, começando a atravessar a loja em direção a Vivian com um sorriso estranho no rosto.

— Ah, eu mudei — ele disse a ela. — Tudo em mim mudou completamente.

Vivian inclinou a cabeça para um lado, olhando-o curiosamente, depois anunciou, muito animada:

— Segundo meu ponto de vista, você não mudou.

Olhei para o homem e a mulher face a face, na extremidade afastada do Salão da Louça. De repente, percebi que, apesar da irada infelicidade do jovem George, um relacionamento de algum tipo desenvolvera-se entre eles, no curso daquele inverno anterior à guerra. Achei a idéia surpreendente e, de alguma forma, divertida. Exatamente quando sorria para mim mesmo, pensando no passado romântico de George, ouvi Augusta falar de alguma parte, nos cômodos dos fundos da loja.

— George — perguntava ela —, quem está na loja com você?

Só após o jantar, depois que fui pegar a garrafa de uísque, George cessou de gracejar animadamente. Augusta pedira licença para arrumar a cozinha e George caiu num tipo de quietude que poderia ser confundida com satisfação, se não fosse a maneira como ele olhou fixamente para o copo à sua frente, esvaziou de repente seu conteúdo e, a seguir, sem levantar os olhos, empurrou-o em direção à garrafa, que estava na minha extremidade da mesa. Tornei a encher o copo e enfiei-o em sua mão. Mesmo assim, ele não me olhou e, na verdade, também não olhou para mais nada. Vivian começou a contar um longo caso sobre a letra não publicada de uma canção de Cole Porter. No meio, George tossiu uma vez, empurrou sua cadeira para trás, provocando um ruído rascante, desagradável, e Vivian fez uma pausa. Mas ele não se levantou da mesa e então ela continuou, elevando o tom de voz. No meio de uma frase que começava com as palavras "E então Cole me disse", George falou, com a voz embargada:

— Não nos interessamos por essas coisas, Vivian, não queremos saber nada sobre isso.

Ela pareceu não ouvir o que ele disse.

— Que foi, querido? — perguntou, inclinando a cabeça em sua direção.

— 'Querido' — ele repetiu, ainda olhando para a mesa, sua voz apática. — Que tipo de palavra é 'querido'?

Ouvi os passos de Augusta na cozinha, depois um ruído de água correndo.

Vivian engoliu em seco.

— George — disse —, eu queria...

Mas ele a interrompeu.

— Para onde você foi... querida? Ou talvez eu deva perguntar o que está fazendo aqui, por que cargas d'água resolveu voltar?

Mesmo à luz do abajur, eu via que sua expressão era soturna, seu rosto estava branco. O copo tremia em sua mão, o gelo tilintando de leve, como se ele bebesse num trem. Comecei a me sentir constrangido, lembrei-me daquele dia na loja, do violento tremor de George, da tinta cor de malva pingando no assoalho. Qual era esse estado de espírito que ele ocultara tão cuidadosamente, acumulando-o durante três horas, até Augusta sair da sala? Só diante de sua estranheza percebi como era artificial a cortesia anterior.

Vivian começou a recuar diante dele, mas George agarrou seu braço e puxou-a para mais perto.

— Me conte... querida — disse.

Ela o empurrou, alisou a seda da manga do seu vestido, recostou-se em sua cadeira e sorriu animadamente, primeiro para mim, depois para ele.

— Foi mamãe — disse ela, com alegria. — Que mais posso lhe dizer? Ela, simplesmente, não aceitou. Contei tudo a ela numa manhã, e fomos embora na manhã seguinte. Fez duas malas e me pôs, junto com ela, num trem para Nova York. Você deve ter sabido. De lá, fomos de navio para a Inglaterra. Sabe como ela era. Não queria nem pensar a respeito.

George continuou em silêncio.

— Ela não me deixou escrever nem telegrafar. Não podia. Eu nunca estava longe de sua vista.

George não disse nada.

— Não é possível que você não ache que era o melhor a fazer — disse Vivian, olhando para George com autêntico pasmo.

— Melhor para quem? — Com a parte superior do seu corpo, George inclinou-se em direção a ela. — Melhor para quem, Vivian querida? Melhor para mim? Não acho. Melhor para o garoto que eu era, naquele tempo? Duvido. — Uma pausa, depois ele acrescentou a palavra *querida*.

— Mas foi tudo esquecido tão depressa. Eu tinha minha carreira... e aí veio a guerra. — Vivian não sorria mais. Mudava de posição em sua cadeira, desconfortavelmente. — De qualquer modo, você iria para a guerra, George.

— Sim, eu iria para a guerra, de qualquer modo — disse ele. Olhava-a diretamente, e seu rosto estava implacável. — E, com sorte, seria morto... é isso?

Vivian endireitou a espinha.

— Escute — disse ela —, vim aqui de boa-fé para consertar as coisas, explicar.

— Explicar — repetiu George, com a voz fria, dura.

— Que está acontecendo aqui? — perguntei. — Que é isso?

— Você esperou 24 anos — disse George, ignorando-me — para explicar. Não acredito que seja esse o motivo de sua vinda aqui, Vivian. Não posso acreditar que está aqui por causa disso. E você — disse ele, virando-se de repente para mim — achou que isso era alguma brincadeira?

Eu nunca ouvira George falar assim com ninguém.

— Que brincadeira? — Eu queria saber. — Não tenho a menor idéia do que está acontecendo aqui.

— Não contei a ele — Vivian suspirou. — Mais ou menos supunha que ele soubesse. Simplesmente, não me ocorreu.

— Soubesse o quê? — Olhei para cada um deles e tornei a perguntar: — Soubesse o quê? Será que alguém pode fazer o favor de me dizer o que está acontecendo aqui?

Àquela altura, a expressão do rosto de George era assustadora. Mas eu já vira aquela expressão, lembrei, durante as danças no pavilhão. Naquela expressão, todos aqueles anos atrás, residia o homem que George se tornaria; o homem irado, sentado agora à mesa de jantar.

— Acalme-se — disse-lhe eu. — Foi só uma passada aqui para dar um alô. Vivian queria rever Davenport.

George afastou-se de Vivian.

— Meu Deus — disse. — Deus do céu. — Pôs os cotovelos na mesa e cobriu o rosto com as mãos.

Ele está escondendo algo terrível, pensei, algo que não é capaz de apagar da expressão do seu rosto. Vivian colocou uma das mãos brancas na lã escura da manga de George.

— Eu não podia, George — disse, suavemente. — Depois daquela noite, mamãe me levou embora. E tinha razão. Éramos apenas crianças... Aquele inverno, eu só tinha 17 anos e você um pouquinho mais. Acho tocante, agora, que você achasse que precisava se casar comigo, a fim de me levar para a cama. — Ela riu. — Não há dúvida de que não encontrei, desde então, ninguém assim tão cavalheiresco.

George levantou a cabeça das mãos e olhou para Vivian.

— Cavalheiresco — repetiu, quase como se jamais tivesse ouvido a palavra. — Éramos casados — disse entre dentes. — Nos casamos.

Pude ver que havia lágrimas em seus olhos, angústia em seu rosto, e me senti constrangido.

— Por uma noite — disse Vivian, como se o corrigisse. Depois, como ele parecesse abalado, repetiu: — Simplesmente, não pude, George. Já me tornava outra pessoa. Você me pegou exatamente à beira disso.

— Suponho que você queira o divórcio — disse ele. — Suponho que tenha sido por isso que você veio.

Vivian tirou a mão do seu braço, jogou para trás seu cabelo e riu.

— Não especialmente — disse. — Para que me incomodar?

Foi então que vi Augusta em pé, na sombra, no umbral. Segurava uma bandeja na qual havia xícaras, pires, um bule e quatro pedaços de bolo. Emoldurada pelo friso da ombreira da porta, ela parecia uma das mulheres dos retratos de Sargent, de corpo inteiro, tamanho natural. A tal ponto estava gelada e imóvel. Olhou-me, olhou o que carregava nas mãos e, por algum motivo inexplicável, olhou pela janela lateral, por onde, com a escuridão, não se via nem a parede do prédio vizinho. A seguir, virou-se e levou silenciosamente a bandeja de volta para a cozinha.

George não a vira, absolutamente. Nem por um segundo afastara os olhos do rosto de Vivian.

Cinco minutos depois, Augusta fez sua segunda entrada na sala, após um martirizante período de silêncio. Dessa vez, o chacoalhar das xícaras na bandeja foi bastante alto para tanto George quanto Vivian virarem-se e a olharem fixamente. Eu não suportava olhar seu rosto.

George levantou-se.

— Vivian tem de pegar um trem em Toronto — disse. — Vou levá-la de carro até lá.

— Mas — disse — eu ia levá-la de carro para...

— Não — retruquei George —, você me disse que passaria a noite aqui. Terá de dirigir muitas horas, amanhã. Eu a levarei até lá... em nome dos velhos tempos. Você fica com Augusta.

Eu imaginara que ele queria livrar-se dela o mais rápido possível.

— Mas não há um trem que sai de Davenport? — perguntei. — Será que eu não poderia levá-la de carro até a estação aqui mesmo?

Vivian levantou-se vagarosamente. Tinha um aspecto preocupado, aturdido, quase de uma mulher de meia-idade. Seu batom sumira há pelo menos meia hora e ela, pouco caracteristicamente, esquecera-se de tornar a passá-lo; uma mecha do seu sofisticado penteado desprendera-se dos grampos e caíra.

— Quero que George me leve — disse. — Tenho de pegar o trem que parte de Toronto à meia-noite.

— Não há nada que ela possa pegar aqui — disse George — para chegar lá a tempo.

— Ela poderia me levar — disse eu, irritado. — Não vejo por que você precisa...

— Não se meta nisso, Austin — disse George, com um tom que não pressagiava nada de bom.

E havia também Augusta, em pé, profundamente silenciosa, a apenas alguns centímetros da porta da sala de jantar.

— Não sei o que isso significa — disse eu a ela. — Não sei por que ele está se comportando dessa maneira.

— Deixe que vão embora — disse ela, tranqüilamente. — Apenas deixe que vão.

Nós quatro, um após o outro, passamos pela cortina que separava o Salão da Louça do resto da casa. Vivian deixara seu casaco e sua valise em cima do balcão; a bagagem reduzida sugeria que, o tempo inteiro, ela suspeitava que partiria sem mim.

Cada movimento que George fazia, cada gesto — desde a maneira como jogou seu casaco sobre os ombros até o modo rude de bater na caixa registradora, a fim de tirar algum dinheiro para a viagem —, sugeria raiva, implacabilidade. Pouco antes de chegar à porta, ele parou de repente, tirou de uma das prateleiras uma xícara de chá pintada e atirou-a em direção ao meu rosto.

— Pelo menos eu podia me alimentar com alguma coisa, usando isso — disse. Eu via que sua mão ainda tremia. — Pelo menos, poderia enchê-la de calor, muitas vezes. Pode dizer o mesmo de qualquer coisa que você já fez?

— Deixe-o em paz, George — disse Augusta. — Isso não tem nada a ver com ele.

Então ele deu a volta e olhou-a quase com um choque, como se nem sequer soubesse que ela estava ali, como se aquilo tudo acontecesse anos atrás, antes de se conhecerem. Seu rosto se suavizou, mas não a tocou.

— Ah, Augusta — disse. — Augusta.

Ela não quis olhá-lo.

A Vivian, ele disse:

— Essa mulher... Augusta... é a mulher que passei a amar.

Ninguém disse nada. Essa confissão parecia ridícula, banal, tão piegas quanto a pior peça de porcelana pintada que havia na sala. Senti-me humilhado por ele. Naquele momento, nenhum de nós acreditava em suas palavras.

George abriu a porta e Vivian saiu para a neve.

— Voltarei dentro de quatro horas — disse.

Falava com Augusta, ou comigo, talvez com ambos. Ou talvez falasse consigo mesmo. De qualquer modo, a frase ficou pairando no ar — uma mensagem que não alcançara inteiramente seu destino. A sineta da porta tocou de forma alegre e inapropriada por um bom tempo, depois que eles se foram.

— É melhor eu também ir embora — disse a Augusta. — Desculpe tudo isso.

— Não — disse ela —, não vá ainda. Gostaria de ter alguém com quem conversar enquanto espero.

Eu não tinha nenhum desejo de discutir os acontecimentos que acabavam de se passar; a reação de George a Vivian, a revelação do efêmero e infantil casamento dos dois. Eu já concluíra que fora, pelo menos para Vivian, um capricho provocado por sua necessidade de se afirmar perante sua mãe dominadora. Provavelmente, apesar da inegável paixão de George, tinha pouco a ver com ele, fora mais uma disputa entre mãe e filha, que a mãe acabou ganhando, como acontece com tanta freqüência. Tudo aquilo me parecia de alguma forma de mau gosto, como talvez não ocorresse com um caso adúltero maduro. Não, eu não queria falar a respeito — de modo algum.

Como se sentisse isso, Augusta esclareceu seu pedido:

— Escute, quero apenas contar a alguém a história da minha vida.

E assim... *Noite no Salão da Louça.*

Não voltamos para os cômodos da casa, os cômodos atrás do Salão da Louça. Talvez sentíssemos que seria demasiado confinado, demasiado íntimo. Na verdade, éramos estranhos um para o outro, e creio que não cabia, absolutamente, ficarmos a sós. Fosse como fosse, achei que Augusta talvez sentisse isso, e então me sentei na cadeira grande, com braços, que George mantinha atrás do balcão, e ela se empoleirou na escada de abrir que ele usava, quando queria pegar peças além do seu alcance nas prateleiras. Pela primeira vez, percebi que não havia portas de verdade na casa de George, todas as saídas e entradas eram através daquele universo rococó de serviços de mesa, o salão de comércio. Então pensei nas expressões "saída" e "entrada", e em como eram adequadas para a teatralidade da noite, uma teatralidade que, como eu começava a acreditar, fora planejada por Vivian desde o instante em que entramos no táxi para ir ao seu hotel.

Augusta iniciou sua história contando-me sua infância na fazenda, seu irreprimível bando de irmãos, seu pai severo e sua mãe prática. Fiquei surpreso e impressionado com sua atenção aos detalhes, com a maneira como ela era capaz de nomear e descrever a árvore mais próxima de cada uma das janelas da casa em que morara na infância e de dizer como era o aspecto de cada um dos seus irmãos bebês, aos seis meses de idade. Contou-me como era o Decoration Day, no cemitério da vila, falou dos seus cartões da escola dominical e de seus curtos meses de brincadeiras do lado de fora. A casa de neve. A menina cinzenta. Muitas vezes, ela ria — de si mesma, do seu pai, dos seus irmãos. Horas se passaram, enquanto ela me explicava esse mundo, seus rituais e excentricidades. Horas se passaram, enquanto ela me conduzia nessa excursão por sua infância, por seus anos de jovem mulher. Mas eu sabia que a viagem que ela me levava a fazer chegaria afinal ao seu destino e que esse destino seria a guerra — a guerra e sua aliança com George.

— Havia sempre um vento ameno soprando do mar — disse ela, quando se tornou evidente que estava preparada para revelar essa parte de sua história.

Sempre um vento ameno do mar, naquele lugar da França chamado Étaples. Milhares de soldados aliados ficavam aquartelados em campos ali, em alguma ocasião. E outros milhares eram transportados em trens hospitalares; essas duas cargas passavam uma pela outra, nos trilhos que levavam ao *front* e traziam de volta de lá. George acabou sendo um dos muitos soldados com ferimentos menores que passaram apenas cerca de um dia no hospital, antes de serem enviados de volta à ação.

— George me disse que você o conheceu lá — falei.

— Apenas por alto, não muito bem — disse ela. — Apenas o suficiente para descobrirmos que éramos do mesmo município. Mas eu era uma moça de fazenda e ele tinha vindo de Davenport. Me lembrei dele por causa do Salão da Louça, este Salão da Louça. Os bons pratos que minha avó tinha vieram de lá — daqui. Tinham pássaros azuis com fitas cor-de-rosa nos bicos pintados neles e, quando criança, eu adorava isso. Pensar nesses pratos, lá em Étaples, me deixava um pouco saudosa de casa, mas apenas um pouco. Não havia tempo para saudades ou qualquer outra coisa. Tantos homens morrendo diante dos nossos olhos e nada que pudéssemos fazer.

Depois, falou-me do seu uniforme. Ainda conservava um, disse, pendurado num armário, em alguma parte, provavelmente na fazenda. Consistia numa saia de lã azul-acinzentada e numa blusa de algodão da mesma cor. Esta última peça de vestuário tinha bordada no ombro a palavra *Canadá*. Havia ainda um avental branco, punhos brancos engomados e um véu branco. Achei que parecia roupa de freira e que devia ficar levemente absurda, no caos de uma sala cheia de homens dilacerados. Vieram-me à cabeça tranqüilas mulheres fazendo oferendas, ajoelhadas na beirada de retábulos do século XVI — mas claro que não mencionei isso para ela.

Agora, enquanto conversava, Augusta caminhava pelo Salão da Louça. Tudo nela era pequeno e harmonioso, suas mãos e ombros, por exemplo. E havia seus olhos, grandes e escuros no rosto pálido, em forma de coração. Algumas vezes, sem qualquer motivo aparente, ela pegava uma peça de Spode ou de Limoges e levava-a para uma excursão pela sala e, depois, recolocava-a cuidadosamente no mesmo lugar da prateleira de onde saíra. Fiel à sua palavra, não fez nenhuma referência a Vivian, não a mencionou absolutamente. No início, foi como se Vivian não tivesse jamais entrado na casa, como se eu tivesse vindo a Davenport sozinho, como habitualmente fazia.

Ela falou durante algum tempo sobre Étaples, descrevendo tão vividamente seu cenário físico que, mesmo agora, anos depois, ainda posso imaginá-lo, embora nunca tenha estado lá e não sinta o menor desejo de evocar o lugar.

Eu me interessara pela praia de granito do lago Superior e a pintara durante tanto tempo, que fiquei fascinado com a idéia dos suaves caminhos de acesso à água por ela descritos: estuários, extensões planas que as ondas cobriam, a curva macia das dunas desdobrando-se até o mar. Augusta movimentava as mãos e os braços ao falar sobre essa paisagem, como se apenas o ato de lembrá-la já a deixasse fascinada. Disse que lá cresciam pinheiros anões e, no fim da primavera, uma repentina profusão de flores silvestres cobria as dunas, sobretudo papoulas, e algumas flores azuis e amarelas, cujo nome esqueci.

— Você não tem a menor idéia de como era a luz — disse ela. — Não se parecia com nada que já tenha visto em minha vida.

Quando falou sobre a luz, carregava nas mãos um pequeno jarro de porcelana, um vaso amarelo pálido, com faixas de folha de ouro na alça e na base.

— A luz era abafada — disse ela—, frágil, como se o mundo fosse uma única e imensa aquarela. Algumas vezes, no verão, entre combates, tínhamos licença para ir a Paris Plage nadar e lá ficávamos para ver o pôr-do-sol. Depois, voltávamos caminhando por cima das dunas, que estavam com um tom entre cor-de-rosa e malva. As nuvens às vezes tinham um tom amarelo — como este.

Estendeu o jarro, por um instante, à sua frente, depois o virou e leu o que estava escrito embaixo:

— É de Sèvres — disse. — George não devia importá-lo. É caro demais. Ninguém daqui o comprará.

Àquela altura, ficava muito tarde, era uma hora da manhã. Um silêncio constrangedor seguiu-se à menção do nome de George; parecia que ambos estávamos terrivelmente conscientes do tempo transcorrido desde a partida dele, embora nenhum de nós dois quisesse dizer nada.

— Lamento — resmunguei, afinal. — Lamento tê-la trazido aqui. Eu não sabia.

— Nem eu. — Augusta riu um pouco com isso, depois colocou no balcão a peça de Sèvres. — Mas tudo é assim, em grande parte inesperado — disse ela. — Acidental — embora sendo difícil acreditar. Mesmo assim, é quase impossível crer no contrário — que tudo é planejado. Na França, no hospital, uma porção de soldados falava dos seus ferimentos como se fossem erros evitáveis, diziam que tinham sido "apanhados", como se a guerra inteira fosse um fenômeno natural que, caso fossem tomadas as necessárias precauções, não os atingiria. Morrendo, grande número dos soldados falava assim... insistiam em que a culpa era deles, que era resultado de algum descuido, de alguma atitude desastrada da sua parte. — Ela fez uma pausa. — Nenhum de nós desejava admitir a aleatória crueldade da coisa, não é? Porque, se não... — Então, ela cessou de falar e me olhou, talvez lembrando que eu não vivera a experiência dos combates, das baixas.

Eu me tornava cada vez mais consciente da estranheza da situação, assim sozinho, depois da meia-noite, num Salão da Louça excessivamente iluminado, com aquela mulher de cabelos escuros e aparência frágil que eu mal conhecia. E ela falava de 20 anos atrás como se fosse a semana passada, enquanto seu namorado partira com a recém-encontrada esposa. Fiquei pensando em George, sua ira, a insistência em devolver Vivian ao mundo dela, um mundo do qual ele não sabia absolutamente nada. Desejei que ele voltasse, desejei que confortasse aquela magra estranha que caminhava pelas tábuas do assoalho de sua loja. Eu próprio desejei atravessar o lago, voltar para meu país, meu ateliê.

Augusta começou novamente a falar.

— O Hospital Canadense Número Um cresceu sem parar — disse — por toda a área das dunas de areia. Havia combates e mais combates. Cabanas e tendas brotando como cogumelos. O cemitério dobrando de tamanho e, depois, triplicando. — Sentou-se na escada de abrir, olhou-me e sorriu. — Ganhei a competição do ovo e da colher — disse ela — e Maggie ganhou a corrida dos 100 metros, no Dia da Páscoa.

Fiquei ligeiramente atônito ao ouvir que elas participavam de brincadeiras num lugar daqueles e em tais condições, imaginando, em minha ignorância, que uma espécie de sobriedade se impunha sempre, diante da tragédia repetitiva.

— Quem era Maggie? — perguntei.

— Minha amiga, ela foi minha melhor amiga lá.

Não havia passantes na rua àquela hora; mas, se houvesse, como pareceria estranha a qualquer um que olhasse para dentro aquela única janela iluminada. Augusta, que se levantara novamente da escada de abrir, caminhava de um lado para o outro. A porcelana permanecia estupidamente colorida, com toda a luz artificial. Mas nem Augusta nem eu sugerimos que devíamos passar para a privacidade da casa.

— Às vezes, quando o desespero era realmente total, Maggie e eu fazíamos serenatas para os pacientes. Acho que foi isso que George lembrou. — Augusta ficou em pé no centro da sala, cruzou as mãos em frente ao estômago e cantou: — 'Há ratos, ratos tão grandes quanto os gatos de rua, na loja de louça'.

— Augusta — comecei —, ele era jovem e...

— Certamente, você gostaria de tomar uma bebida — interrompeu-me ela. — Sei que sim, e eu também. Espere aqui, que vou buscar o uísque.

Eu estava exausto. Queria deixar aquele lugar. Mas, à parte isso, ela tinha razão, eu queria uma bebida.

Enquanto Augusta estava nos cômodos dos fundos, olhei para o vaso que George estivera pintando, antes de Vivian e eu interrompermos tão descuidadamente o período de trabalho que ele se reservava todo fim de tarde. Ergui o objeto da mesa rotativa e girei-o em minhas mãos. George se tornara muito mais habilidoso no curso dos anos, particularmente quando fazia árvores. Aquela cena de floresta, não pude deixar de admitir para mim mesmo, era maravilhosamente composta, com a folhagem descrevendo uma espécie de movimento de varredura em direção ao lado direito do campo oval que a continha, e as nuvens no céu luminoso, cheio de detalhes, mas sem exageros. Pensei no dia em que vira um George, mais jovem e mais magro, guardando um por um seus pincéis, pouco antes de ir para a guerra, e me ocorreu de repente que ele já devia estar casado naquela ocasião; casado e, depois, quase imediatamente abandonado. Então, aquela pintura, aquelas formas suaves, os pincéis que ele manejava com tamanho cuidado, deviam ser seu único conforto, pois eu sabia intuitivamente que ele não contara a ninguém sua humilhação. Seu casamento secreto, no inverno de 1914, devia ter sido, para seus pais e amigos, simplesmente um fim de semana fora, na cidade. Para Vivian, com certeza toda a catástrofe não passara de uma aventura. Quantas semanas teriam transcorrido, antes de ele conseguir aceitar a verdade brutal, de que ela viveria o resto da vida sem olhar para trás? Lembrei-me de como ele fora inflexível ao dizer que não a veria, quando partira para o exterior. Então, existira essa raiva, essa paixão.

E, agora, o breve olhar que ele lançava ao passado, através dela. E eu, o estúpido pivô de toda essa infeliz reunião.

Augusta voltou com a meia garrafa de uísque. Pegou, numa prateleira do outro lado da sala, duas xícaras de chá com o motivo Salgueiro Azul, levou-as para o balcão, despejou alguns centímetros da bebida numa delas, mas deixou a outra vazia. Depois, sentou-se na escada de abrir e olhou para suas mãos. Notei que não usava nenhuma jóia.

Ouvi o motor de um carro a distância e ergui a cabeça para ver a luz amarela entrando na rua até então deserta.

— Ele não voltará esta noite — disse Augusta, vendo a direção do meu olhar. — Pode ir agora, se quiser. Ele não voltará.

— Ele voltará logo — garanti-lhe. Olhei para meu relógio. — Agora, não vai demorar.

— Ele ainda a ama.

— Augusta — contestei —, ele só queria se livrar dela. Estava com uma raiva terrível.

— Apesar disso — disse ela —, vi seu rosto. Ele não voltará antes do amanhecer.

Havia nela uma apatia que eu não conseguia interpretar, uma lassidão, sugerindo, segundo parecia, que ela não se importava muito se fosse de uma maneira ou de outra.

— Ele voltará — eu disse. — Nesse meio-tempo, quero ficar. Quero explicar.

— O que há para explicar? — Augusta segurava sua xícara vazia, girando-a incessantemente em suas mãos. — Tudo parece perfeitamente claro — disse. — Ouça. — Ela colocou a xícara em cima do balcão. — Eu sabia que ele não queria casamento... nem filhos, mas pensei que fosse por causa da guerra. Aquele horror. — Houve um vazio na expressão de Augusta, mas ela ainda sorria. — É espantoso para mim — disse — como um mundo — um sistema social completo — pode ser construído e depois desmantelado, de uma hora para outra. — Estalou os dedos, no espaço entre nós.

— Nada foi desmantelado — disse, acreditando que ela falava de sua ligação com George.

Augusta pareceu não ouvir o que eu dizia, mas depois falou:

— Não é o que quero dizer. Falo daquelas dunas, daquelas cabanas e de todos aqueles homens, todos nós. Os trens passando em cima do estuário, naquela ponte. Tudo foi reunido, depois desmantelado. Até a dor e a morte, até o que foi construído ou, pelo menos, planejado no papel. Aquele lugar, que antes era o mundo inteiro, foi-se completamente. Feito aos pedaços. Se você fosse lá, agora, encontraria apenas um cemitério. Maggie e eu sabíamos tudo a respeito uma da outra. — Olhou em torno do Salão da Louça. — Mas ela não sabe nada a respeito de tudo isso.

— Sua amiga — eu disse. — Está em contato com ela, agora?

— Está morta. — Augusta se levantou, dirigiu-se para trás do balcão, abriu o armário com a frente de vidro e começou a tirar as estatuetas de porcelana que George guardava ali; certamente não eram de Meissen nem nada parecido, mas sim algumas das coisas que ele achava que deviam ser protegidas, trancadas atrás de vidro. Ela colocou várias dessas peças, uma por uma, em cima do balcão. Uma bailarina, uma dama da corte, um dândi de cartola, uma pastora e dois pássaros de porcelana — pombos. Tremia levemente e pude ver o suor brilhando na palma de suas mãos.

— Beba alguma coisa — eu disse.

— Ela está morta e eu viva, assim são as coisas. Eles nos bombardearam, aos pacientes também. Desprenderam tudo que tínhamos costurado. Na ocasião, eu estava fora nas dunas, mas Maggie se encontrava no alojamento das enfermeiras. Só três das enfermeiras morreram. Ela foi uma. — Augusta me deu uma olhada e sorriu daquela maneira estranha, distante, que eu notara antes. — Os americanos estavam na Europa há cerca de um ano, então. Você já havia chegado.

— Nunca fui para a guerra.

— Quero dizer, seu país.

Com a melodia de *Mademoiselle de Armetiers*, Augusta cantou, distraidamente:

"Os ianques acham que ganharam a guerra, *parlez vous.*
Os ianques acham que ganharam a guerra, *parlez vous.*
Os ianques acham que ganharam a guerra,
Mas chegamos lá três anos antes.
Tra-la-lá, *parlez vous.*"

Ela me contou que, bem no início da década de 20, no Canadá, os colegiais entoavam essa canção trocista durante o recreio, pulando corda. Lembrei-me de Rockwell a bradar *lieder* alemães nos degraus de sua casa que dava para Brigus Cove, em Newfoundland, de como ele fora expulso da ilha por causa disso. E, agora, aquela mulher, 20 anos depois, cantava uma variação de uma velha canção de guerra, enquanto pequenas figuras quebráveis se alinhavam diante dela, numa superfície plana.

Vi que ela, inconscientemente, separava as figuras masculinas das femininas.

— Como você o conheceu? George, quero dizer. Como chegou a formar essa... parceria?

— Vou lhe contar — disse ela. — Contarei tudo a você. — Augusta estendeu o braço para pegar a garrafa e despejou mais alguns centímetros em minha xícara Salgueiro Azul.

A dela continuou vazia.

Não havia nada que eu pudesse fazer, a não ser escutar. George não tinha voltado.

Augusta não se lembrava, jamais se lembraria de sua volta do exterior. Só quando já estava no Canadá, havia cerca de um mês, conseguiu lembrar a guerra, Étaples, os homens arrasados, as belas dunas que ela descrevera, sua amiga Maggie. Disse que fora como se ela, treinada para isso, descobrisse uma maneira de anestesiar a si mesma, de se colocar numa grande escuridão, num sono sem sonhos. Sua volta ao mundo, contou-me, foi como uma volta do éter dietil, porém mais gradual, mais prolongada.

A primeira coisa de que ela teve consciência foi da cor verde: um tom uniforme, discreto, amplamente disseminado. Isto trouxe, com o tempo, lembranças: o papel que forrava as prateleiras na copa de sua mãe, um avental que ela usava em criança, e as vagens macias do algodãozinho do campo na pradaria. O verde era uma parede pintada, no hospital militar de Ontário, em Davenport, recentemente adaptado para o tratamento das vítimas de neurose de guerra.

Augusta era a única mulher. Deram-lhe um quarto só para ela.

A noite seguinte ao primeiro bombardeio e à morte de Maggie, todos os que puderam ser deslocados dormiram nos bosques de pinheiros anões, do outro lado do rio Canche. Algumas vezes, mesmo agora, mais de 20 anos depois, Augusta sonhava com luar e álamos, fogo e barulho, pois o bombardeio ocorrera novamente. Na terceira noite de luar e bombas, álamos, areia e fogo, e cercada por homens que gritavam de medo e raiva, Augusta não mostrava sinais de cansaço nem de medo. Em vez disso, passou a noite inteira rindo silenciosamente e conversando com seu irmão Fred.

Fred não estava ali. Fora dado como desaparecido e supostamente morto em Passchendaele.

— Eles não sabiam o que fazer comigo — disse ela. — Eram raras as enfermeiras vítimas de neurose de guerra. Mas eu viera do Distrito de Northumberland, e o hospital tinha sido inaugurado mais ou menos naquele período. Então, mandaram-me para cá, para Davenport. — Augusta ficou em silêncio por um momento, depois disse: — Agora, não há mais nenhum de nós lá, nenhum de nós que tenha sobrevivido à guerra. Mas o hospital continua a existir. Aqueles que, entre nós, não se recuperaram foram mandados para asilos mais próximos de nossas casas. — Ela sorriu. — Acho que, se não me recuperasse, ainda estaria lá, naquele hospício. Afinal, fica perto do lugar que eu chamava de lar.

Mas ela se recuperou, garantiu-me. Sua primeira percepção real, depois do verde, foi de uma série de sombras agitando-se em seu colo, mais ou menos irregularmente. Essas sombras escuras, ela acabou percebendo, eram de pombos. Um enfermeiro a levara para uma das varandas do andar superior, com telas, num dia quente do início da primavera; um dia quente, mas ainda ameno o bastante para a vestirem com um cachecol e luvas e colocarem um cobertor azul-claro em cima dos seus joelhos. Ela vira as sombras no cobertor.

Os pombos estavam atarefados aninhando-se nos beirais em torno da varanda. Augusta disse em voz alta a palavra *pombo* e, depois, ouviu moscas que zumbiam, voltando sonolentamente à vida após o sono do inverno. Entrou em pânico, então, porque não tinha nenhuma idéia da extensão do tempo em que estivera sem consciência. Sua vida inteira talvez já tivesse passado — sentia-se como imaginava que uma velha poderia sentir-se —, mas, tirando uma luva, viu com alívio que a pele de sua mão era macia, jovem.

Os primeiros dias do redespertar foram de fato maravilhosos; o mundo se apresentava tão suave e novo.

— Era como um desfile — disse — e eu, como uma recém-nascida. Um pinheiro, uma nuvem refletida na janela do outro lado da rua, um esquilo pulando de um ramo para outro — tudo isso me encantava. Mas claro que não podia durar.

Lembrou-se de que Fred se fora.

Lembrou-se da guerra e de seu período em Étaples.

Lembrou-se de como Maggie morrera.

Depois que ela me contou a morte de Maggie, busquei em seu rosto sinais de culpa. Havia apenas dor. Enquanto ela chorava, eu remexia desajeitadamente em meus bolsos, à procura de um lenço, até me convencer completamente de que não tinha um. Então, Augusta disse algo que nunca esquecerei:

— O que poderia qualquer um de nós fazer com o resto de nossas vidas? Depois de tudo aquilo. Mal entrávamos na casa dos 20 anos e nossas vidas já estavam liquidadas. Mas aqui estamos, George e eu, em pleno pós-guerra. Por que será que tudo simplesmente continua e continua?

Eu não tinha resposta para essa pergunta.

— Algumas vezes — ela disse —, George e eu tínhamos licença para caminhar do hospital até aquela praia onde você tinha sua casa de verão e, de lá, até o lago.

— George visitou você no hospital de Davenport. Ele me contou alguma coisa sobre cânticos de Natal.

Augusta ergueu de repente os olhos das estatuetas com que ainda brincava. Seus olhos estavam arregalados de surpresa.

— George estava no hospital há oito meses, quando cheguei.

— No hospital? Como paciente?

Ela fez um sinal afirmativo com a cabeça.

Pensei em meus tempos de escola de arte, envolvido com a vida boêmia que escolhera e achando que George estava no exterior, durante todo aquele tempo. Fiquei, simplesmente, preocupado em excesso para continuar a escrever-lhe, depois do primeiro ano, aproximadamente.

— Eu nunca soube — disse eu a Augusta. — Ele nunca me contou.

— Ele foi enviado para lá depois de Passchendaele.

Augusta olhou para a rua escura, ainda vazia.

— Onde Fred se perdeu; um combate com um nome bonito. Mas não foi o combate, embora eu suponha que aqueles que invalidaram George achassem que sim. Ele me contou que, depois do combate, em alguma vila deixada em ruínas, encontrou uma peça de porcelana: um grupo de figuras. Crianças brincando com pássaros, perto de uma árvore. Estava toda despedaçada e ele não pôde encontrar todas as peças, e então se recusou a sair até encontrá-las. Quando tentaram forçá-lo a sair, então...

Eu não conseguia entender. Todas aquelas mortes e depois uma única peça de porcelana quebrada.

— Ele não gostaria nem um pouco, se soubesse que estou lhe contando isso — disse Augusta. — Mas a porcelana espatifada foi o fim do mundo para ele. No hospital de Davenport ainda guardava com ele uma das mãozinhas brancas das crianças. Nem sei como conseguiu conservá-la. O tamanho era mais ou menos esse. — Augusta ergueu a mão, com o polegar e o indicador cerca de um centímetro separados. — Onde estará agora, o que terá acontecido com ela? — Girou vagarosamente uma estatueta em cima do balcão. — A mãozinha foi outra das primeiras coisas que vi, e depois George, por trás dela, mostrando-a a mim. Não me lembrava dele, claro, mas ele se lembrava de mim. Mais tarde, lembrei que ele era o rapaz de Northumberland, que conhecera em Étaples.

Estendi o braço para pegar a garrafa e, ao fazer isso, dei uma olhada, disfarçadamente, em meu relógio.

— Ele devia ter me contado sobre ela — disse Augusta. — Devia ter me contado imediatamente. Éramos tão íntimos.

— Talvez não fosse importante — eu disse.

Augusta ainda girava a pastora.

— Era importante — disse.

Eu jamais sequer chegara a pensar em casamento, não podia imaginar domesticidade, companhia contratual, tarefas de casa. Esperava continuar solteiro, queria evitar a estrutura cotidiana que uma mulher constante garantia. Na ocasião, aquele passado não tinha nenhuma importância verdadeira, capaz de perturbar George tanto assim. Estava convencido disso. Coisas demais tinham ocorrido, no meio-tempo, para tudo aquilo poder realmente se fixar. Doloroso, de início, para o menino que ele era então, o fato, com o tempo, só poderia tornar-se um ferimento menor, uma cicatriz mal discernível. Àquela altura, não era possível que ferisse muito mais além do seu orgulho. Eu não podia levar aquilo seriamente. Decidi que ele estava reagindo à surpresa do repentino aparecimento de Vivian. Dentro de uma semana estaria recuperado.

— Foi importante — repetiu Augusta. — Vi o rosto dele.

George fora expedidor de pombos, como parte dos seus deveres durante a guerra. Confortava-o segurar em suas mãos as barrigas quentes e macias dos pássaros, e gostava de observá-los elevando-se, a carregar algo tão lindamente construído quanto uma frase, acima do torvelinho da batalha. No *front*, declarou ele, a linguagem não era jamais ordenada. A expressão limitava-se a comandos, xingamentos, gritos. Então, uma frase, não importava seu assunto, uma frase levada ao seu destino era, segundo seu modo de ver, um acontecimento raro e maravilhoso.

Em Passchendaele, porém, a confusão era tão desesperada, o barulho tão ensurdecedor, que os pássaros não qüeriam voar, permanecendo, em vez disso, nas mangas do seu uniforme, ou se agitando desamparadamente em torno do tanque de onde os soltavam. Então, George percebeu que a linguagem tornara-se irrelevante sob todas as suas formas, que nada podia ou devia ser documentado no caos em torno dele.

Depois da guerra, ele pintava freqüentemente pombos em porcelana e encorajava as crianças da cidade a colecioná-los sob a forma de estatuetas. Os pássaros eram preciosos para George. Havia um monumento às vítimas da guerra, disse-me, certa vez, erigido em alguma parte da Bélgica em homenagem a esses mensageiros emplumados. Ele próprio desejara escrever um livro intitulado *Pássaros na guerra*, que celebraria o papel do pombo-correio; os mesmos pombos cujas sombras ela vira no cobertor azul. Todos os dias George ia à varanda ensolarada observar os pássaros voltarem aos beirais onde viviam e ouvi-los comunicar-se entre si. A canção deles era cheia de prazer, informou a Augusta, porque tinham voltado para casa, para a domesticidade, a familiaridade. Ele, que os alimentara em gaiolas, acariciara suas penas e amarrara anúncios e pedidos aos seus corpos, nunca testemunhara, antes do seu período no hospital, o momento da chegada. Disse que havia, nos sons que faziam, uma pura expressão de devoção e reunião.

— Eles ficam juntos — disse àquela mulher sentada com o cobertor azul no colo — pelo resto da vida.

Augusta levantou-se da escada de abrir e recolocou as estatuetas e pássaros de porcelana no armário. Depois, fechou a porta e girou a pequena chave de latão que sempre permanecia no cadeado.

— Não sei por que tirei essas peças — disse. — Não sei para que queria isso.

— Durante um curto período — disse-lhe eu — pensei que a palavra *Passchendaele* fosse formada por duas outras: "passion" (*paixão*) e "dale" (*vale*).

Eram quase quatro horas da manhã, mas estávamos no inverno e o amanhecer ainda demoraria muito, muitíssimo.

— Sabia — perguntou Augusta — que existiu uma menina, moradora de Davenport na década de 1820, chamada Jane Eyre?

Ela falou então sobre sua tonsilectomia, sobre sua alucinação com a história da menina.

— Foi a primeira vez que experimentei anestesia, tantas vezes usada por mim nos outros. Talvez ela provocasse uma espécie de loucura em mim. Logo em mim, uma anestesista treinada.

Mas não era a primeira vez que experimentava morfina.

Confessou que ela e sua amiga Maggie "tomavam emprestada" a droga, vez por outra, quando sentiam que, sem isso, desabariam por causa do cansaço. Alguns dos cirurgiões, ela disse, também a usavam, mas ninguém jamais falava disso.

Olhei para a Augusta, então, e vi que estava muito pálida.

— Por que não se deita, não vai para a cama? — perguntei. — Vou esperar por George.

Finalmente, eu desistira da idéia de que ele apareceria na porta a qualquer instante.

— Toda essa espera — disse Augusta. — Sinto que esperei sempre por alguma coisa, mas não sabia ao certo o que era. Talvez fosse por esta noite que eu esperava, o tempo inteiro.

Não pude pensar em nada para lhe dizer.

Augusta levantou-se e alisou os vincos em sua saia escura.

— Você também devia dormir — disse.

— Vou esperar por George acordado.

Ela encolheu os ombros e se virou na direção da porta onde havia uma cortina, no fim da loja. Então, sem me olhar, perguntou:

— Que tal ser famoso?

— Não é nada — disse, sabendo que a resposta era evasiva.

— Nada — repetiu ela, sem se virar.

Augusta ficou completamente imóvel, por um momento. Então, de repente, veio para junto de mim, pôs a mão em meu braço. Olhou-me como se estivesse cheia de curiosidade e pensei que, àquela hora tardia, talvez ela começasse a fazer perguntas sobre os fatos da minha vida. Mas ela tinha uma última coisa para me dizer.

— Quando ainda éramos pacientes e tínhamos licença para caminhar pela praia, sabe o que George me dizia? Que não havia lugar, num mundo tão lindo, para uma infelicidade como a nossa. — Fez uma pausa, passou as mãos por cima do alto da cabeça, como se arrumasse o cabelo, depois fechou ambas as mãos. Baixou os braços até ficarem retos e rígidos ao seu lado e inclinou levemente a cabeça para trás, como se estivesse prestes a fazer um juramento. Os tendões de seu pescoço estavam retesados, expostos. — Mas era para minha infelicidade — declarou, apaixonadamente — que não havia nenhum lugar. No fim, vi que nossa dor era independente, separada. Olhe para essas cidades que não se transformaram em ruínas, para essas ruas arborizadas, aquele lago com flocos perfeitos de neve caindo sobre ondas escuras. Não há lugar, absolutamente, para uma infelicidade como a minha, num mundo tão lindo quanto este. Pertenço à lama, às ataduras manchadas, aos soldados gemendo. Pensei que George e eu... que partilhássemos a angústia permanente daquela guerra. Mas, aqui, ele está perfeitamente em casa. No fim, cada um de nós guardou sua infelicidade de forma tão distante, tão afastada da outra quanto possível.

Não entendi, não sabia o que ela estava dizendo.

— Augusta... — comecei a falar.

Mas ela já desaparecera. Na extremidade mais afastada do Salão da Louça, um local de entradas e saídas, a cortina tornou facilmente a cair, após a passagem de Augusta.

Quase sempre dormi sozinho. Sim, houve umas poucas noites aqui e ali; mas, mesmo nelas, a presença de outro corpo muitas vezes me fazia dormir mal e levantar cedo. Quase nunca, desde minha primeira infância, fui acordado por outra pessoas. Aquela manhã, George me acordou.

Afundado na cadeira atrás do balcão, tive um sonho em que tentava tirar uma fotografia da minha mãe. Eu observava a câmera, que ela arrancara das minhas mãos, despencar lentamente em direção às cachoeiras do rio Genessee, quando George sacudiu meu ombro.

— Augusta está aqui? — perguntava ele. — Ainda está aqui?

— Claro — disse. — Foi para cima, dormir. — Coloquei as mãos no balcão e me arranquei da cadeira. — Onde você estava?

De início, ele não respondeu. Tinha o rosto cinzento, os olhos injetados de sangue.

— Por que aquela mulher veio até aqui? — perguntou. — Que motivo tinha ela para vir aqui?

— Não sei — disse eu. — Ela não me contou.

— Eu não poderia querê-la — disse ele. — Nem sei quem ela é. — Olhava para a cortina na extremidade da sala, a cortina através da qual Augusta passara. — Nunca soube quem ela era. Meu Deus, quantas noites passei inventando-a, tentando descobrir o que acontecera.

— Agora não tem mais importância — disse eu. — Agora ela foi embora para sempre.

— Para sempre. — Ele olhou para as duas xícaras Salgueiro Azul. Então, de repente, seu rosto mudou, ficou branco como papel. Cambaleou ligeiramente e, depois, firmou-se na escada de abrir onde Augusta estivera sentada. Vi que começava a tremer perigosamente. — Augusta — sussurrou.

— O que é? — perguntei. — Qual é o problema?

— Ela não bebeu nada — tentou certificar-se.

— Não, eu bebi tudo. O que há de errado?

— Ela falou... falou sobre a guerra?

— Sim — admiti. — Um bocado. Ela falou um bocado.

— Ela nunca bebe e fala sem parar sobre a guerra... — Ele deu uma repentina meia-volta, virando-me as costas, como se sentisse que algo o ameaçava por trás. Correu em torno os olhos esgazeados, quase desesperados, depois se lançou para fora da sala, atravessou a cortina, subiu a escada.

Eu me sentia péssimo. O amanhecer era débil e cinzento, e ainda nevava. Queria meu ateliê, as pálidas formas geométricas em que trabalhava, seu vazio. O Salão da Louça estava entulhado de cor, de tema. Descobri-me olhando atentamente para uma fileira de ridículas canecas da Inglaterra: rostos quadrados, arrogantes, cujas expressões afetadamente sorridentes me enfureceram. Toda aquela tralha quebrável me enfureceu — todos aqueles serviços de mesa floridos, destinados a receber comida ruim e a encorajar conversas idiotas em jantares. Eu estava a caminho da porta, quando ouvi George gritar.

Jamais ouvira um som como aquele. Era quase musical, quase como uma canção.

Um grito. Apenas isso. Uma nota sustentada. Crescendo. Diminuindo. Depois, silêncio.

Muitas vezes, desde então, pensei na reivindicação de Augusta à infelicidade, em sua insistência na exclusividade de sua posse. "Minha infelicidade", ela clamava. "Minha!" A veemência com que identificava a singularidade de suas emoções, de sua situação, é algo que me tem preocupado e confundido pelo restante da minha vida, pois havia um senso de triunfo em sua declaração. Acho que cada um de nós quer algo que seja apenas nosso, alguma idiossincrasia de caráter, alguma vitória ou dor cuidadosamente conservadas. Augusta tinha sua amiga morta, a guerra, sua fuga para a morfina. Sem dúvida, ela poderia ter permitido a George seu fracassado casamento de neófito, sua paixão, a raiva por Vivian.

Passei a acreditar que George e Augusta pareciam gêmeos, com sua guerra partilhada, sua recuperação partilhada, e o conhecimento que tiveram disso durante todos os anos subseqüentes. Estaria Augusta definindo-se, em face dessa parceria, quando se agarrou a lembranças de meninas cinzentas e alucinações em torno de crianças perdidas? Estaria reivindicando a dor? Ou foi porque, simplesmente, saindo com Vivian por aquela porta, George rompera a parceria?

Mas o que sabia eu, de fato, sobre eles? Augusta, como já disse, era quase uma estranha para mim. Talvez George também fosse. Ele atirara a xícara pintada em meu rosto, no rosto da vida que eu escolhera viver, da arte que escolhera fazer. Por quanto tempo guardou tudo isso, me desprezou?

Agora, já velho, eu me pergunto: Por quanto tempo me recusei a olhar para George, a aprendê-lo, a conhecê-lo, afinal?

Eu estava prestes a sair.

Pousei a mão na maçaneta da porta que, como notei pela primeira vez, era de porcelana e coberta com pequenos buquês de violetas pintadas. Essa ornamentação sem sentido me aborreceu. Alguém que eu não podia ver tirava a neve de uma calçada próxima com uma pá; um som áspero, de raspagem, ritmado. Através do painel de vidro da porta, notei uma figura solitária seguindo para o Victoria Hall. Ele atravessou a rua numa esquina, com a cabeça encurvada na direção do vento, a mão no chapéu. Desejei ser aquela figura, afastando-se da cena que eu acreditava desenrolar-se no andar de cima; o grito de George, a briga inevitável. *Éramos muito próximos*, dissera Augusta. *Íntimos a esse ponto*. E intimidade, eu sempre suspeitara, era uma longa discussão. Mesmo assim, tirei a mão da maçaneta de porcelana, das flores delicadas que tanto desprezava. Esperaria até o fim, falaria com George, quando ele descesse a escada. Era segunda-feira de manhã. Não importava o que ocorresse, ele teria de estar na loja. Enquanto eu caminhava de volta para a cadeira onde passara a noite, ouvi o som de porcelana quebrando-se. Apesar de sua calma anterior, concluí, Augusta devia estar irada.

Às 9h30min, dois entregadores chegaram com um carregamento de louça. Agradeci-lhes, assinei o recibo dos engradados e observei que se afastassem no veículo. Cerca de 15 minutos depois, uma cliente apareceu e perguntou por George. Disse-lhe que eu mesmo estava cuidando da loja e que ela deveria voltar dentro de uma hora.

Às 10h30min, chamei os dois pelos nomes, no térreo. Esperei cinco minutos por uma resposta. Depois, subi a escada.

Há várias coisas formais que a pessoa tem de fazer depois que a morte entra numa casa. Alguém tem de ser chamado: um policial, um juiz de instrução, um agente funerário. Sou absolutamente eficiente, quando se trata de coisas formais.

A noite em que Augusta me contou que usara algumas vezes a droga, referiu-se a ela como "morphéa", e lembro-me de ter pensado que era lindo o som da palavra, aberto, feminino. Lembrei-me de quando George me disse que desejava vê-la dedicar-se a uma profissão menos perigosa. Só após subir a escada entendi que, para Augusta, o perigo da enfermagem era o fácil acesso que proporcionava à agulha, o fácil acesso que proporcionava ao fim da história por ela contada aquela noite inteira.

Mas esse vício era todo dela e, assim, o que seria ele, de fato? Um presente da guerra.

É o que acho. Mas, na verdade, como já disse tantas vezes, o que sei eu sobre George, sobre Augusta, sobre mim mesmo?

Pareciam crianças que o sono tivesse surpreendido, no meio da brincadeira. George nem sequer tirara o casaco, embora seu chapéu descansasse no chão, onde ele o deixara cair, e havia várias manchas escuras no tapete, nos pontos em que a neve trazida da rua, pela escada acima, em seus sapatos, derretera-se e fora absorvida. Pensei nas sagas nórdicas que Rockwell tanto amava. Lembrei-me de quando ele me contou que Njal Queimado e sua esposa jazeram em meio ao fogo, num leito nupcial com uma grinalda de fumaça, enquanto vigas incandescentes caíam em cima eles. A dor. Pensei nas antigas baladas sobre morte partilhada que falavam de rosas e sarças, entrelaçando-se em túmulos recém-cavados. Na mesa-de-cabeceira estavam a agulha e o pequeno frasco, agora vazio.

A rosa. A sarça.

Não havia bilhete; nenhum testamento para a seqüência de acontecimentos que levara até o extremo aquela mulher e aquele homem. Ainda acredito na possibilidade de que a morte de Augusta tenha sido acidental, uma última injeção além do limite. Mas não havia como errar quanto ao que acontecera com George. E ele deixara uma mensagem pessoal para mim: os cacos de sua coleção de porcelana estavam espalhados pelo quarto inteiro, como pétalas.

Foi minha primeira herança.

Lembrei-me de como, antes de ir para a guerra, ele me mostrara suas poucas aquisições, de como as minimizei, e da defesa que ele fez. Desde então, também lembrei, todas as vezes em que o vi, ele me garantiu que eu ainda seria o beneficiário da coleção, inclusive das peças acrescentadas mais recentemente. Agora entendo que, até aquela noite terrível, ele manteve a crença de que eu talvez acabasse por sentir alguma simpatia pelo que é pequeno, delicado, frágil. Na ocasião, fiquei olhando fixa, estupidamente, para a desordem no chão, a repreensão expressa através dos cacos, a me dizer que, para George, eu jamais entendera, eu era responsável, a cena à minha espera naquele quarto da infância fora criada por mim, tão seguramente como se tudo fosse uma pintura terminada por minha própria mão. Ele estava convencido, foi o que entendi diante daquilo, de que tudo ocorrera por uma deliberada crueldade da minha parte.

Mas, na verdade, fora muito pior do que isso. Fora um ato de negligência.

Depois que os homens levaram George e Augusta, voltei para o Salão da Louça, onde desempacotei cuidadosamente o novo carregamento de aparelhos de jantar e arrumei na vitrina um conjunto completo, como observava George fazer, antigamente. A seguir, enfiei uma vassoura debaixo do braço e carreguei o engradado vazio pela escada acima. Lá, tirei do chão fragmentos que encheram repetidas vezes a pá de lixo. Lavei as prateleiras onde George guardara a coleção e tirei o pó de cima da cômoda com uma toalha úmida que achara no banheiro. Sacudi um pequeno tapete trançado do lado de fora de uma janela que empurrei e abri, e puxei a coberta da cama, ainda amarrotada, para deixá-la bem esticada. Ainda havia reentrâncias nos travesseiros, nos lugares onde tinham descansado suas cabeças, e não suportei tocá-las.

— Não, senhor — garantira-me o juiz de instrução —, sua presença não será necessária. O Sr. Kearns tem um irmão em Brockville.

O irmão mais velho cuja educação fora paga.

Quando terminei a arrumação, o quarto estava maravilhosamente limpo. Foi difícil fazer o engradado entrar no Packard, mas consegui, de alguma forma, empurrá-lo para o assento traseiro. Bati a porta de trás, abri a da frente e me sentei diante do volante.

A caminho de Davenport, parei na agência dos telégrafos, a fim de telegrafar para Silver Islet. Sabia o que faria. Seguiria pela antiga estrada até Port Hope e dobraria à direita na Rodovia 28. Certa vez,

Sara me dissera que não havia estradas para Silver Islet no inverno e me contara que, algumas vezes, atravessava Thunder Bay de esqui para ir à pequena cidade de Port Arthur, freqüentemente para comprar alguma coisa simples, como papel para escrever ou um livro. Eu não tinha nenhuma experiência com esquis, nenhuma experiência com lagos gelados, mas podia guiar o Packard. Então, sabia exatamente o que faria. Dirigiria em direção ao norte.

3

Cenário do Lago Ontário

Dois anos e meio antes — a última vez em que estivera com ela num quarto — Sara já não era mais uma jovem. Embora, sob certas luzes e de certas distâncias, ainda pudesse ser tomada como uma jovem ou confundida com uma, por causa de sua esbeltez e porque seu cabelo não mostrava nenhum sinal de fios grisalhos. Usava o cabelo numa trança que deixava cair nas costas ou enrolado, algumas vezes, em redor da cabeça, como se fosse uma coroa. Ou uma serpente. Usava este segundo penteado quando nadava. Só muito ocasionalmente deixava o cabelo solto, para secá-lo depois da lavagem, ou quando eu lhe pedia, vez por outra, que fizesse isso.

Como já disse, ela não era mais uma jovem — talvez tivesse 40, ou 45 anos —, mas não posso dizer com certeza, porque nunca me revelou sua idade e nunca perguntei. Nos encarávamos, Sara e eu, dos lados opostos de um quarto que eu conhecia tão bem a ponto de ser capaz, como continuo sendo, de desenhá-lo dormindo. Já falei dos olhos dela? Eram diferentes por completo, quase inteiramente cinzentos, mas tendo no centro uma refulgência de sol, quando as pupilas estavam contraídas. A última vez em que fiquei com ela num quarto, suas pupilas estavam grandes, os olhos arregalados, como se ela desejasse absorver os mais ínfimos detalhes das informações visuais ao seu redor.

Aquele fora o quarto do seu pai, e tudo o que estava do lado de fora das janelas era a vista do seu pai, como ela já comentara. E eu lhe dissera que não havia a menor possibilidade de ser a mesma vista contemplada por seu pai, pois a mina, na pequena ilha ao largo da costa, a ilha que dera nome ao povoado, estava desmoronando. A superestrutura fora lentamente desmantelada, ano após ano, por tempestados e pelo lago, desde que meu pai a abandonara, em 1920. Sara acreditava que ainda havia prata ali e talvez tivesse razão. Mas, no último ano de funcionamento, uma meia dúzia de homens, de resto racionais, membros de boas famílias americanas, havia perdido suas fortunas por causa da obsessão do meu pai, da sua certeza de que algo continuava a cintilar debaixo d'água. E depois, no fim, todo o dinheiro do meu pai e dos acionistas foi levado pelas águas do lago Superior.

Sara dissera que a vista do seu pai abrangia mais do que a mina de Silver. Abrangia o lago, a paisagem, o céu; especialmente o céu, que lhe era precioso, porque ele passava tanto tempo debaixo da terra. Ele amava a superfície das coisas, disse ela, pedras, a casca das árvores, água. Ele amava a luz. Sob esse aspecto, segundo Sara, ele se parecia comigo, pois na ocasião eu era um pintor de paisagens, e decerto falava extensamente sobre cor, textura e luz, mesmo que não me lembre de ter feito isso. Lembro-me, de fato, de ter falado com ela sobre a classe operária, sobre greves e sindicatos, condições de trabalho e injustiças sociais. Estava interessado na classe operária, vira em Sara a personificação de tudo isso e, então, fazia-lhe preleções sobre os direitos e privilégios que, em minha opinião, seu pai deveria ter exigido de vários patrões. Fazia-lhe preleções, até que um dia ela se levantou de sua cadeira, cruzou a sala, abriu uma porta do guarda-louça e tirou o último suprimento semanal de velas dele.

— Aqui está o que meu pai levava para a escuridão — disse.

Estava zangada comigo, naquele momento, e tinha todos os motivos para isso. A ignorância. Os ares de superioridade.

A pequena casa de madeira onde ela vivia estava cheia de lâmpadas e lanternas. Todas as casas dos mineiros eram assim, contou-me

Sara, porque os homens adoravam a luz. Um dos maiores prazeres deles, quando saíam da mina, à noite, era ver a povoação iluminada como uma locomotiva, ao longo da praia. No inverno, claro, a luz do dia estaria perdida para eles, sendo de 12 horas sua jornada de trabalho. Um dos maiores prazeres de Sara, em criança, era imaginar as lanternas dos mineiros ganhando vida na ilha invernal e, depois, movimentando-se vagarosamente em direção às casas de madeira, enquanto os homens abriam caminho através do gelo. As velas, disse-me ela, ficavam presas nos chapéus dos mineiros para ajudar a iluminar a superfície de pedra dos túneis debaixo do lago, túneis que haviam sido inundados 10 anos antes do seu nascimento.

Como era triste ser Owen Pengelly, ser o pai de Sara, amante da luz. Com a idade de 17 anos, ele se afastara do único mapa do mundo que conhecia, um mapa que abrangia veredas cortando campos, casas de máquinas avultando desajeitadamente sobre litorais escarpados, os poços, corredores e cavernas sob o mar, e as pobres fileiras de casas cinzentas. Caminhara, com três dos seus amigos, para longe das mães chorosas da vila de St. Just, a 16 quilômetros do porto de Penzance, até um navio que seguia para o Canadá, e até mais uma série de poços, túneis e cavernas; desta vez, debaixo do maior dos lagos: o Superior.

Como é que esse rapaz comum, que se tornara um homem comum, esse homem que não conheci, ocupa de tal forma meus pensamentos, quando mal posso lembrar os traços do rosto do meu próprio pai? Claro, nunca conheci de fato meu pai, podia apenas tentar adivinhar o que o impulsionava a buscar riqueza, posição social. Ele e seu dinheiro. Sara, por outro lado, aprendera seu pai, ficara próxima dele até sua última respiração estertorante. Queria ser conhecida por mim como fora conhecida por ele e, assim, me entregou a história do seu pai como se fosse um presente. Ainda não a usei em meu trabalho, embora ainda haja tempo.

Só muito recentemente — apenas algumas semanas atrás — tirei o atlas da prateleira e olhei para a terra em forma de garra de onde Owen Pengelly partiu de navio. Examinava a Bélgica, a França —

Étaples, Ypres, Calais — e todos aqueles outros lugares remotos que mantive infelizmente tão próximos de mim, quando localizei a Cornualha, na parte inferior da Grã-Bretanha. Parecia a pata traseira de um animal, estendida como se tentasse segurar alguma coisa com suas garras. Nomes familiares foram focalizados por minha lente de aumento: St. Ives, St. Just, Lizard, Ludgvan, Botallack. De repente me lembrei de uns macacões de mineração pendurados num gancho, na parte interna da porta do armário de Owen Pengelly, e dos desenhos que fiz deles.

A última vez em que Sara e eu nos falamos, estávamos sozinhos no quarto do seu pai e ela me disse:

— Não tenho nem a força nem a superficialidade...

Não concluiu a frase, não disse para que deixava de ter a força ou a superficialidade. Lembro-me de ter lido, certa vez, há muito tempo, o livro de um professor de letras clássicas que passou boa parte de sua vida decodificando fragmentos de frases gregas. O tom do livro era de frustração, de desejo raramente satisfeito. "Como eu queria que tivéssemos o sujeito desse verbo!", exclama o professor, na metade do livro, de uma maneira inesperadamente pessoal. Havia substantivos e um verbo, naquela frase parcial de Sara, mas sua natureza fragmentária tem sido, no curso dos anos, uma fonte de mal-estar para mim.

A Cornualha, segundo a Enciclopédia Britânica, que consultei quando acabei de ver o atlas, é uma península de 150 quilômetros de comprimento por 90 de largura. O clima é ameno e, segundo os padrões britânicos, bastante ensolarado. Sua costa é chamada, muitas vezes, de Riviera inglesa. Palmeiras vicejam ali. Nada disso deve ter feito muita diferença para Owen Pengelly, que passou a maior parte de sua infância debaixo do oceano, nos corredores infernais das minas de estanho, aprendendo na escuridão a amar a luz.

No início, decidi trabalhar no quarto de Owen Pengelly por causa da vista e da luz. Sara me levou para o quarto do seu pai e ficou a me observar, enquanto eu olhava, sucessivamente, através de cada uma das três janelas. Ela tirou as cortinas. Tirou as cortinas, e a luz do sol encheu o quarto do seu pai.

Quinze verões se passaram. A última vez que eu a vira, Sara e eu tínhamos ficado diante um do outro em extremidades opostas do quarto de Owen Pengelly, eu encostado na parede interna, ela uma silhueta escura emoldurada pela janela sul. Eu caminhava de um lado para o outro, no assoalho de pinho salpicado de tinta. Ela permanecia completamente imóvel. Quando eu me aproximava da janela leste, o hotel no Landing se tornava maior. Quando me aproximava da oeste, a praia se lançava em meu campo visual, como uma pequena adaga branca. Não queria os detalhes dessas coisas, as ripas sem pintar do revestimento externo do hotel, a areia com pinheiros escuros atrás, mas eles se impunham à minha atenção enquanto eu falava. Não queria mais quaisquer detalhes, os objetos que eu desenhara tão meticulosamente: lâmpadas e pias, lavatórios, suspensórios, botas e macacões, capacete com suporte para vela, as histórias do pai dela, a morte da sua mãe, o sol intenso no céu sobre o lago, os gestos grotescos dos pinheiros da praia norte. Não queria mais frases que conduziam à narrativa. Sara me levara da mina, da qual ainda podíamos ver pequenos pedaços pela janela, até antigos labirintos da Cornualha, sob mares agitados. Eu não queria pedras suando, iluminadas por lâmpadas, e não queria luz exagerada devassando as superfícies de objetos trancados em quartos.

Não tenho nem a força nem a superficialidade...

Parei de caminhar de um lado para o outro e me encostei na parede.

— Não tem nada a ver com você, Sara. Não estou falando de caráter.

— Quinze anos — disse.

— Quinze verões — corrigi.

Então, ela me olhou fixamente, com dureza. As refulgências de sol em seus olhos haviam sido engolidas por suas pupilas. Eu estava irado pela vergonha que sentia sob seu exame.

Ficamos ambos em silêncio.

— Sinto muito — disse, afinal, embora não sentisse de forma

alguma, na ocasião. — Sinto muito, mas esta é uma decisão estética e não emocional.

Sara estava diante da janela sul, bloqueando a vista do lago encharcado de sol.

— Sinto muito — disse, novamente, com toda a frieza que tinha em mim naquele tempo. — Já pintei você o suficiente.

Parti de Davenport pela Estrada Número Dois. Dobrei à direita na Highway 28. Dirigi para o norte.

Enquanto manobrava o Packard por estradas escorregadias, passando por rios gelados, concentrava-me no telegrama que enviara, imaginando seu estranho percurso através do gelo, de Thunder Bay até Silver Islet Landing — lugar para onde nenhuma estrada conduzia. Podia ver a agência telegráfica em Port Arthur, os cães do trenó de correspondência a ganirem, a chegada da mensagem, Sara abrindo o envelope, lendo as palavras. Ou, então, concentrava-me no clima. Algumas vezes, a neve era tão densa que eu ficava completamente desorientado. Se não fossem as ribanceiras brancas que o arado deixava de cada lado da estrada, eu poderia perder completamente meu caminho, como se perde o fio de uma conversa tarde da noite ou uma idéia que nos ocorre pouco depois do despertar. Não me lembro de onde dormi à noite, em qual das cidades do norte. Parry Sound ou North Bay. Sudbury, talvez. Não importa qual tenha sido, mandei de lá outro telegrama.

Hospedei-me no Hotel Prince Arthur, em Port Arthur, na quarta-feira à noite, desabei na cama inteiramente vestido, num quarto do quinto andar, e dormi por 14 horas. Na manhã seguinte, levantei-me, abri as cortinas e me vi diante da luz penetrante do sol sobre o gelo do lago Superior, coberto de neve. O céu sem nuvens. A vista ofuscante. O imenso homem de pedra cochilava agora num macio lençol branco e não sobre a cama escura e crespa da água bruxuleante, que eu lembrava das minhas vindas no verão. Uma neblina rala cobria seu corpo. Todo o resto estava claro, preciso e doloroso de olhar, sob aquela luz que revelava e, depois, cegava. Mesmo quando dei as costas para a baía, o brilho continuou, atravessando a janela larga e entrando no quarto. Nada em minha experiência com a praia do norte me preparara para a luminosidade daquela estação. Minha idade estava escrita em meu rosto inteiro, num implacável espelho de hotel. Mal reconheci minhas próprias mãos.

Depois do café da manhã, caminhei sobre a neve chiante da Rua Cumberland, para cima e para baixo, entrando e saindo de lojas, até dar com um binóculo, numa casa que vendia objetos usados. Estava bem gasto, pertencera a um soldado da Grande Guerra e ainda guardava, em seu estojo de couro, as instruções para seu uso naquele pesadelo. Mas seu funcionamento continuava perfeito.

O lojista me disse que a temperatura era de 3,5 graus abaixo de zero. Mas o sol, o branco esplendor, estava em toda parte, e com isso o frio parecia irrelevante. Desejei acreditar numa luz nova, limpa, desejei acreditar que ela baniria para sempre os quartos escuros dos fundos do Salão da Louça, de George. O passado examinado.

Voltei para meu quarto com o binóculo numa sacola de papel marrom e comecei a esperar.

Quase imediatamente, empurrei a cadeira da escrivaninha em direção à janela. Estava decidido a encarar o que viesse em minha direção. Meus olhos lacrimejaram constantemente durante a primeira hora, até afinal eu ser capaz de olhar sem piscar nem chorar para a fulgurante baía, com meu rosto enrijecendo-se sob o sal seco. Olhava pelo binóculo, trazia por quatro ou cinco minutos o gigante de pedra para mais perto de mim, depois deixava que tornasse a recuar para a distância. Sabia que, quando Sara aparecesse — tinha certeza de que ela recebera pelo menos um dos meus telegramas e de que apareceria —, sua figura ficaria visível ao contornar a cabeça do Gigante Adormecido.

Algumas vezes, li a Bíblia que encontrara na gaveta da escrivaninha. Li na porta do hotel as instruções para o caso de incêndio. Li as advertências escritas num pedaço de papel amarelado no estojo do binóculo. Cada linha parecia cheia de presságios, carregada de significado. "Tente evitar o reflexo, nas lentes, dos sinais luminosos do inimigo." "Avance de maneira ordenada até o poço da escada ou a saída de incêndio." "Como são doces as tuas palavras para meu paladar, sim, mais doces do que o mel em minha boca." O resto do tempo eu olhava para a distância, para além de Thunder Bay — com ou sem o binóculo.

Como só passara os meses de verão em Silver Islet e, quando descia do trem, tomava ali o vapor, logo que podia, só chegara a conhecer superficialmente aquela baía no curso de minhas viagens de ida e volta pela água. Sara me levara ao topo do gigante de pedra que eu agora podia ver da janela. Forçara-me a olhar, por cima de sua beirada, a água escura a centenas de metros abaixo; mas me ressenti do esforço e rejeitei a vista, embora permitisse que algumas das pedras e árvores em torno vazassem para uma pintura que concluí alguns meses depois. Meu pai, lembrei, impressionara-se com os penhascos, as elevações, a lenda do guerreiro nativo transformado em pedra porque revelou aos invasores europeus a localização secreta da prata. Atraído, em seus momentos mais reflexivos, para o lado romântico desse tipo particular de capitalismo, ele foi seduzido, no fim, pela convicção de que um poder insólito de algum tipo impedira seu sucesso. E essa crença o protegeu, pelo menos aos seus próprios olhos, da banalidade de uma fortuna perdida, de um esforço sem sentido. Era a forma do Gigante Adormecido que eu desejava encaixar numa de minhas pinturas; nem sua história natural nem a sobrenatural me interessavam. Meu pai e eu tínhamos ambos explorado aquela paisagem — de formas diferentes, é verdade —, mas a exploramos, de qualquer modo.

Com a tarde avançada, eu já olhara atentamente para a baía por tanto tempo que começava a sofrer de cegueira da neve. Vira nuvens com forma de penínsulas flutuarem pelo céu, com sombras azuis movimentando-se embaixo delas, através da branca planície do lago gelado. Vira a luz desenrolar-se, como folhas de delicado papel amarelo, atrás do homem de pedra adormecido. Mas nada em mim desejava estender o braço e pegar um lápis, um pincel, um tubo de cor. Minhas mãos seguravam apenas o binóculo, as distâncias e intimidades que ele criava. A longa superfície branca. A figura de granito deitada.

Às 5h30, saí do hotel e fui para a rua, onde comprei um litro de uísque. Comi no salão de refeições do hotel, de costas para a baía. Voltei para meu quarto. O branco desaparecera, substituído por um tom escuro de azul. Surgiu uma estrela em cima do peito do homem de pedra, depois outra perto do seu pé. E mais outra. Meu rosto, a cama, a cômoda estavam refletidos na janela. Fechei as cortinas e me servi de uma dose da bebida.

Eu me pergunto: O que tem sido sua vida? Você usou tudo ao seu redor. E para quê? Um arranjo de cores, numa superfície lisa.

— Pelo menos, eu podia me alimentar aí — gritara George, segurando uma xícara de chá que jogara no meu rosto. — Pelo menos, podia enchê-la repetidas vezes de calor.

Cacos por toda parte, em torno dele, e ambos mortos.

Estando sob as sombras da noite a branca esperança descortinada pela janela e as cortinas fechadas, cenas do domingo anterior apresentaram-se como fotografias, num sombrio álbum de família, tudo fixo e imóvel, terrível e permanente — o uísque abrindo, como se fosse uma manivela, a parte do meu cérebro onde estavam impressos esses quadros. O rosto pálido de Augusta, a mão de George em sua manga escura, o ruído de porcelana quebrando-se, o inexplicável cuidado com que varri o quarto na manhã seguinte. A cabeça de Vivian lançada para trás, enquanto ela ria, os olhos opacos da raposa que ela usava em torno do pescoço, seu *vison* negro atirado em cima do balcão. E agora, presente em minha língua, o gosto de madeira do mesmo uísque que bebi aquela noite.

Já ouvira falar de homens que se trancam em quartos de hotel, bebem litros seguidos de uísque e são encontrados dias depois, pelo detetive da casa, tendo morrido sufocados por seu próprio vômito. Naquele momento, veio-me à cabeça que deve haver janelas nos quartos onde ocorrem essas tragédias e por elas se descortina uma vista. Para o que olhariam esses homens desesperados, antes de serem dominados pelo acontecimento que cortejavam? Imaginei se bêbados teriam morrido naquele hotel, se a última imagem por eles registrada fora a do homem de pedra adormecido ou se estariam do outro lado, o lado da cidade, onde a massa colorida de prédios revestidos de ripas subia pela colina. *O brilho movimenta-se em direção à cor, não ao branco.*

Já ouvira falar de homens que se suicidam com um tiro, em quartos de hotel. Servi outra dose para mim.

Acordei com o zumbido de uma leve ressaca em minha cabeça. Lavei-me, pedi o café da manhã e comi sem abrir as cortinas. Depois, coloquei a cadeira na posição correta, peguei o binóculo e assumi meu posto. Novamente o ofuscamento, os olhos lacrimejantes, o gelo, o céu, o sol. Nenhuma colcha de neblina para o gigante. Ausência total de nuvens.

Ela viria naquele dia.

Havia três ou quatro pescadores do gelo mais ou menos 100 metros ao largo das extremidades dos quebra-mares. Um deles construíra miraculosamente uma cabana, de manhã cedo, enquanto eu ainda dormia. Os outros estavam sem abrigo. Tentei comparar a paciência deles com a minha própria, mas compreendi que tinha falhado, quando a camareira bateu e fui forçado a ficar em pé no corredor escuro, enquanto ela movimentava um limpador de tapetes de um lado para outro, através do quarto. Desejei que ela saísse dali. Queria estar à janela, sozinho, quando Sara contornasse Thunder Cape. Queria vê-la a 32 quilômetros de distância, depois a 12, depois a oito...

Ela viria naquele dia e eu seria levado a amá-la. Minha reparação estaria nesse amor. Augusta e George seriam vingados. Cada peça quebrada de porcelana restaurada, o Salão da Louça bem varrido. Eu veria os olhos de Sara, ao fechar os meus, não os de George, não os de Augusta.

— Sinta a dignidade de uma criança — dissera certa vez Robert H. — É a dignidade da inocência.

Sara era a única pessoa inocente que eu conhecia. Nunca houvera crianças em minha vida e nunca haveria. Ela, com sua claridade e leveza, seria uma espécie de infância, permitiria, pelo menos, que a atmosfera da infância entrasse em meu coração de pedra. Naquele lugar selvagem, não cultivado, ela seria como um jardim de arbustos.

No fim, claro, não consegui vê-la a uma distância de 32 quilômetros. Nem mesmo o binóculo podia alcançar isso. Ela devia estar a uns 20 quilômetros de Port Arthur, suponho, quando apareceu no centro do círculo que as lentes formavam — um pontinho negro, naquele imenso lençol branco. Para se tornar visível, ela precisava estar suficientemente afastada, na baía. Precisava estar completamente cercada de branco. De outra forma, simplesmente desapareceria contra a paisagem do Gigante Adormecido. Agora, ela era como uma célula fugitiva que se soltasse da arquitetura de pedra do corpo dele. Um grão de areia. Minha confiança nela me acalmava.

Uma hora depois, podia vê-la a olho nu.

— A olho nu — disse, em voz alta, testando a frase.

O olho não ajudado, descoberto. Mas não fazia nenhuma diferença; ela era um pontinho minúsculo na retina. Ainda demoraria horas até sua chegada. Como ela parecia pequena e insignificante. Quão desprotegida, exposta.

Observei-a avançar em minha direção, centímetro por centímetro, durante a hora seguinte. O vento recomeçara a soprar e ela desaparecia, freqüentemente, dentro do branco. Mas sempre ressurgia, sem se modificar; pequena e distante. Eu conhecia tão bem as pernas que cruzavam o gelo a ponto de ser capaz de pintá-las de olhos vendados. Eu vira e registrara as mudanças causadas pelo tempo, de um ano para o outro. Ninguém, eu estava certo disso, examinara jamais Sara com uma intimidade tão voraz ou, como podia admitir agora, com tanta frieza.

Fazia dois dias que eu observava a distância. O corpo de Sara, em movimento, podia ser confundido com uma falha na pele branca da baía, a pele branca da distância. Sabia que aquela vista agora estava linda, mais linda, talvez, do que no verão, quando tudo eram dança e estrelas. O limpo lençol, a folha nova, sem as marcas da experiência. A clareza do norte, que empolgava Rockwell. Brigus Harbour. Groenlândia. Boreal. Como ele amaria aquela baía. E como amaria o homem-montanha com o inverno inteiro espalhado em torno.

Percebia que tudo o que se passara entre mim e Sara, até aquele momento, fora uma aproximação. Mera subsistência. Eu, antes tão contido, agora me empenharia numa exposição a tal ponto gritante que, quando terminasse, ela teria em seu poder a totalidade da minha vida: as gargantas de Rochester da minha infância, a falta de sentido da The Art Students' League, Rockwell, Robert H., os pretensiosos *salons* e *soirées* que, desde então, eram minha vida de inverno. Colocaria a seus pés os fatos referentes a George, Vivian, Augusta, o Salão da Louça, contaria a ela como tudo se espatifara. Ela olharia para todas essas coisas com a visão opalescente da inocência. Ela me perdoaria e eu seria absolvido.

Tudo isso era muito nítido e muito real para mim. Estava sentado num quarto com o brilho de lâmina do sol. Prismas apontavam para mim os seus ângulos das beiradas biseladas dos espelhos, e qualquer coisa feita de metal — a base do abajur, o rodízio do pé da cama, meu isqueiro Zippo — fulgurava. As coisas não podiam ser mais transparentes do que eram àquela luz. Todo pensamento que me passava pela cabeça era aguçado, bem definido. E, lá no meio do gelo, a mulher que eu decidira amar movimentava-se vagarosamente em minha direção.

Como explicar o que fiz?

Há certos momentos na vida de um homem que, ao mesmo tempo, exigem e negam uma resposta. Localizei-a através do binóculo às 11 da manhã, aquela mulher com quem eu não me comunicava há dois anos e meio. Podia tê-la visto mais cedo, mas começara a fazer esses jogos em que a pessoa se empenha, enquanto espera — estabelecer limites, criar regras. Não me permitia pegar o binóculo a não ser de hora em hora ou a cada meia hora. Mais cedo, aquela manhã, eu tirara o espelho da parede e ficara de costas para a janela, superpondo, no reflexo, minha cabeça ao corpo do gigante de bruços. Nenhum desses jogos era de habilidade, mas provavelmente me fizeram perder o momento exato da materialização dela.

Observando a pequena figura que se aproximava, lembrei que, quando eu era mais jovem e estudava história da arte, percebera que os peregrinos medievais, após divisarem, a distância, as flechas das torres de Chartres ou Compostela, ainda tinham um dia inteiro de caminhada à sua frente; eles, que já tinham chegado tão longe. Depois, tudo só poderia ser anticlímax. Eu sempre imaginara o que continuaria a impulsioná-los para adiante. Acreditava, entendem, que a perfeição do destino que haviam construído em seus pensamentos durante a viagem só poderia enfraquecer-se ou embaçar-se, à medida que se aproximavam dele. E, depois, haveria mendigos nos degraus, vendedores ambulantes, punguistas, o clero corrupto.

Sim, lembrei-me disso, sentado no quarto radioso.

Imagino que julgarão o que fiz como um ato de covardia — e talvez tenham razão. Eu chegara à própria beira do momento, do momento no qual talvez fosse possível tirar a capa do medo, que me protegera durante todos aqueles anos. Mas, no rol das contas, a carne embaixo estava branca e fraca demais para ser exposta. Será que existe mesmo algum de vocês que, diante de tamanha dor, não entrasse em pânico com a aproximação da felicidade? Se Augusta esperasse, George voltaria para ela inteiro, com sua história emocional profundamente exposta, seu amor por ela intensificado. O que a matou terá sido algo tão banal quanto uma certidão de casamento? Afinal, eles tinham feito seu próprio casamento, um pacto baseado na dor, concebido nos salões de um asilo. E aquele pacto fora destruído. A parceria poderia ter jogado fora a lama de Flandres, as lâminas dos cirurgiões, a paixão acumulada de um coração traído. Será que Augusta divisara a felicidade, sua *banalidade*?

Enquanto Sara se aproximava, pude ver que usava os velhos macacões do seu pai. Vinha firmemente em minha direção, através de uma brancura intata onde tudo brilhava. Atrás dela, sem se abalar com sua viagem, o homem de pedra continuava a dormir, seu corpo duro, rígido e imutável.

Coração de granito. Leito de gelo.

Ela devia estar a menos de dois quilômetros da praia, quando decidi partir de Port Arthur, afastando-me definitiva e permanentemente da vida de Sara. Como poderia eu invadir sua inocência, com minha corrupção? Com toda eqüidade, não consegui, em última instância, suportar poluir sua força com minha danosa fraqueza. Entrei em pânico diante da possibilidade de ser feliz.

Enquanto seguia pela estrada, ao longo da praia curva do lago Superior, observei o hotel onde deveríamos nos encontrar diminuir de tamanho, no espelho retrovisor. Imaginei Sara perguntando por mim na recepção.

Mais de 150 anos atrás, na Inglaterra, um oleiro de Staffordshire pensava no Alto Canadá, uma imensa extensão de terra roubada pelo Império de um continente que ele jamais vira e jamais veria, a não ser em sua imaginação. Talvez ele estivesse entediado com repetidos pedidos de vistas das Cataratas de Niágara e de seus anexos Terrapin Tower e Table Rock, e desejasse, em vez disso, explorar o Grande Lago, em direção ao qual se lançava a cachoeira. Ou talvez tivesse lido o diário de Samuel Champlain, no qual a folhagem da praia do norte, daquele cintilante oceano de água doce, é descrita como algo quase ornamental, de tanta beleza. Seja como for, o título dado por ele à paisagem que compôs — Cenário do lago Ontário — é tão ambíguo que passei a maior parte da manhã tentando determinar se ele tinha em mente todos os lagos de Ontário ou o Grande Lago Ontário. Para meu contentamento, decidi que a inspiração fora a primeira, desejando, suponho, acreditar que ambas as minhas praias do norte estão celebradas na última peça que ponho em minhas prateleiras.

Pois fico feliz de poder dizer lhes que está concluída a tarefa imensa de reunir novamente a coleção. Concluída com tanto sucesso quanto poderia um velho, algum dia, concluir a tarefa de juntar tudo o que foi quebrado. Alguns dos fragmentos menores foram impossíveis de colocar e quem sabe quantos morros, rios, pássaros e flores foram espatifados para além do reconhecimento ou explodiram em pó ao se despedaçarem no chão. Por pura coincidência, essa vista em porcelana da paisagem lacustre de Ontário surgiu da pilha final, pequena e triste, dos cacos no fundo do engradado que tirei, há 40 anos, de um quarto em Davenport. A cena, no entanto, agora inteiramente colada, recomposta, nada tem a ver com o que aprendi ao visitar as praias daquele país nortista. Enquanto eu colava esse terreno pintado — meu último quebra-cabeça — e juntava tudo, segurei em meus velhos dedos nodosos senhoras elegantes, um castelo em ruínas, várias montanhas e tendas de índios do leste. O pintor de porcelana de Staffordshire criou uma miragem teatral, uma fantasia, depois imprimiu as palavras *Cenário do lago Ontário* na base do prato.

Mas será que há muita diferença entre isso e os complicados preconceitos que eu carregava? Se o oleiro visitasse Ontário, seria ele capaz de enxergar, para além do nevoeiro da sua fantasia, a realidade de pântano e musgo, borrachudos e mau tempo? Acreditaria ele, como eu acreditava, que nada de importante poderia jamais acontecer com um jovem que se sentava de avental atrás do balcão, num salão de louça canadense? E valorizaria ele a pele vulnerável da arte que criava e o mundo real que compunha o solo de louça onde ela se fundamentava?

Seria capaz de aceitar a aproximação da felicidade, do amor?

Ou as damas elegantes, a ruína romântica e as montanhas não existentes continuariam a bloquear sua visão, mantendo-o afastado de sua própria vida?

Apesar do tempo claro de janeiro que me acompanhou por todo o caminho para o sul até Nova York, minha retirada da praia norte do lago Superior foi uma das viagens mais cansativas que já fiz em minha vida. Quando a exaustão se tornava insuportável, eu parava o carro no acostamento e entrava aos tropeções pelo bosque invernal, apesar dos meus estúpidos sapatos urbanos e da neve profunda que, muitas vezes, chegava à altura dos meus joelhos. Então, ficava quase imediatamente alerta por causa do frio e porque tinha um medo imenso de me perder na floresta. Revela algo sobre meu estado de espírito, eu acho, o fato de ter feito pelo menos meia dúzia de incursões, antes de perceber que precisaria apenas seguir meu próprio rastro para voltar ao carro.

Foi na segunda ou terceira dessas jornadas dolorosas que assustei uma corça, até então deitada na neve. Ela se levantou devagar, sem firmeza nas patas, e me olhou fixamente, com terror. Era tão magra que suas costelas sombreavam sua pele e as orelhas pareciam grandes demais, pesadas demais, dos dois lados de sua cara estreita. Depois, com um surpreendente surto de velocidade, girou e pulou para longe de mim, entrando por entre as árvores, com nuvens de neve pulverizada a se elevarem atrás dela. Olhei durante algum tempo para a forma suave que seu corpo escavara na neve, o vapor da minha respiração enchendo o espaço onde ela deveria ter o direito de permanecer.

Voltei para o carro. Chorei.

Porque, entendem, Sara me contara sobre as corças atingidas pelo inverno, descrevera o delicado equilíbrio que as mantém vivas, quando a estação é incomumente severa. Suportam tanto, ela me disse, tanta escassez e necessidade, que seu metabolismo se retarda para permitir a sobrevivência. Qualquer interrupção ou qualquer repentino dispêndio de energia causa danos.

— Não corra — gritara para a corça que fugia. — Por favor, por favor, não corra.

Fiquei ali gritando na floresta, fazendo a fuga do animal tornar-se mais veloz. Mais depressa, para mais longe, com danos maiores.

— Muitas vezes, é a última corrida delas — dissera-me Sara. — Essa última descarga de adrenalina — mesmo que seja pequena — é simplesmente demais para elas; o sistema não suporta. Em uma semana, dá para observar como a deterioração se agrava. O mais freqüente é morrerem em duas semanas.

Acrescentara que, algumas vezes, ao caminhar pela floresta na primavera, encontrara carcaças.

Encostei a cabeça no volante. Chorei.

Moro nesta casa que parece um grande celeiro branco, com seus móveis esparsos e poucos *souvenirs*. A tela atual está encostada na parede, esticada, imprimada, pronta para a mão que segura o pincel. É um retângulo liso e branco, repousando dentro das paredes, pisos e tetos de um cubo que já é, em si, parte de uma série de cubos — os cômodos pelos quais caminho, com sua generosa concessão de luz natural, suas vistas para a dor.

Lembro-me de que Rockwell, que amava as sagas nórdicas, contou-me que Njal e sua esposa jazeram numa cama, numa casa em chamas, e cobriram seus corpos com peles de animais. As vigas acima deles explodiram em chamas e seus inimigos deram vivas do outro lado das paredes que ardiam. A vida de Njal fora de frenética transição; uma história impulsionada por seduções, assassinatos, viagens e combates. Uma existência veemente, áspera e breve; não houvera nela qualquer passividade. Agora, com os couros a cobri-lo, no leito, ele tinha permitido que a experiência o visitasse pela primeira vez, deitando-se com a esposa querida para receber tudo com agrado — aquele clarão selvagem, aquele incêndio, aquela expiação. Tinham um filho chamado Kari, que pulou do telhado da casa incendiada do seu pai, com o cabelo e as roupas em chamas, e correu noite adentro para extinguir, num vale cheio de neve onde brincava em criança, o fogo que carregava.

— Não há um vestígio sequer da casa de Njal Queimado — contou-me Rockwell. — Claro que não sobrou nenhum traço dela. Mas, até hoje, há na Islândia uma garganta chamada vale de Kari.

Um lugar para extinguir o fogo, a luxúria, a sede: um lugar para repousar. Um vale, num país do norte. Um retângulo de lona branca. Uma janela dando para o Grande Lago gelado. Todas essas vistas da neve.

Esta noite, começarei *O pintor das sombras*, a última tela da série, um auto-retrato. Nela, detalharei cuidadosamente minhas duas heranças. Cada peça da louça reconstruída, nas prateleiras que desfiguram as paredes frias e vazias do famoso arquiteto modernista. Cada objeto e todas as histórias contidas na casa de Sara. As vistas do lago através de suas janelas. Os preciosos pombos de George trancados atrás de vidro. Acrescentarei os mausoléus da minha mãe, suas fictícias festas de esqui, sua caixa de música, a expressão do rosto do meu pai na tarde em que soube que se esvaecia dentro da riqueza, a menina cinzenta de Augusta, a casa de neve, as dunas cor de malva. Seus gloriosos irmãos, radiantes em campos de trigo dourado, o Bar Sloan, o rosto risonho de Rockwell. Até acrescentarei Vivian, os barcos em que ela velejou por duas vezes, com graça e destreza, despreocupadamente afastada da tragédia.

Pintarei a pele de Sara, resplandecendo com a luz amarela que emanava de mil folhas outonais de bétula. Depois, pintarei a mim mesmo, com o amor que não pude aceitar vindo em minha direção, apesar do meu manto de medo, e o implacável homem de pedra, e os infindáveis quilômetros de gelo.

Será repleta de lindos litorais escuros essa pintura, repleta de todas as possibilidades que acreditamos existirem nas paisagens alternativas, nos lares alternativos. Colinas e árvores, bétulas de folhas douradas, céus, lagos, distâncias. Estou velho, é verdade, mas sei que serei capaz de terminá-la. E, quando estiver terminada, desejarei mantê-la próxima de mim para que possa, de vez em quando, olhar as imagens que ali estão.

Agradecimentos

Este livro não poderia ter sido escrito sem o encorajamento e a ajuda de muitas pessoas. Estou imensamente grata pelas informações e conselhos dados por Katherine Ashenburg, Mieke Bevelander, Nick Carter, Anne Hart, Stuart MacKinnon, Émile Martel, Ian Munro, Amy Quinn, Roseanne Quinn, Helen Quinn-Campbelle, Diane Schomperlain, David Staines, Ken Snyder, Tony Urquhart, Bernie Weiler e minha mãe, Marian Carter. Na McClelland & Stewart, agradecimentos a Heather Sangster e, como sempre, à minha editora, Ellen Seligman.

Vários livros foram importantes para fins de pesquisa e inspiração. Entre estes, gostaria de mencionar, em particular, *Let Us Remember*, coletânea de cartas de rapazes do distrito de Northumberland envolvidos na Primeira Guerra Mundial, editadas por Percy Climo; *Nineteenth Century Pottery and Porcelain in Canada*, de Elizabeth Collard; *History of Number 1 Canadian General Hospital, 1914-1919*, de Kenneth Cameron; *The Materials of the Artist*, de Max Doerner; e a deliciosa autobiografia de Rockwell Kent, *It's Me O Lord*. Algumas declarações de Robert Henri, embora não todas, podem ser encontradas em *The Art Spirit*, coletânea de suas palestras, notas e cartas.

Embora Robert Henri, Abbott Thayer e Rockwell Kent existissem de fato, seus personagens são utilizados no texto de modo puramente fictício, como acontece também com certos lugares e acontecimentos reconhecíveis, alguns dos quais foram levemente alterados para se encaixarem na configuração da narrativa. Todos os outros personagens e acontecimentos são fictícios.

Concebido durante uma residência na Memorial University, de Newfoundland, O *pintor das sombras* foi terminado no Massey College, enquanto eu era escritora-residente na Toronto University. Envio meus sinceros agradecimentos a ambas essas instituições.

E, para concluir, um agradecimento especial para você, Robert Gardner.

Impresso no Brasil pelo
Sistema Cameron da Divisão Gráfica da
DISTRIBUIDORA RECORD DE SERVIÇOS DE IMPRENSA S.A.
Rua Argentina 171 – Rio de Janeiro, RJ – 20921-380 – Tel.: 2585-2000